天蚕土豆 作品

斗破苍穹

DOUPO CANGQIONG

7 大战云岚宗

青岛出版社
QINGDAO PUBLISHING HOUSE

图书在版编目（CIP）数据

斗破苍穹. 7, 大战云岚宗 / 天蚕土豆著. — 青岛：青岛出版社, 2015.8

ISBN 978-7-5552-2945-2

Ⅰ. ①斗… Ⅱ. ①天… Ⅲ. ①长篇小说—中国—当代 Ⅳ. ① I247.5

中国版本图书馆 CIP 数据核字（2015）第 235309 号

书　　名　斗破苍穹 7 大战云岚宗
著　　者　天蚕土豆
出版发行　青岛出版社
社　　址　青岛市海尔路 182 号（266061）
本社网址　http://www.qdpub.com
邮购电话　13335059110　0532-68068026
责任编辑　刘　迅
特约编辑　赵桂芹　代　敏
照　　排　青岛双星华信印刷有限公司
印　　刷　青岛国彩印刷有限公司
出版日期　2016 年 4 月第 1 版　2018 年 6 月第 5 次印刷
开　　本　16 开（710mm × 1000mm）
印　　张　15.5
字　　数　220 千
印　　数　36501-45500
书　　号　ISBN 978-7-5552-2945-2
定　　价　29.80 元

编校印装质量、盗版监督服务电话　4006532017　0532-68068638
本书建议陈列类别：畅销·青春幻想

CONTENTS

目录

第一章

最后的胜利者

巨大的广场上,一片沉默。好半晌,两边的观众席上,方才响起连片的惋惜之声。

“唉……”小公主纤手轻轻拍去衣袍上被溅射过来的灰尘，抬起头，望着萧炎那边的白色雾气，低声叹息着摇了摇头。谁也没想到，这个本来是这届大会中堪与那神秘少年相比肩的最大黑马，竟然会因为这个乌龙而宣告失败。

“这次，公会可是真要颜面大损了啊。”

“哈哈，法犸会长，既然岩枭已经失败，那么还请宣布大会最后的成绩吧！”炎利狂笑了一阵之后，终于按捺住了心中的那份狂喜，抬起头来，望着贵宾席前的法犸等人，大笑着道。

“怎么办？”海波东眉头微皱，淡淡的阴冷杀意在脸庞上若隐若现，森然地瞥了一眼下方的炎利，低声道。

“还能怎么办？难道我们还能在这大庭广众下，将他给击杀了吗？”法犸脸色同样极为难看，不过此时的他，也毫无办法。

“早知道如此，那昨天晚上就该直接把他给……”加老手掌斜着切了下来，冷漠地道。

“唉，杀了也麻烦啊，那家伙捏着我们没办法让他暴露身份的软肋呢。”摇了摇头，法犸叹息了一声，苦笑道，“看来，只能让他拿到冠军了，这众目睽睽之下，公会总不可能以一些莫须有的罪名，将他扣留下来吧？”

闻言，海波东与加老都眉头紧皱，对视了一眼，却没有半点办法，当下也只得阴沉着脸点了点头。

缓缓上前一步，法犸目光在广场中扫过，声音中的那份无奈，却是任谁都能够清楚地听出来。

“按照大会规矩，谁在这一轮炼制的丹药品阶与实用程度最高，那么谁便是最终的胜利者。小公主与柳翎，虽然也炼制出了四品丹药，不过，在品阶与实用程度上，都逊色于炎利所炼制的紫心破障丹，所以……”

庞大的广场上空鸦雀无声，只有法犸那无奈的声音，缓缓地响着。

“所以……这一届加玛帝国的炼药师大会，胜利者……”

双臂抱在胸前，炎利笑眯眯地望着高台上那脸色阴沉的法犸三人，伸了一个懒腰，现在的他几乎已经能够想到，当他回到出云帝国后，将会受到何种追捧，到时候，公会会长之位，将再无人能与他一争！

“胜利者……便是炎……”缓缓地闭上了眸子，法犸终于咬牙切齿地念出了最后几个字。

“等等！”

突如其来的喝声，忽然在广场上响起，打断了法犸即将说完的话。

无数道目光，顺着声音移动，最后全部锁定在了那被包裹在白色寒气之内的石台处，先前的喝声，便是从此处传出。

在声音响起之后不久，那片笼罩在石台周围动也不动的白色寒气，忽然开始缓缓变淡。半晌后，白色寒气，已经淡得不能再遮掩视线，而里面的景象，出现在了所有人视野之中。

坚硬的青石台，因为先前药鼎的爆炸，已经裂开了不少缝隙，石台上一片狼藉。衣衫破碎的青年，正手扶着石台，不住地喘着粗气，在他的身体表面，隐隐有着血迹，想来应该是先前药鼎忽然爆炸而射出的碎片所致。

似是察觉到最后一缕寒气的消逝，青年抬起了那张略微有些苍白的平凡面庞，对着高台之上的法犸，声音嘶哑地道："距离比赛结束，应该还有十几分钟吧？"

"还有十四分钟！"望着那已经极为虚弱的萧炎，法犸点了点头，回道。

"岩枭，你连药鼎都已经炸了，就算还有十几分钟时间，可你又能如何？难道现在更换药鼎，重新开始炼制吗？哈哈！我劝你还是直接认输吧，这般磨磨叽叽，可不像是男人所为。"望着再次出现的萧炎，炎利忍不住讥讽笑道。

"有力再战，却选择退缩，这才不是男人所为。"淡淡地笑了笑，萧炎微偏着头，嘴角噙着一抹嘲弄，冷笑道，"再者，谁告诉你，我需要重新炼制的？"

"你什么意思？"望着萧炎那神秘兮兮的模样，炎利脸庞上的笑意逐渐收敛，有些不安地喝道。

没有回答炎利的喝问，萧炎在广场周围那几万道目光的注视下，缓缓举起了右手，掌心微曲，一股吸力猛然对着天空涌出……

顺着萧炎掌心所指，上万道目光，开始缓缓上移，最后，皆错愕地停在了天空之上悬浮的一团白色火焰之上。

由于火焰颜色与周围云层相同，所以，若不细心观看，还真发现不了那是一团燃烧的白色火焰。

这团白色火焰，正是先前在药鼎即将爆裂之前，萧炎击打在药鼎之底的。他发出巧劲，将三纹青灵丹用一团骨灵冷火包裹着，冲上天空，以此方才使得丹药躲开了药鼎爆炸的冲击。

在那紧急的最后分秒关头，竟然能够临危不乱地想出这般化险为夷的办法，甚至连萧炎，都有些佩服自己，那看似莽撞的一拍，却是活生生地将整个大会的关键局面，扭转了过来！

"这是……"法犸愕然地望着天空上的那团白色火焰，能够察觉到，这火焰周围蕴含着冰冷的寒气。当然，最重要的，还是那火焰中心部位，竟然有一枚青色丹药，若隐若现！

“呵呵，看来此时言败，还尚早啊。奇迹，永远都是在最后一刻发生，况且，在这个家伙身上，从来不缺那东西。”望着那团白色火焰，海波东心中松了一口气。他就知道，想击败那个小妖怪，凭炎利的实力，似乎还差了一些。

“好小子……果然是看低了他！只不过，为什么每次他都要把比赛搞得这般一波三折？”加老拍着手掌，笑着赞叹道。

法犸深有同感地点了点头，看这个家伙的比赛，若是没有强悍的神经，恐怕还真的会被玩死，仅仅是这一场比赛，便不知道让多少人心提起来，又放下去，然后再提起来……

“恐怖的家伙，在最后一刻，居然还能够想到这种保全丹药的法子，唉，不服不行啊！”纳兰桀抚着胡须，赞不绝口地笑道。

纳兰嫣然长长地吐了一口被压在胸口的闷气，微微点了点头，旋即素手不着痕迹地将光洁额头处的冷汗抹了去。没想到这即将成为定局的比赛，现在又开始了大逆转。

“这是什么东西？”脸色阴沉地望着天空上的白色火焰，一股比先前更加浓郁的不安之感，缭绕在了炎利心中。

广场中，天空上的白色火焰，在萧炎所释放出的吸力之下，开始急速下坠，其表面的白色火焰迅速消散，而其中的那枚青色丹药，越来越明显……

当丹药距离萧炎手掌仅半米时，火焰终于完全消散，青色的圆润丹药，准确地落进了萧炎掌心之中。

缩回手来，萧炎低头望着掌心处那枚经过一波三折方才顺利出炉的青色丹药，忍不住仰头吸了一口略微有些冰凉的空气。

丹药呈青色，龙眼大小，在圆润的丹身表面，一青一紫一白的三道圈纹，极为有序地排列着。握着丹药，萧炎甚至能够察觉到其中所蕴含的澎湃能量。

“终于成功了！”萧炎苍白的脸庞上浮现一抹欣慰的笑容，自从学会炼药术之后，他第一次费这般大的精力来炼制一枚丹药。

“成功了吗？是什么品阶啊？”瞧见萧炎脸庞上的笑容，附近的小公主等人忍不住开口询问道。因为寒气太重，这枚三纹青灵丹，居然连丹香都未飘散出，便被冰冷的寒气冻僵了，所以小公主等人并不知道萧炎所炼丹药的确切信息。当然，虽无丹香飘散，可他们也不至于蠢到认为这是普通的低阶丹药。

萧炎轻笑，目光扫了一眼不远处脸色阴沉并且有些躁动不安的炎利，将手中的青色丹药高高举起，目光凝视着高台上微笑的法犸等人，朗喝声在广场之上响彻不散。

“四品丹药，三纹青灵丹！”

“哈哈……好！”

望着下方手举丹药朗喝的青年，法犸终于忍不住内心的兴奋，大笑起来。

“三……三纹青灵丹！”

耳边响起的声音，宛如惊雷一般，在炎利心中猛地炸响起来。他的双耳嗡嗡作响，原本得意的脸色，霎时间变得惨白，目光涣散地盯着萧炎手掌中的青色丹药，脚跟一软，一屁股坐在了地上。

紫心破障丹虽强，可炎利清楚，三纹品阶的青灵丹，绝对比它更强！

即将到手的冠军，在短短五分钟之间，再度易位！

这，便是奇迹！一个年纪不到二十岁的少年，所创造的奇迹！

巨大的广场上，除了萧炎那略微有些虚弱的朗笑声外，便再没有了其他杂音，所有听说过“三纹青灵丹”这个名头的人，都满脸错愕地望着场中的青年，谁能想到，在最后关头，这个外貌平凡的青年，竟然真的凭借一己之力，将那即将跑到国外去的冠军之位，给生生地拉了回来！

“老天，他竟然在炼制三纹青灵丹，难怪要几次转换火焰……”纤手不由自主地捂着嘴，小公主的声音中，有着难以掩饰的惊骇。身为一名炼药师，她比那些观众更加清楚，这东西的失败率以及炼制难度，究竟有多恐怖。

"这个家伙……居然还隐藏着第三种火焰？"柳翎嘴角抽搐着，眼中有着难以掩饰的震惊。想炼制出三纹青灵丹，便需要三种不同的火焰，而前面萧炎所使用的火焰，却只有那青色以及紫色火焰，很明显，他将实力隐藏到了最后一步。

事情忽然峰回路转，小公主等人彻底地知晓，若是萧炎手中的丹药真是三纹青灵丹的话，那么这次的大会冠军，绝对会稳稳地落在萧炎手中。虽然紫心破障丹能够接连服用两次，可三纹青灵丹那种能够让实力一跃三星的强烈诱惑，却会让任何人愿意为之冒险！

二纹的青灵丹，若是与紫心破障丹相比，恐怕很多人会因为两者所带来的提升效果相同可代价不同，从而选择后者，但是如果将前者改换成三纹青灵丹，那么结果则将会大不一样，为了这个三星连跳的诱惑，很多人会选择冒险一试！

虽然两者间仅仅相差一星之效，可三纹青灵丹对斗灵级别的强者依然有效！而那紫心破障丹，却仅仅只能作用于大斗师。因此，在这一点上，它便逊色了三纹青灵丹不止一筹。所以，这两种丹药相比较，无疑将会是三纹青灵丹取得胜利！

因此，此次的比赛，萧炎将会是最后的胜者！

高台上，法犸虚眯着眼睛，可任谁都能从那平日里淡然的眼瞳中瞧出难以掩饰的笑意。开怀地大笑了几声，法犸目光再度在广场中一扫，瞥了一眼那坐在地上、脸色惨白的炎利，笑吟吟地道："三纹青灵丹与紫心破障丹，想必在座的各位应该听过，那么关于它们谁优谁劣，我也就不必详说了吧？呵呵，既然如此，那么我便宣布，这一届加玛帝国炼药师大会的冠军所属者……"

"等一下！"听到那在耳边响起的刺耳声音，脸色惨白的炎利，忽然抬头尖声叫道。

被打断了话语，法犸眉头微皱，淡淡地瞥着脸色惨白、双眼赤红的炎利，冷声道："你有何事？"

"我不信他炼制出了真正的三纹青灵丹，我要亲自检查！"手指指向萧炎，炎利大喝道。

“抱歉，按照大会规矩，你并没有权力检查别的参赛者所炼制出来的丹药。”摇了摇头，法犸淡漠地道。

“嘿，万一他随便拿出一枚外形和三纹青灵丹差不多的丹药来充数，难道这也能让他成为冠军？哼，我看你是因为我并非加玛帝国的人，方才这般刁难，不过今日这么多人在场，我想要不了多久，你加玛炼药师公会仗着主办方权力禁止检查丹药的事，就会传遍大陆了，到时候……”炎利冷笑道。

炎利的话刚落，周围的观众席上，便响起了些许窃窃私语。按照常理来说，炎利这个要求，也并不算太过分。

听到周围传来的窃窃私语，法犸脸色微沉，他没想到这个家伙到了这种时候，还冥顽不灵。

“等大会结束后，最好一出帝都，就找个机会把这人渣给……”加老双手插在袖间，低声喃喃道。

“他若是能活着离开加玛帝国，我也不用再当这个会长了。”法犸嘴唇微微嚅动，轻声中充斥着难以掩饰的森冷杀意，能够将一直保持着和善的法犸逼到这般地步，看来炎利是真的把他给激怒了。“现在怎么办？真要检查吗？万一岩枭的丹药真有点问题，虽说那种几率很小，可现在的这种局面，由不得出半点差错啊。”加老迟疑地问道。

法犸沉默，虽然他对萧炎有信心，可刚才药鼎爆炸时，谁能肯定爆炸冲击是否对丹药内部造成了什么损害？

“法犸会长，既然他要检查，那么便让他检查吧，不然的话，倒显得我们心虚了。”萧炎忽然抬起头，对着犹豫不决的法犸等人微笑道。

听到萧炎的话，法犸一愣，望着那张微笑的面庞，略微沉吟了一下，方才无奈道：“好吧，那就检查一下，不过这检查之人，不能是炎利本人，按照大会明文规定，同为参赛者，并没有资格与权力，去检查别人的炼丹成果。

“就从公会长老中挑出几位来检查，当然，如果检查员全部由我们公会所组成，那自然是有些不妥，所以，我们会再从一些在帝国内拥有着不错名声的自由炼药师中选出几名大师，让他们在这大庭广众下，共同来检查参赛者的炼丹成果，各位，应该能够相信吧？”

闻言，炎利脸色微沉，虽然想再度说话，却强行忍了下来。他现在借助着周围观众来施压，方才使法犸派人成立检查团，若是继续刁难的话，周围的观众恐怕也能看出他的花招了，到时候，群情激愤之下，遭殃的还是自己。

“我就不信，经历了药鼎爆炸，你的丹药会没有半点损害！”咬着牙，炎利恶狠狠地盯着不远处的萧炎，那模样犹如一头孤注一掷的饿狼。

在将检查规矩定下来之后不久，一支七人组成的检查队，便从高台上走下。这七人，大多都是在加玛帝国内拥有着不小名声的炼药大师，等级基本都在四品左右，因此，由他们来当检查员，倒是没多少人有异议。

在无数道目光的注视下，七人缓缓走下来，萧炎目光扫了扫，有些错愕地发现，那领头之人竟然是奥托。

检查组先是来到炎利身旁，从他手中将紫心破障丹取了过去，然后围成一团，各自使用自身的灵魂感知力，探测着丹药的品阶以及是否有缺陷。

检查持续了将近五分钟，奥托拿回丹药，将之丢给了炎利，然后抬头对着两边的席位，淡淡地道：“紫心破障丹，成功，并未有缺陷！”

“哼，这还需要你们废话，赶紧过去检查那家伙的三纹青灵丹！”握着丹药，炎利不耐烦地催促道。

奥托冷冷地瞥了他一眼，眼角瞟过被他握在手中的紫心破障丹，嘴角忽然拉起不易察觉的诡异弧度。

在将炎利的丹药检查完毕之后，奥托等人又依次检验了一下那些愿意拿出炼制丹药的参赛者，其中也包括小公主以及柳翎。他们的丹药，除了色泽略微有些不太精纯之外，并未有太大的问题。

将小公主的丹药检查完毕后，检查队终于在万众瞩目下，来到了萧炎的石台之前。

对着奥托轻声笑了笑，萧炎将手中的三纹青灵丹递了过去，奥托双手接过，低声道：“好样的，小家伙，干得不错！”

接过丹药后，奥托七人便又围成了小圆圈，在众目睽睽之下，一个个仔细传看着，脸庞之上的表情，略微有些凝重。

“莫老，这次，便由你来宣布吧。”丹药传递了一圈之后，再度回到奥托手中，奥托忽然微笑着对一名头发雪白的老者笑道。

这位被称为莫老的老者，虽然并不属于炼药师公会，可在加玛帝国的名声颇为响亮，因为他是某一届炼药师大会的冠军。

“唉……不佩服不行啊，看了这么多届的大会，这一届，最惊心动魄。”白发老者叹息着摇了摇头，然后面向观众席，略微沉默了一会儿，方才淡笑道，“检查已经完毕，虽然说出来有些丢人，不过我倒是无所谓，这位岩枭小友所炼制的三纹青灵丹，即使是我，也根本没可能炼制到他这般完美。小家伙虽然年纪轻轻，却潜力无限，我想，日后，超越古河，指日可待！”

白发老者这番突如其来的评语，直接让整个广场瞬间变得鸦雀无声，所有人都满脸错愕地望着那同样因为老者的评价而一脸愕然的萧炎。丹王古河在加玛帝国的地位，几乎是位于巅峰，在无数初出茅庐的炼药师眼中，那是一座不可超越的高山！

而现在，老者居然当着上万人的面，郑重地宣布一个年龄不足二十岁的青年，将会超越那座难以攀登的高山！

无论如何，岩枭之名，以后恐怕将会真正地威震整个加玛帝国！

这位莫老在加玛帝国成名较古河都要早上许多，他的评价，自然很有分量。因此，除了少许人外，倒也并未有太多人觉得他是在信口雌黄。

炎利脸色铁青，莫老的那番评价，无疑间接地肯定了萧炎炼制的三纹青灵丹没有丝毫问题，而这番话，也让他是彻底输了。

咬了咬牙，炎利袖袍一挥，将石台上的药鼎收进纳戒中，然后在无数道目光注视之下，毫不迟疑地转身向着场外急匆匆走去。高台上法犸等三人眼中所射出的阴冷之意，已经让他明白，如果此时不趁机赶紧走的话，一旦等法犸三人忙完了这里的事，那恐怕就该自己倒霉了。

高台上，法犸双手插在袖间，淡漠地望着急匆匆朝场外走的炎利，不由得冷笑了一声，道："现在想起走了？会不会晚了点？"

"需要跟上他吗？反正这里并不需要我们。"海波东笑着问道。

"不用。"微微摇了摇头，法犸淡淡地笑道，"刚才我已经吩咐奥托在检验他的丹药时，在丹药上附上灵魂印记，他跑不掉的。"

"出云帝国炼药师公会这次要大出血了，一名四品炼药大师，可不是那么好培养的啊。"加老笑吟吟地道，笑容中有些幸灾乐祸。

"既然来了，自然要有这种准备。"

笑了笑，法犸望向场中，轻咳了一声，待所有目光投射过来后，方才笑着朗声道："既然检查已经完毕，那么现在，我宣布，这一届大会的冠军……"

他的手掌探出袖间，手指豁然指向场中那身形单薄、脸色略微苍白的青年："那便是，岩枭！"

法犸的声音刚落，观众席上猛然响起震耳欲聋的兴奋吼声，无数人激动得脸庞涨红地从椅上站起，挥舞着双手，一时间，整个广场陷入了喧闹与激动的海洋之中。

无怪乎这些观众会变得这般兴奋与狂野，这一次的争夺与以往的大会不同。以前的大会，都是本国内的炼药师争夺冠军，因此观众并没有太过强烈的同仇敌忾的情绪；然而这一次，突然成为黑马并且差点就将冠军之位取走的炎利，却将这些加玛国人那种不愿让别国之人在自己国家取得冠军的情绪，完全地激发了出来。毕竟，谁也不想看见自己国家举办的大会，最后却成就了别国特别是敌对国家选手的荣誉。

因为，别国选手所得到的荣誉，是建立在加玛帝国受辱的基础之上！

而在炎利即将夺得冠军之时，萧炎横空而出，将那马上就要跑到国外的冠军之位给夺了回来。这一举动，对周围的观众来说，无疑是在绝望时刻，猛然洒下了希望。因此，广场上的加玛国人，会这般忘情激动，倒也在常理之中。

当然，顺着民心，击破了炎利获得冠军之位的萧炎，自然极为容易地获得了无数人的注意与尊敬，今日之后，岩枭的名头，将会响彻整个帝国！

从某一方面来说，萧炎能够得到这种出人意料的声誉，炎利功不可没，没有他的忽然出现，即使萧炎依然拿到了冠军，可在人们心中，顶多只是一个普通的冠军而已。每八年一届的大会，说长不长，说短也不短，以人类的年龄，一生看个七八次，也正常，所以，有和没有炎利，两者间所带来的意义，截然不同。

炎利的参赛以及失败，成全了萧炎的名声，或许萧炎对这个名声并不在意，可日后当人们谈起炼药师大会时，所有人的脑海中，那个曾经力挽狂澜、名叫岩枭的青年，会率先出现在他们那略微带着一些敬畏的话语之中。

“哈哈，我就知道，这个小家伙会成为最后的胜者！”望着场中那在无数道敬畏、崇拜，甚至爱慕的目光中，旁若无人地收拾着石台上的一些残留药材的萧炎，纳兰桀忍不住大笑道。

“嗯。”纳兰嫣然微微点了点头，美眸盯着场中那虽然身形单薄，可整体却显得颀长的青年，淡然的俏脸上忍不住流露出些许异样笑容，“他真的很出色！”

“何止出色啊！”纳兰桀咂了咂嘴，道，“从今天开始，恐怕只要稍有实力的势力，都会开始对这个小家伙抛去橄榄枝了，先前那莫老头的评价，可是传进很多人心中了啊。”

“他所说也不假，虽然不敢肯定岩枭日后发展如何，可在这般年纪，便能够炼制出三纹青灵丹，这即使是当年的古河长老，也办不到。”纳兰嫣然轻声道，明眸流转，忽然笑吟吟地道，“若是能够让他加入云岚宗，恐怕他日后的成就将会比古河长老更大！”

“嘿，怎么，现在就打算替云岚宗拉人了？”闻言，纳兰桀翻了翻白眼，道，“别说我没提醒你，这个小家伙似乎与米特尔家族的雅妃关系有些暧昧。那个妮子也的确是个能让男人为她上刀山下火海的祸水，你想从她那里将岩枭拉过来，似乎很有难度啊。而且，别忘记岩枭对你是什么态度。”

听到纳兰桀这话，纳兰嫣然微微蹙着柳眉，略微有些苦恼与疑惑：“唉，我也不知道怎么回事，总觉得他似乎对我很有偏见，看见我就是一副爱理不理的冷淡模样，与雅妃甚至夭夜在一起的时候，他都能笑着谈几句，可一旦我加入进去，他就直接变冰块了。”

纳兰嫣然的确很郁闷，论起身份，她比雅妃甚至夭夜都要高上不少，论起美貌，她也自信不会逊色二女，可偏偏，岩枭就是对她不理不睬。当然，追求纳兰嫣然的人中，也不乏一些剑走偏锋故意装冷漠对待她的人，可惜，这些佯装冷漠的人，全部都因为装得不到位，而被纳兰嫣然觉察，列入黑名单。因此，纳兰嫣然对于那些佯装出的冷漠，倒还有几分应付经验，可面对着萧炎，她却真真切切地感受到了对方话语中的那股冷漠，甚至厌恶……

“厌恶我？”想起这个，纳兰嫣然俏脸上浮现一抹古怪神色，这对于她这个天之骄女来说，的确太过打击人了。

“唉，我没得罪过他吧？”苦笑着摇了摇头，纳兰嫣然在心中嘀咕道，“算了，这些事还是让宗门的长老或者老师来办吧。这个家伙，如果真是哪里得罪了你，说出来不就得了。”

“我也不知道他为什么对你会是那样，不过日后与他接触，你尽量放低点姿态吧，别拿出云岚宗少宗主的身份来压人。一些有本事并且性格强势的男子，对你这种女人，一向都是敬而远之。”纳兰桀摇了摇头，道。

“我什么时候拿少宗主身份来压过他了？”闻言，纳兰嫣然不由得有些委屈，似乎从在纳兰家族一见面，她就对他保持着客气的态度吧？

“我怎么知道？”无奈地摇了摇头，纳兰桀也不在这个问题上继续纠缠，目光转向场中那接受着万众喝彩的青年。

手掌扶着石台，耳边传来山洪暴发般的欢呼声，萧炎缓缓地吐了一口气，转过身来，抬头望着高台上的法犸，冲着他笑了笑。

“岩枭先生，恭喜了。”小公主微笑着走过来，对萧炎笑吟吟地道。

“好运而已。”萧炎微笑道，再次将那不知道被他使用了多少次当借口的话说了出来。

“哪是好运，这是你自己的真实实力。呵呵，说真的，现在连我与柳大哥，都很佩服你呢。”小公主轻笑道。

目光一抬，萧炎扫了一眼不远处的柳翎。此时的他正盯着这边，瞧见萧炎望过来，他愣了一下，旋即脸上露出一抹勉强算是友好的难看笑容，并且还对着萧炎做了一个僵硬的拱手之礼。这对于向来性子高傲的柳翎来说，能对着同龄人做这般礼节，想必也是真正认同了萧炎的实力。

“这次的确输得不冤，等此次回去之后，我会跟着老师安心修炼，以前，倒真的是狂妄了，希望日后还能有和岩枭先生交手的机会。”缓缓走向萧炎，柳翎低声道。经历过这场大会，他那性子似乎收敛了一些。

“应该会有的。这里太过吵闹，我就先告辞了，日后有机会再见。”

微微笑了笑，萧炎目光在这片经历了惊心动魄的比赛场地上扫了扫，然后与小公主两人打了声招呼，便自顾自地朝着广场之外走去。大会既然已经结束，再留在这里接受无数喝彩，已无用处，他还急着去找法犸拿冠军的奖励——“融灵丹”的药方呢。

“唉，我们也走吧。”望着萧炎缓缓消失在通道处的背影，柳翎苦笑着摇了摇头，对着小公主说了一声，缓步跟了上去。

随着三人依次退场，帝都这几日最受人瞩目的炼药师大会，终于落下了帷幕……

第二章
七幻青灵涎到手

走出走廊，萧炎碰见早已等待在此的奥托等人，几人笑谈了几句，其间雪魅倒是插了几句话，那看向萧炎的目光，略微有些奇异。而琳菲，则是期期艾艾地不敢怎么说话，每当萧炎目光射过来，她都会有些脸红，显然，先前萧炎的表现，将这个一向风风火火的女孩着实震慑了一下，而且原本心中的偶像柳翎悄悄崩塌了下去，取而代之的是这个安静单薄的青年背影。

和雪魅几人没谈多久，奥托便强行终止了他们的谈话，然后将萧炎带出广场，快速地回到公会，给他安排了一处静室，让他先调养一下，因为萧炎那苍白的脸色，实在是虚弱得有些吓人。

望着被关上的房门，萧炎无奈地摇了摇头，看了一眼手中那被奥托塞过来的绿色丹药。从丹药的色泽上看来，至少也是三品等级，看来这一次萧炎获胜，的确让奥托极为欢喜。这种级别的丹药，对奥托来说，也算是珍贵了，如今却随手递了过来。

盘坐在柔软的床榻上，萧炎将手中的丹药塞进嘴中，感受到那股在体内迅速化开的精纯能量，缓缓闭目，开始调养自己的精神。

虽然先前一直强撑着，可这一次的比赛，的确已经耗费了萧炎的所有精力。转换三种火焰所需要消耗的灵魂力量，实在太过庞大了，若非先前状态极好，恐怕三次火焰还未转换完毕，萧炎就得因为灵魂力量耗竭而昏迷了……

调养的时间，一晃便是五个多小时，当萧炎从修炼中苏醒过来时，瞟了一眼窗外，发现原本高悬的太阳即将落下地平线，温暖的空气逐渐变冷。

缓缓地吐了一口气，萧炎揉了揉额头，略微有些诧异，他原本以为要恢复大半精力至少需要一天时间，没想到这才五个小时，便几乎完全恢复，想来应该是奥托所给的那枚丹药的效用吧。

双掌撑在床榻上，微微一用力，萧炎的身体跃出，然后稳稳地落在了地面上，他轻拍了拍手，对自己的恢复速度颇感满意。

“嘎吱……”

在萧炎下床后不久，房门忽然被轻轻推开，萧炎抬头一望，瞧见一个身穿炼药师学徒袍服的清秀少女，正端着一盆清水，小心翼翼地走进来。

“岩枭先生，奥托大师吩咐我在这里照顾您……”少女年龄不过十四五岁，身姿娇小。

此时的她，清秀白皙的小脸上略微有些羞涩的绯红，而盯着萧炎的明亮大眼睛中，却闪烁着一股炽热。先前偷着空，她悄悄出去看了大会的比赛，萧炎力挽狂澜，击败炎利，扭转了整个大会的最终局面，自然被她清楚地瞧见。在这种年纪的少女心中，萧炎无疑是她们的英雄以及偶像，即使那张以前看上去很平凡的面孔，现在看来，也充满了魅力。

先前忽然被奥托叫来守着这里，少女心中还小小地雀跃了一番，特别是想起几个伙伴那羡慕的目光，少女大眼睛中的火热，更是升温。

被一个少女这般火热地盯着，萧炎干咳了一声，将少女惊醒过来后，微笑着接过水盆：“谢谢了，还是我自己来吧。”

“哦。”虽然心中略微有些惋惜，少女却不敢拒绝，乖乖地将水盆交过去，然后站在一旁，眼睛眨也不眨地盯着萧炎。

被人盯着洗漱的确很不自在，所以萧炎胡乱地在脸上抹了几把，便有些无奈地问道："小姑娘……"

"我……我叫荀儿。"少女脸红红地道。

苦笑了一声，萧炎只得道："荀儿小姐，能带我去见法犸会长吗？"

"嗯，请跟我来。"脆生生地应了一声，心满意足的少女方才转身上前带路。

出了房间，萧炎紧跟在少女身后，周围偶尔路过的公会炼药师，都停步对着他露出和善的笑容。有时候在楼梯拥挤处，大多数炼药师还会主动地让开道路。被如此客气地对待，倒让萧炎有些不自在了。

"岩枭先生，您的面子真大，平日里他们见到我们可都是板着脸呢，哪还会让路？"再走过一条走廊，前面的少女忍不住轻笑道。

对于少女这有些俏皮的话，萧炎笑了笑。世界是现实的，尊敬与敬畏，永远都是留给有实力的人享受。在这以前，他来炼药师公会，不一样没这种待遇吗？

跟着少女转过几条走廊，最后终于在一处宽敞的房间之外停了下来，少女低声道："这里便是会长的书房了，他现在应该还在里面，您自己进去吧，岩枭先生。"

"多谢荀儿小姐了。"萧炎点了点头，笑道。

"不用。"甜甜一笑，少女转身走了几步，忽然转身笑吟吟地道，"岩枭先生，今天您真的好帅！嘻嘻，再见。"

望着那个双手负在身后，犹如小鹿一般蹦跳着消失在走廊尽头的少女，萧炎愣了愣，旋即失笑地摇了摇头。看来这次的大会，还真为他凝聚了不少人气呢，竟然连这平凡面容都会让小姑娘动春心。只是可惜，这个身份、名字，却是假的。

收回目光与思绪，萧炎敲了敲房门，待里面传来法犸的声音后，方才推门而入。

房中的书桌旁，法犸、海波东与加老三人正坐着，瞧见萧炎，皆是不由得对着他投去笑容。

"小家伙，恭喜了啊。"望着进来的萧炎，法犸三人对他笑着拱手道。

"你们就别寒碜我了。"萧炎缓步上前，苦笑道，"这次可差点要了小命。"

“呵呵。”法犸轻笑了笑，也不再说废话，手掌在纳戒之上抚过，旋即一卷紫银色的卷轴出现在了掌心中，手掌缓缓抚摸着卷身，微笑道，“有付出，自然有收获，这便是六品丹药‘融灵丹’的药方。小家伙，从此以后，它归你了。”

说着，法犸屈指轻弹在卷身之上，卷轴化为一道银色影子，飞向萧炎。

萧炎有些激动地接过卷轴，忍不住地上下把玩了一下。卷轴呈紫银两色，握上去，略微有些冰凉的感觉，在光洁的卷轴表面上，还绘制着一些繁复的纹路以及古朴的印记，看上去，有种唯美的感觉。萧炎小心翼翼地握着卷轴，缓缓地将之拆开，粗略地看了一下卷轴上所写的信息，确认其上所写，与当初奥托所说无异，方才在心中松了一口气。

“我劝你最好现在不要用灵魂力量阅读里面的药方，不然的话，你会当场昏迷过去。六品药方，就算是我，在阅读之后，也头脑昏沉好一段时间。”望着萧炎那激动的模样，法犸笑着提醒道。

“呵呵，知道。”萧炎笑着点了点头，将“融灵丹”药方谨慎地收进纳戒中，抬头瞧着法犸将一块紫色金属牌递了过来，不由得有些疑惑。

“这是公会荣誉长老的令牌，也是给冠军的一种奖励，你拿着这令牌，可以在加玛帝国任何地方的分会处，得到帮助。”法犸笑了笑，道，“我知道你不喜欢被什么职位约束，这所谓的荣誉长老，并不需要你付出什么，只是挂个虚名而已，你可以不听任何人的调遣，包括我。”

微微点了点头，萧炎这才顺手将令牌接了过来。

“好了，小家伙，奖励也到手了，接下来，你可以在公会或者帝都逛逛，虽然大会已经结束，帝都却还会热闹好一段时间。现在的你，也是一个大名人了，想认识你的人，恐怕都得排队了，哈哈。”法犸打趣道。

萧炎无奈地摇了摇头，目光扫过三人，忽然道：“你们打算去干吗？”

“呵呵。”海波东笑了笑，与法犸两人对视了一眼，笑吟吟地道，“接下来打算去找那位炎利朋友谈谈违背大会规矩的代价。”

“可怜的家伙，注定回不去了。”摊了摊手，萧炎可不认为那个炎利能够在法犸三人手中逃出生天。

“既然你们有事，那我就不拖延你们了，我也正好有些事还要办，告辞了。”对着三人拱了拱手，萧炎不再停留，转身便出了房间。

“呵呵，走吧。这两日，我被那家伙气得挺窝火的，现在是该他还账了。”望着萧炎的背影消失，法犸从椅子上站起来，冷笑道。

海波东笑了笑，站起身来，三人对视了一眼，身体颤抖间，狂风猛然在房间内刮起，吹得书页哗哗作响，待风停下来时，房间中的三人，已然消失了踪迹。

在那一道道泛着各色意味的目光中，萧炎缓缓走出了炼药师公会，站在大门口，望着逐渐暗下来的天色，略微有些愣神。这大会一结束，他全身忽然间轻松了许多，没有了必须夺冠的压力后，他方才能够真正地松一口气。

“唉，这东西，实在是太耗人心神了。”萧炎苦笑了一声，若不是当初美杜莎女王忽然来了那么一句，他也不想这么拼死累活地来参加这个大会。

想起美杜莎女王，萧炎手掌不由得悄悄摸了摸那缠绕在自己手臂上沉睡的七彩吞天蟒。不知道是不是美杜莎女王力量越来越强大的缘故，现在的它，经常时不时地陷入沉睡，在感官最敏锐的修炼时，萧炎能够偶尔察觉到这小小身体中，两个灵魂的彼此压制与争夺。

“唉，到处都是麻烦啊。”轻叹了一口气，他没有实力帮助七彩吞天蟒，所以只能看着二者争斗，虽然这个争斗，最后的胜利者绝对会是美杜莎女王，可至少，现在的七彩吞天蟒，帮萧炎取得了一些能够与美杜莎女王谈条件的资格。

美杜莎女王上次忽然出口，想必这“融灵丹”对她应该极为重要，现在药方到手了，可要炼出丹药，就还必须依靠萧炎。所以，现在的他，至少不用再担心哪天女王陛下忽然苏醒，把自己给宰了。

吸了一口有些湿凉的空气，萧炎将那些纷乱的情绪抛出脑海，站在街道上略微踌躇了一下，然后便抬脚向纳兰家族所在的地方行去。给纳兰桀驱毒，今天是最后一次了，如果一切顺利的话，今夜应该便能将那“七幻青灵涎”拿到手，而到时候，则该试试那东西究竟能否将药老唤醒了。

如果能唤醒，那此次上云岚宗，便有了最安全的保护罩；而若是唤醒失败，那也只能硬着头皮上了，已经到了这种时候，萧炎不会出于任何原因，而选择放弃！

“明天还有最后一天的空闲时间。如果可以……唉，可惜，这东西也有反噬概率，而且已经被我炼制成了三纹，斗师级别的人服用，反噬效果更大。若是在这种时候倒霉，实力降点，那才会让人郁闷。”微抿着嘴，萧炎手指轻摸了摸纳戒，那里面，有一枚才出炉不到半天的三纹青灵丹。

虽然萧炎察觉不出纳兰嫣然的真正实力，不过从那天晚上她忽然出手的凌厉气势来看，想必她的实力不会低于木战，甚至犹有过之。

木战是九星斗师，若是纳兰嫣然还能超过他，那么，她应该便是大斗师级别了……

“三年之前，她仅仅是三星斗者，这才不过三年时间，她居然晋阶到了大斗师？如果我判断无误的话，想必这三年间，她应该服用过某种能够直接提升实力的丹药吧？以云岚宗的丰厚财力以及收藏，再加上丹王古河的协助，虽然这种丹药极其难得，可要炼制出来，也并非不可能。不然的话，即使她的天赋同样很优秀，也不可能比我还要快上这么多。”萧炎低头沉思着。

“虽然老师的能力高深莫测，不过炼制那些丹药，需要各种稀奇药材，凭我的能力，很多东西都搞不到手，而没有足够的药材，任凭老师再强悍，也不可能炼制出丹药。因此这些年，他一直只是在使用那种便于炼制的催化类型的丹药，比如那种涂在身上极其疼痛，却能激发人体潜能的液体。类似那种直接提升实力的丹药，老师却从没弄过。”

综合双方的条件因素，纳兰嫣然那突飞猛进的实力，倒也让萧炎稍稍释然了点。

“唉，到时候再看吧，如果能唤醒老师，那便不用冒险服用三纹青灵丹，而若是唤醒失败……”叹了一声，萧炎喃喃道，“那就只能拼命试一试了。为了这一天，我已经准备了三年时间，绝对不能容忍任何缺陷而导致失败。”

甩了甩头，将这些令人烦躁的事情暂时压下，萧炎抬头望了一眼，在视线的尽头，纳兰家族的府邸已经若隐若现了。

萧炎缓缓来到纳兰家族门口，这几日每天都来替纳兰桀驱毒，萧炎也成了这里的熟客，因此那些守在大门两旁的护卫，并未不长眼地阻拦，而是冲着他谦卑地笑了笑，便将他恭敬地引了进去。

萧炎顺着碎石小道缓缓地前行了一段距离，在大厅中见到了早已等待在此的纳兰桀。纳兰桀笑眯眯地站起身来，对着他拱手笑道："恭喜，现在的你，可是帝都的风云人物了，可谓是无人不知无人不晓啊。"

笑了笑，萧炎目光在周围扫了扫，却有些奇怪地发现往日一直在场的纳兰嫣然没了踪影。

"呵呵，嫣然回宗门去了，今天云岚宗来人催她回去。"似是明白萧炎的疑惑，纳兰桀笑着解释道。

"哦。"表面上微笑着点了点头，萧炎心中却泛起了冷笑，"三年之约到了，她自然要回去。"

"纳兰老爷子，我们开始今天的驱毒吧，这是最后一次了。今晚过后，那烙毒，就能彻底离开你的身体了。"

"呵呵，好，这次多亏岩枭小友了，以后若是有什么需要帮忙的地方，尽管来找我纳兰家便是，只要我还当家一天，便绝对不会拒绝。"纳兰桀感激地笑道。

"各有所需而已。"笑着摇了摇头，萧炎跟在纳兰桀身后，走进一旁的侧房，然后开始了最后一次的驱毒。

……

最后一次的驱毒，轻松得有些出乎萧炎的意料。当然，他也清楚，这是今日大会时灵魂力量暴涨的缘故，经历了那种考验，如今他对青莲地心火的控制，无疑得心应手了许多。

用袖袍掠去额头上的一滴冷汗，萧炎手指移开了纳兰桀的后背，望着他那忽然间变得红润许多的脸庞，微微点头，笑道："恭喜你，纳兰老爷子，那烙毒彻底离开你的身体了。"

说这话时，萧炎嘴巴略微有些苦涩，烙毒的确离开纳兰桀的身体了，却跑进自己身体里了。

"呼——"纳兰桀长长地吐了一口浊气。这次的浊气中，再没有了往日的那种黑色分子，想来，真如萧炎所说，那烙毒被彻底清除了。

"大恩不言谢，老夫我知道岩枭小友是冲着那'七幻青灵涎'来的，可我的命，不是那棵草能比的，我纳兰桀向你承诺，日后若是有机会，必报此恩！"缓缓站起身来，纳兰桀对着萧炎沉声道，看那模样，竟然极为认真。

笑了笑，萧炎不置可否。

"啪啪！"纳兰桀忽然拍了拍双手，片刻后，紧闭的房门被推开，一名侍女手捧着一株用玉制花盆装盛的植物走了进来。

当这株植物出现之后，整个房间之中，立刻弥漫了一股令人心神安定的淡淡异香。

闻着异香，萧炎的视线瞬间停顿在这株植物上。这株植物，整体呈青色，看上去，宛如一块上好的青玉雕成，在植物顶端，一朵拥有着七种颜色的花朵，正徐徐地盛开着。随着花朵的展开，萧炎惊异地发现，那七种颜色，竟然在逐渐地转换着，看上去极为绚丽。

"岩枭小友，这便是那'七幻青灵涎'，据说，用炼药师的火焰将之提炼成液体，便能够使那些衰竭的灵魂快速恢复。当年为了弄到它，我可没少费力气，中那烙毒，也是摘取这东西的缘故。"纳兰桀笑道。

萧炎强忍着内心的激动，微微点了点头，舔了舔嘴唇，不让自己太过忘形。

"呵呵，岩枭小友，既然你已经将我治疗痊愈，那么，这东西，便属于你了。"

虽然忍得很好，却依然未瞒过纳兰桀这老狐狸，他笑吟吟地道。

“多谢了。”对纳兰桀感激地拱了拱手，萧炎不再忍耐，上前两步，从侍女手中将它接了过来，激动地上下打量着。

“这七幻青灵涎虽然能够装在纳戒中，不过每天你都必须让它晒一个小时的太阳，否则就会枯萎，你可要切记。”纳兰桀提醒道。

“嗯。”闻言，萧炎点了点头，这才将“七幻青灵涎”装进纳戒，转过身来，对着纳兰桀道，“纳兰老爷子，今夜我还有些事情急着办，既然你这里事情已经完毕，那在下便先告辞了。”

“呃？这么快？”纳兰桀一愣，想挽留一下，可瞧见萧炎眉宇间的那股急切，只得咽下挽留的话语，笑着点了点头，道，“以后有需要帮忙的地方，尽管来找我。”

“呵呵，会的。”萧炎笑了笑，对着纳兰桀拱了拱手，转身急匆匆地走出了房间。

房间内，望着那心急火燎离去的萧炎，纳兰桀只得无奈地摇了摇头，他原本还打算宴请一下对方，打牢双方关系呢。

第三章
药老苏醒?

一路风风火火地离开纳兰家，刚欲回旅馆的萧炎，却忽然止住了脚步，将七幻青灵涎炼制成液体，那自然需要药鼎，而他的那尊药鼎，在大会上炸了。

无奈地摇了摇头，萧炎略一踌躇后，便急匆匆地向着米特尔拍卖场行去，由于怕遇见雅妃耽搁时间，所以只是在拍卖会外围购买了一个和以前那药鼎差不多品阶的，之后，就马不停蹄跑回了旅馆。

进入房间后，萧炎反手将房门紧紧关上，快步进入内房，喘了几口粗气后，方才将那株“七幻青灵涎”拿出放在桌面上。

坐在桌旁，萧炎目光直直地盯着这株绝美的植物。半晌，方才长长地吐了一口气，费了这么大的劲，终于弄到手了啊，就是不知道，究竟能否对老师有用。

缓缓地平复下激荡的心情，萧炎小心地将窗户关好，来到桌旁，凝神望着不断变幻着色彩的七幻青灵涎，手掌一招，一尊红色药鼎，便出现在了桌面上。

手掌轻贴着装盛七幻青灵涎的玉盆，萧炎掌心劲气暗蕴，旋即猛然一吐，听到“咔嚓”一声，玉盆表面，裂纹犹如蜘蛛网一般，迅速地蔓延开来。

屈指弹在布满裂缝的玉盆上，顿时，后者便彻底破裂开来，露出了里面被泥土包裹着的七幻青灵涎根茎。

望着那些湿润的泥土，萧炎略微沉吟，手掌再度贴了上去，淡淡的青色火苗，释放出炽热的温度，迅速将湿润的泥土烘烤得干燥了起来。此时手掌轻拍一下，那些包裹在七幻青灵涎之外的泥土，便全部自动地脱落下来，露出了里面那丝毫无损的根茎底部。

掌心微曲，一股轻微的吸力将七幻青灵涎缓缓地拉扯而起，然后小心翼翼地装盛进了药鼎之中。

手掌微旋，青色火焰在掌心吐缩而现，屈指一弹，火苗迅猛地蹿进药鼎之中，围绕着七幻青灵涎转了几圈。

随着青色火焰的出现，其本身所携带的炽热温度，让本来犹如青玉一般的七幻青灵涎开始迅速枯萎。虽然枝叶越来越枯萎，那七色花朵颜色却越来越鲜艳，当枝叶完全枯萎化灰而散时，花朵的颜色更是鲜艳得有些让人眼睛刺疼。一股浓郁得仿若久埋大地的佳酿一般的芬香，缓缓地从药鼎火口处透了出来。

吸了一口浓郁的芬香，萧炎浑身一个激灵，错愕地发现，白日虽然经过休养，可依然有些疲惫的后遗症，竟然真正完全消散了。

“啧啧，的确是个好东西，光是花香，便有这般堪比三品丹药的奇效，想必对于衰竭的灵魂，它应该有一些作用吧。”赞了一声，萧炎将目光投向药鼎之中，手指微动，那缭绕在七色花朵之外的青色火焰，便猛然扑涌而上，将之包裹，开始了猛烈焚烧。

随着火焰的翻腾，目光紧盯着药鼎中的萧炎，忽然轻咦了一声，他发现，在火焰对七幻青灵涎开始煅烧时，那不断变幻的七彩光芒，竟然能够与青莲地心火相抗衡，意图使自己在火焰中保全下来。

“嘿，这东西，果然不是寻常之物，居然连异火的温度，都能抵御这么久，不过，也仅此而已了。”轻声笑了笑，萧炎发现，随着青莲地心火不断升腾，那抗衡的七彩光芒，正在逐渐地减弱。看来，七彩光芒所能够使用的能量，也是有界限的。

手掌轻挥，又一团青色火焰从指间喷涌进了药鼎内，顿时，青色火焰的温度再度暴涨，片刻之后，终于一举将那反抗的七彩光芒全部吞噬。

当七彩光芒消失之后，那七色花朵立刻便变得柔弱不堪了，仅仅是火苗的一个蹿动，花瓣便急速枯萎，一滴滴七彩的小露珠，从枯萎的花瓣中渗透而出，闪烁着奇异光泽。

随着七色花朵的尽数枯萎，那一滴滴细小的七彩露珠，缓缓地融合在了一起，宛如一颗散发着七彩霞光的明珠，极为绚丽诱人。

“应该就是这样了吧？”自言自语地喃喃了一声，萧炎在七彩露珠出现后不久，便收回了火焰，手掌一招，鼎盖被掀开，七彩露珠飞出，在半空中划出一道七彩弧度。

飞来的七彩露珠，缓缓悬浮在萧炎的手掌上空半寸处，蠕动间，微弱的七彩毫光，悄然涨缩着。

“这个……怎么使用？”疑惑地眨了眨眼睛，萧炎先前用灵魂力量扫视了一遍，发现这七彩露珠中，倒还是真的蕴含着一种能够让灵魂为之雀跃的奇异能量。不过，这要如何才能让药老吸收？

右手下移了一些，萧炎将悬浮的七彩露珠靠近左手上的漆黑戒指，苦笑道：“不会就这样丢进去吧？”萧炎也知道这个漆黑戒指，有着与纳戒相同的储存功能，可这东西似乎只听药老的命令，萧炎的灵魂力量，根本进不去。

皱眉苦恼了半晌，依然没有半点头绪的萧炎，只得小心翼翼地将七彩露珠对着漆黑戒指贴了上去。

随着两者间的距离越来越近，萧炎忽然发现，那一直古朴深沉的漆黑戒指，竟然微微亮了少许！

“果然有用！”发现这一现象，萧炎心头大喜，不再迟疑，手掌移动，猛然间将那七彩露珠，对着戒指碰了上去。

两者相碰，七彩露珠却并未就此滑落，而是有些奇异地黏附在了戒指之上，一时间，漆黑的戒指，犹如被转换成了七彩颜色。

随着七彩毫光绽放，那漆黑的戒指也逐渐散发出黑色光芒。在黑色照耀下，七彩毫光犹如被吞噬了一般，开始以肉眼可见的速度变得微弱，而随着七彩毫光变弱，那黑色光芒，则越来越浓郁……

望着发生的这奇异一幕，萧炎脸庞涌上狂喜，他能够模糊地感觉到，似乎有股他所熟悉的灵魂，正在缓缓地恢复着。

黑色戒指的漆黑光芒越来越浓，到最后，几乎犹如见不到底的黑洞一般。某一刻，戒指忽然从萧炎手指上脱落，然后缓缓飘浮在他面前，漆黑的光芒一收一放，循环不休。

“老师，您苏醒了？”望着面前的漆黑戒指，萧炎忍不住有些激动。

萧炎的问话没有得到回答，漆黑戒指就这样飘飘荡荡，却并没有萧炎想象中的药老身影出现。

“怎么回事？”微微张着嘴，萧炎有些茫然，刚欲伸手将戒指取回来，一直安静的戒指猛然一颤，浩瀚恐怖的灵魂力量，猛然呈涟漪状，以戒指为中心点，轰然爆开！

骤然出现的灵魂爆炸能量，让萧炎脸色大变，这股恐怖的灵魂冲击波，若是击中他，恐怕能够将他的灵魂瞬间轰杀！

眼瞳紧缩地死盯着那扩散而来的灵魂能量涟漪，萧炎强行忍住内心的惊慌，这种范围的攻击，他根本就不可能逃脱得了。而且，他也相信，药老不会伤害自己。

灵魂能量涟漪闪电般地涌出，就在即将接触到萧炎身体时，那一处的涟漪却骤然一颤，然后瞬间消失。

灵魂冲击波跳过了萧炎，对着房顶，狠狠地撞了上去。

“噗……”

空无一人的房顶，虚幻的灵魂波动没有摧毁任何物体，然而，在那一处黑暗阴影下，一道人影突然从黑暗中被弹射了出去，一口鲜血忍不住地喷了出来。月光洒下，照亮了一张有些黝黑的苍老面孔。

“糟了，那家伙又醒了，以后不能再这么接近了。这浑蛋，明知道我没恶意，竟然还下这么重的手！”黑影抹去嘴角血迹，骂骂咧咧，脚尖在虚空轻点，身体几个闪烁，便消失在了远远的黑暗之中。

距离帝都几十里之外的一处偏僻小道，海波东淡漠地望着下方的一具人形冰雕，随手对着冰雕丢出了一片落叶，落叶飘飘荡荡，缓缓落下。

“走吧。”海波东抬起头，对着树枝之上的两道影子笑道。

“嗯。”法犸与加老微微点了点头，刚欲动身，两人脸色骤然一变，豁然转头，将目光投向了远处那庞大的帝都。

“好强大的灵魂力量！”惊呼声从两人口中不约而同地发了出来，旋即两人对视，皆从对方眼中瞧出一抹凝重。

“帝都怎会忽然冒出这等强者？为什么我们没收到半点风声？”加老低沉地道，作为皇室的守护者，任何忽然出现在帝都的强者，他都必须第一时间知晓。

“不知道，这灵魂力量太强大了，远非我等可比。”法犸低低的声音中隐隐噙着一抹骇然。

另外一棵树上，海波东也转头望着帝都方向，嘴巴微微张了张，眼中逐渐流露出一抹惊喜：“这灵魂力量，好像是萧炎那个小家伙体内的吧？他……他实力恢复了？”

“走吧，回去看看！”海波东微眯着眸子，并未对法犸二人说这股灵魂力量的来历，随口说了一声，便闪身向帝都飞去。

“嗯。”法犸两人点了点头，腾身紧跟而上。

随着三人的消失，那片飘飘荡荡的落叶，终于缓缓落在了冰雕之上。顿时，随着一道清脆的咔嚓声音，人形冰雕猛然爆裂成漫天冰尘，在月光照耀下，逐渐消散……

房间之中，萧炎双手护在脸前，好半晌，眼角余光方才透过手指缝隙，望着面前没有反应的黑色戒指，这才将手臂放了下来，然后摸了摸身体，似乎没哪里有所残缺。

此时萧炎身体上被灵魂波动吹得胀鼓鼓的衣袍，已经缓缓落了下来。感受着身体并未传来什么不适，萧炎这才微微松了一口气，抬头望着面前的漆黑戒指，却依然未见到药老的身影。

“究竟是怎么回事？”皱着眉头疑惑地喃喃了一声，萧炎再度呼唤了几声，可漆黑戒指却只散发着深沉的黑色光芒，没有任何回话，也再没有一丝灵魂动静，安静得犹如一潭死水。

“难道失败了？可先前那股灵魂波动，的确是老师的啊。”等待许久之后，未见有所反应，萧炎脸庞上略微有些茫然与失望。如果药老真的苏醒了，想必第一时间就会在心中回话的，可现在这一幕，似乎只能说明，他的灵魂依然受着某些局限，因此方才不能再像以前那般随意与他交谈。

不过无论如何，至少萧炎从黑色戒指散发的光芒来看，药老的状态要比当初沉睡的时候好了许多。看来，那七幻青灵涎，也并非没有作用。

目光盯着悬浮在面前的戒指良久，萧炎长长地叹了一口气，伸出手来，将戒指抓进了手中，再度戴在手指上。这一次，戒指再没有发出什么反抗，漆黑光芒在继续亮堂了一会儿之后，便完全收敛，变得和以前一般，极不惹人注目。

手指缓缓地抚摸着恢复平静的黑色戒指，萧炎揉着额头，半晌，苦笑了一声，轻声喃喃道：“老师，放心吧，我会继续想办法让您恢复的。”

再次叹了一口气，萧炎刚欲调息修炼，目光忽然扫向窗户处，一道破风声携带着寒气从外面扑涌而来。随着窗户被强行推开，海波东的身形出现在了房间中，望着萧炎，他有些惊喜地道：“恢复了？”

闻言，萧炎一愣，旋即略微有些释然，想必应该是先前那股恐怖的灵魂波动的缘故吧，像海波东这种级别的强者，对这些强大的灵魂波动，感觉是极为敏锐的。

“拿到了七幻青灵涎，刚才服下了，灵魂力量倒是猛然恢复了过来，不过可惜，不知什么缘故，一会儿后，又沉寂了下去。”萧炎摇了摇头，半真半假地道。

“啊？”海波东一怔，半晌，苦笑道，“那你的意思是还没有恢复啊？难道那七幻青灵涎没效果？”

“我也不太清楚，不过至少现在我能感受到那股恢复的灵魂力量，以前那段时间，则是完全没有半点感应，这样看来，七幻青灵涎还是有一些效果的。”萧炎似是有些无奈地道，“似乎只能另寻他法来恢复灵魂力量了啊。”

“唉，亏我白高兴了一场。”海波东失望地摇了摇头，一屁股坐在椅子上，道，“你若是恢复了实力的话，那么这次上云岚宗，安全系数倒是能够提升许多，可没有恢复的话，就算有我护持着，也危险得很啊。云岚宗传承了这么多年，那些长老的实力强得离谱，再加上云岚宗的人最擅长合击斗技，那般叠加起来，就算是我，也不得不暂避锋芒啊。”

“呵呵，有你这么一个斗皇强者在，就算打不过，跑总是没人能拦住吧？”萧炎开玩笑道。

“你倒是想得简单。”海波东摇了摇头，沉默了一会儿，忽然盯着萧炎，低沉地道，“小家伙，再过一天，就得上云岚宗了。我想，有些事情，得与你事前说好。”

望着海波东那忽然变得凝重的脸庞，萧炎微微一怔，旋即默默点了点头：“你说。”

“当初我说了，会尽量护持你的安全，不过，这是在尽量不得罪云岚宗的前提下。你也应该知道，我和米特尔家族渊源不浅，所以，我的任何举动，都将会牵扯到米特尔家族。虽然他们在加玛帝国也属于三大家族，看上去是个颇有重量的势力，可这加玛帝国，论起实力雄厚，云岚宗当占鳌头，这千百年的传承，饶是加玛皇室，也比之不上，当然，这是排除了整体‘势’的说法。不管怎么说，加玛皇室还统治着整个帝国。但这个在加玛帝国有些古老的宗门所隐藏的实力，也并非是表面上那么简单……

“你也清楚，斗气大陆上，虽然人的寿命是有限的，可若是在寿限之内提升了品阶，便能够将寿限延长许多。上一届的云岚宗宗主云山，在将宗主之位传给云韵之时，是八星斗皇的实力，当时，距离他的寿限，还有不少的时间。这些年，很少有人再听过他的名头，不过，没听过并不代表他已经陨落。”海波东缓缓地道。

“你的意思是……上一任云岚宗宗主还活着？”萧炎抿着嘴，轻声道。

“虽然不敢肯定，可这种几率并不小。若他还活着，想必应该已经突破了斗皇的障壁，成为斗宗强者了。”海波东叹息了一声，道，“所以，如果有可能，尽量不要与云岚宗起太大的冲突。否则，到时候，即使你与法犸、加刑天那老家伙有着一些交情，可为了大局，他们也并不会为了你而得罪云岚宗！”

萧炎面容平静，丝毫没有因为他的这番话而有所动容。他从未有过这番奢想，他与法犸、加老相识才半个月不到，如果这就想让人家为了他与加玛帝国最强大的势力为敌，未免也太异想天开了。

“如果真走到双方为敌的那一步，想必海老也会选择抽身而退吧？”萧炎忽然低声道。他清楚，他与海波东间，其实也就是个交易的关系，若不是复灵紫丹的缘故，恐怕两人早就分道扬镳了。

海波东沉默，抬眼盯着青年那平静的脸庞，半晌后，道：“只要云山不出现……”言下之意，很是明了，若是上一任云岚宗宗主云山出现的话，那么他也只能为了米特尔家族着想，不再插手萧炎与云岚宗间的事了。

“唉，小家伙，你还年轻，以你的天赋，日后潜力无限。在未成为真正强者之前，你需要忍耐。锋芒太利，对自己并无太大的好处，等你什么时候能够自由控制体内那股强大力量时，再与云岚宗一较高低也不迟。”海波东拍了拍萧炎肩膀，语重心长地道。

萧炎默默点头。若是抛开老师的力量，他不过是斗师级别而已，这在强者如云的云岚宗内，恐怕一抓便是一大把。不过，也正如海波东所说，他还年轻，这是他最大的本钱！

“呵呵，好了，说这些也只是临时提醒你一下，让你在上云岚宗时，尽量小心点。”笑了笑，海波东站起身来，对着萧炎笑道，“不早了，你休息吧，明天休息一日，然后便上云岚宗！”

萧炎微微点了点头，目送着海波东走出房间。半晌，他长长地吐了一口气。海波东的这番话，可是让他清醒了许多，虽然法犸、加老等帝国巅峰强者看似对他极为和善，可这些，大多都是建立在摸不清萧炎底细以及其身后那究竟不知道存不存在的神秘老师的前提下，一旦出现他与云岚宗对抗的这种足以将他们拉进旋涡中的大事时，他们绝不会因为萧炎而与云岚宗为敌。

现实，始终是残酷的啊。

躺倒在柔软的床榻上，萧炎后脑勺枕着手臂，怔怔地盯着上面的床帘，眼眸缓缓闭上，半晌，骤然睁开。漆黑眸子中，却再未有半分对那庞然大物的畏忌。说他初生牛犊不怕虎也好，狂妄自大也好，他早就说过，这次的云岚宗之行，不会因为任何东西任何事物而选择放弃，别说云岚宗或许有一个斗宗强者，就算是斗圣，他也绝对会如约而至！

“人不犯我，我不犯人。”萧炎嘴唇紧紧地抿成一条薄线，执着而倔强。如果云岚宗真打算仗势欺人的话，那他萧炎，只能用事实告诉他们，他可并非是泥捏的。

“不管如何，这次的三年之约，必须胜利！因为，我需要用它来证明我三年苦修的价值！若是失败，三年修行，付诸流水，毫无价值！”拳头猛然紧握，萧炎深吸了一口气，腰杆一挺，便跃身而起，盘腿坐在床榻之上。

“纳兰嫣然，等着吧！”

萧炎心中轻轻呢喃了一句，双手摆出修炼印结，身体微颤，将激荡的心情平复，然后迅速进入修炼状态。

既然药老并未如想象中出现，那萧炎已决定，今夜将状态调至巅峰，明日，服用三纹青灵丹，突破斗师障壁，向大斗师进发！

这一次，他绝对不容许失败！

第四章

晋级大斗师

翌日清晨，温暖的晨晖从窗户缝隙间倾洒而进，在房间地板上，蔓延出一条细小的白色光线，光线缓缓伸展，最后攀爬上了床榻，照耀在了盘腿而坐的青年脸庞上。

感受到那股外界的温热，安静的脸庞微微一动，片刻后，紧闭的眼睑逐渐睁开，漆黑的眸子淡然平和。

扭动了一下身子，萧炎从床榻上矫健地跃下，打开房门，望着空无一人的厅房，怔了怔，想必海波东有事出去了，不过这样也好，免得受到打扰。

在厅房中随意洗漱了一下，萧炎将房门门口处那个有着红绿两色的牌子，红面朝上，这是请勿打扰的标志。

做完这些，萧炎才略微放心地回到自己的房间，打开窗户，任由清晨温暖的阳光倾洒在身体上。暖洋洋的感觉，让人略微有些慵懒，也让萧炎的心境归于宁静，波动难起。

萧炎安静地站在窗边，好半晌，方才转身，平静的脸庞上，看不出丝毫喜怒情绪，手掌缓缓伸出。纳戒之中，一点青光忽然缓缓升腾而起，青光迎风见涨，眨眼间，便变幻成了一朵散发着淡青毫光的青色莲座，悬浮在萧炎面前，微微飘荡着。

脚尖轻点地面，萧炎腾身而起，身体不急不缓地落在了青莲之上，盘腿坐下。

身体一接触到青莲，萧炎便能够清晰地察觉到，自己对于周围天地间能量的感应，变得敏锐了许多，不愧是与青莲地心火同根同茎诞生的东西啊。

萧炎手指一晃，一枚周身环绕着三条丹纹的青色丹药，出现在了双指之间，低头凝视着这枚费尽自己所有力气方才炼制成功的丹药，萧炎沉默了些许时间，低声道："这次，可不能失败啊，不然的话……"

摇了摇头，萧炎吐了一口浊气，眼眸缓缓闭上，双手结出了修炼印结，胸膛的起伏越来越平稳。

萧炎闭目之后不久，周围平静的空间，便犹如被忽然投入的石头打破了平静的湖面一般，悄然波动了起来。一缕缕肉眼可见的能量气流，从虚空中渗透而出，在青莲周围盘旋了一阵，然后化为万千能量丝条，对着萧炎涌去，在经过青莲所散发出来的青色光罩时，被迅速地初步提纯了一次，然后携带着少许青莲本身的精纯力量，顺着萧炎的呼吸，钻进了体内。

这些能量一入体，都轻易地被萧炎心神所掌控，沿着功法路线运转了一圈，其中的斑驳已经被彻底净化，只余下少许的精纯能量，被灌注进了气旋之中。

萧炎缓缓地吸收着外界的能量，半晌，待一切正常，手指猛然轻弹在双指所夹的那枚三纹青灵丹之上，一股巧劲，将之弹射进了微张的嘴巴之中。

三纹青灵丹入口即化，萧炎尚未反应过来，它便迅速化为三股一波强于一波的精纯能量，犹如奔腾的河流一般，顺着喉咙，一路汹涌滚下，然后怒声咆哮着，灌注进入了经脉之中。

在三股能量进入经脉的那一霎，萧炎保持着修炼手印的手掌猛然一颤。他发现，三股能量，在这一刻，有两股猛然间释放出了堪比火焰的炽热温度，而另外一股白色能量，则是忽然变得犹如冰块一般冰冷，冷气所过处，经脉壁上竟然出现了薄薄的冰霜。

这般突然间忽冷忽热，让措手不及的萧炎差点从修炼状态中退了出来，不过好在他反应快，急忙稳下心神，咬牙忍受着这股怪异的疼痛，而感受着那三股温度不一的能量，他也模糊地明白了一些：这三种能量的模式，不正是自己当日炼制丹药时所使用的三种火焰吗？

“难道这所谓的三纹青灵丹，便是将火焰的力量吸取而进，然后将自身所蕴含的能量模仿成前者吗？”萧炎心中略微有些恍然，旋即将心神迅速沉进体内，心念一动，气旋之中，一股股汹涌的青色斗气顺着经脉涌出，最后在经脉中某一处地方，与三纹青灵丹的能量，狠狠地碰撞在了一起。

“嘭……”

听到体内传出的那声轻微闷响，萧炎喉咙间也低低地闷哼了一声，脸庞涌上一股红潮，手印变动，心神开始引导着这三股被斗气冲去了些许锐气的能量，顺着功法路线，开始了急速运转。

在运转之间，一冷两热的三股能量彼此纠缠，居然极为融洽地融合在一起，并且还时不时地释放出冷热不同的温度，这倒是让萧炎吃尽了苦头。若是早知道服用丹药时会和炼制的火焰有关，那他使用骨灵冷火时，也不会那么干脆了。虽然先前斗气的主动出击，让三纹青灵丹的药力收敛了一点，不过当三股能量在沿着功法路线运转时，却又再度完美地融合成了一股拥有三种颜色的能量。随着融合，能量的体积猛然暴涨了许多，原本有些虚幻的能量，现在居然已经完全转换成了三色液体。

体积涨动，萧炎甚至都能模糊地听见从能量中传出来的兴奋咆哮声，然而还来不及有所动作，经脉中的三色能量，顷刻间蛮横地运转了起来。就在萧炎大惊之下准备全力控制时，三色能量却突然一颤，只见无数股细小能量柱，从其中分化而出，沿着体内四面八方的经脉汹涌而去，甚至，萧炎以前从未碰触过的一些经脉，也被这些胡乱冲撞的能量，蛮横地撞了进去。

额头之上缓缓滑下一滴冷汗，萧炎嘴角猛然一抽，整张脸庞在此刻扭曲了起来，丝丝凉气从牙缝中透了出来。

体内，无数股细小的能量，以一种势如破竹的声势，野蛮地冲进了萧炎从未到达过的一些紧窄经脉。能量如河流般呼啸而过，紧窄的经脉急速扩张，一丝丝极为细小的裂纹，出现在经脉壁上。裂纹中，有淡淡的毫光射出，这是经脉禁受不住猛力扩张，而即将炸裂的前兆。

就在经脉裂纹逐渐扩大时，那呼啸而过的三色细小能量，尾部却一路甩下无数白色液体。这些带着寒气的液体，迅速黏附在即将破裂的经脉壁上，然后渗透而进。而随着寒气液体的渗透，那些裂纹居然开始缓缓缩小，片刻之后，经脉裂纹便完全消失，只不过，以前那细小的仅能容纳少许能量通过的经脉，已经完全变了模样。

类似情形，此刻，正在萧炎体内无数条经脉之中发生着。虽然剧痛让萧炎几乎两眼发黑，可那迅速变得宽阔坚韧的经脉，却让他明白，坚持过去，对他会有极大的好处。这些细小的经脉一旦打通，那么日后他调遣斗气的速度，无疑将会快上许多。而在战斗之中，若能自由地指挥斗气，将会让人占很大的优势。

分化而出的能量，在将一条细小经脉打通之后，继续前冲，只听到扑哧一声低响，萧炎身体表面的毛孔之中，豁然喷出了一股细小的三色能量柱。

在第一道声响之后不久，萧炎身体忽然连续地颤抖了起来。身体表面，一股股三色能量，犹如喷泉一般，从其体内狠狠地涌了出来，一时间，使萧炎看上去犹如有着无数漏洞的水壶一般。

喷涌仅仅持续了几秒时间，便完全消失，而在能量消失后，那些喷出细小能量柱的毛孔，却缓缓渗透出些许鲜血，鲜血滚落，将萧炎半个身体都打湿了。

那些被打通了的毛孔，缓缓地开始恢复正常，然而，萧炎却能够非常清晰地感觉到，每当他变动修炼印结时，那些被打通与经脉相连的毛孔，居然犹如一个个风洞一般，以一种比以前迅猛十倍不止的速度，疯狂地吸收着外界的能量。

那些细小经脉中逐渐停止的剧痛，让萧炎松了一口气，终于可以不再分心，将心神完全地投注到那还顺着功法路线奔腾而行的最大一股三色能量上。

心神注视着那股仿佛不知疲倦的三色能量，萧炎略微有些头疼，他没想到，这三纹青灵丹的能量竟然这般庞大，先前只是从主体中分化出来的能量，便将一些细小经脉直接打通连接到了皮肤表面的毛孔，而这本体，经过好几次的功法循环，却依然仅仅只被炼化了极为少许。按照这种速度，将之完全炼化，那需要到什么时候？

“唉。”轻叹了一口气，萧炎心中低声呢喃道，“只能使用青莲地心火了啊。”

随着叹声落下，萧炎心神一动，气旋之中那犹如一个小湖泊的液体能量便围绕着中心处的纳灵，急速地旋转了起来。一缕缕青色火焰，从中喷射而出，最后在萧炎的控制下，对着那三色能量，狠狠地扑了过去。

两者乍一接触，三色能量便犹如沸腾的油锅一般，猛然波动了起来。

“哧。”

青色火焰与三色能量在经脉之中凶悍碰撞，细微的哧哧声响连绵不绝，而那三色能量，也在此刻急速地沸腾了起来，一波波浓郁的能量涟漪从本体中扩散而出，撞击在经脉上，让萧炎嘴角一阵哆嗦。不过好在这几条主干经脉极为坚韧结实，因此除了疼痛之外，倒还并无其他大碍。

强忍着疼痛，萧炎指挥青莲地心火将三色能量包裹，然后将之强行携带着，再度顺着功法路线，运转了起来。

青色火焰包裹着三色能量，呼啸着从功法经脉路线中穿过。心神细细看去，能够模糊地看见在火焰之中急速沸腾的三色能量。

随着青莲地心火不断焚烧，三色能量在炽热中，被迫完全融合成了一股有些偏青褐色的液体能量。在高温的威胁下，它们这次融合所产生的能量，似乎比先前还要庞大。不过即使能量变得再雄浑，可对青莲地心火，依然没有太大的抵抗能力。当萧炎再次从纳灵中调出一缕青火时，青褐色能量的反抗，终于逐渐地弱了下来。随着运转，一缕缕失去了野性与炽热的青褐色能量，缓缓从主体中脱离，最后被青莲地心火完全转换成了精纯的青色液体能量，灌注进了气旋之中。

在那一缕缕青色能量的灌注下，气旋之中的液体能量，几乎在以一个让人咋舌的速度，猛然上涨着。

“不愧是三纹青灵丹，药力竟然如此雄厚。”望着这一幕，萧炎心中略微有些惊喜。他发现，此时自己的实力，已经即将突破到八星斗师层次。虽然八星距离九星甚至突破大斗师障壁，还需要更加庞大的能量，但那三纹青灵丹的药力，可还有大半呢。

“应该足够了。”心中盘算了一下，萧炎再度凝神，不断消耗着斗气，将青莲地心火从纳灵中吸出，最后加注到正焚烧着青褐色能量的火焰中去。

虽然操控青莲地心火需要消耗不少的斗气，可这些消耗，与那正疯狂地从三纹青灵丹中源源不断补给过来的能量相比，不值一提。

青色火焰包裹着青褐色的能量，在经脉之中急速地循环而过。每一次的循环，都会把一大股已经炼化完毕的精纯能量，投注进入气旋之中，而每当此刻，气旋中的能量体积，便猛然上升许多。

原来的气旋，只储存着近半的青色液体能量，而现在，气旋中的液体，至少已经占据了四分之三。按照这个速度，气旋被灌满之时，便是到了斗师级别的极限了。

随着时间缓缓流逝，萧炎周身已经被淡淡青色光华所笼罩。这些青色光华覆盖在身体之上，形成一件斗气纱衣的模样，而此时，这些青色光华，却在不断地扭曲着，似乎是在构造与试探着什么，隐隐间，那些原本属于虚幻的斗气纱衣，居然出现了类似实质之物的特征。

此时的萧炎，自然感觉不到周身的变化，有着青莲的安神之效，他可以随时保持着对心神的最大操控。此刻，他的所有注意力，已经完全放在了体内那即将满溢的斗气气旋之中。

体内，气旋缓缓地旋转着，在其中，青色液体能量，犹如即将泄洪的洪水一般，飘飘荡荡，似乎随时都会从已经达到极限的气旋之内溢出来。

萧炎的心神，不敢有丝毫放松地注视着满溢的气旋。在经脉之中，那三纹青灵丹的药力，虽然已经被炼化了将近四分之三，可那残余的药力，依然是一股不少的能量。然而此刻的气旋，已经再容不下任何一丝能量，现在它的容量，已经达到了极限，若是再强行灌注，气旋恐怕将会就此胀裂，那后果……

所以现在的萧炎，必须采取措施，方才能够让自己避免那种下场。能避免了，那便实力暴涨；避免不了，气旋一破，斗气散溢，就此沦为废物。曾经享受过这种待遇的萧炎，自然绝对不可能再去感受第二遍。

缓缓地吐了一口浊气，萧炎手印悄然变动。在即将突破之前，每一名斗师，都会按照本能来选择最正确的举动，这是有过无数前人用成功证明的举动，很简单，这便是压缩。

气态的能量，能够被压缩成高级的液体能量，而液体，则同样能够被压缩成更高一级的固体能量，而这所谓的固体能量，也正是大斗师强者能召唤出犹如实质一般的斗气铠甲的秘密所在。

随着萧炎手印的变动，体内气旋，先是瞬间寂静，片刻后，一圈圈涟漪，忽然在气旋表面波动了起来。波动越来越强烈，到最后，便犹如沸腾的开水一般。咕咕响的青色浪花，在气旋中央位置，不断渗透而出。

在能量涟漪波动的刹那，原本缓缓旋转的气旋，悄然开始了加速。加速的时间极为短暂，仅仅不到十秒时间，原本慵懒而走的气旋，便变成了一个疯狂旋转的螺旋圆体。因为高速旋转，导致在气旋周边位置，居然出现了一圈圈的青色圆弧。旋转所发出的呜呜之声，在身体之内缓缓地传播着。这些似乎蕴含着某些神奇节奏的声音，穿过经脉，透过骨骼，渗出细胞，最后到达皮肤之外，传进了那些正在萧炎身体表面不断扭动的斗气纱衣之中。

在声音传进斗气纱衣之后，斗气纱衣的扭动缓缓停止了下来。转瞬之间，青光猛然闪烁，青色斗气快速融合、汇聚，最后彼此相融。光华稍减，一副在胸口处烙有一道火焰之纹的青色铠甲，有些模糊地出现在了萧炎身体表面上。虽然这副青色铠甲仅具雏形，可那深邃的淡青毫光以及若有若无的雄浑能量喷涌，却让人清楚地知道，它可根本不是先前的斗气纱衣可以相媲美的。

这副雏形斗气铠甲在萧炎不曾察觉间缓缓成形。萧炎的体内，也正在经历着惊心动魄的变化。

心神控制着气旋的旋转速度，使它不会超出某种极限而给身体带来伤害，所以萧炎必须小心翼翼地操控着，不敢有丝毫放松。当然，在这之余，他还必须尽量拖延三纹青灵丹药力的到来。此时此刻，到达极限的气旋，可不再需要它的继续灌注。

虽然将青莲地心火撤去能够停止炼化，但那样，便没有能量继续灌入气旋。而且萧炎也拿不准若是撤去了火焰，后者会不会忽然间再来个分化。若是分化后，有一缕未被提纯的能量闯进了气旋，岂不是将会把气旋中萧炎好不容易维持下来的平衡给打破?

想起一旦平衡被打破的后果，萧炎心头便打了个冷战，这种尝试他可不敢。所以当下他一边不断地催动着气旋的旋转速度，另一边则将三纹青灵丹的药力死死拖住，不让它完成循环。

现在，萧炎体内无疑是在进行着争分夺秒的时间赛跑。萧炎必须在下一波能量到来之前，将气旋之中满溢的液体能量压缩成固态，也只有这样，方才能够免去气旋胀破的危机。

疯狂旋转的气旋，已经变成了一个隐隐的青色影子，而随着这般高速旋转，气旋中的液体能量，也正在以肉眼可见的速度，诡异地减少着。与此同时，萧炎的心神能够清楚地感觉到，气旋深处，某种拥有着庞大能量的物质，正在缓缓地成形。

“快了。”感应到那急速成形的物质体，萧炎紧绷的心情略微舒缓了一下，随即不断地催促着。

时间缓缓流过，气旋之中的液体能量也在迅速地减少着。一切，似乎都在沿着最顺畅的路线进行着。

“呜呜”轰鸣着疯狂旋转的气旋之内，液体能量已经逐渐见底。一枚仅有拇指大小的青色菱形晶体，忽然在萧炎心神的注视中，缓缓地悬浮在了气旋中央位置，静止不动。忽明忽亮的毫光，显示着这个初生之物的脆弱。

萧炎心神有些惊奇，盯着那犹如矗立在风暴之眼中的青色菱形晶体。在这枚晶体出现的刹那，他能够清晰地感觉到那股从灵魂深处散发而出的舒畅之感。这个小东西，便是成为大斗师的最关键之物，大斗师强者通常将之称为——斗晶！

在很多强者眼中，只有当拥有了斗晶之后，方才真正踏入了斗气修炼的殿堂。这个小东西，是一个人体内所有斗气的结晶，其内蕴含着让人咋舌的庞大能量。

心神有些迷醉地望着那枚刚刚诞生的青色菱形晶体，萧炎还来不及松口气，经脉中忽然传来的细微声响，却让他心头一惊，心神一动。他迅速扫视了一遍经脉，随即脸色大变。

经脉中，那原本极为抗拒青莲地心火的三纹青灵丹药力，却不知为何，居然忽然选择了放弃抵抗，任由青莲地心火将所余的药力完全炼化，然后火焰夹杂着澎湃的能量，对着气旋一路咆哮着冲了过来。

脸色苍白地注视着那犹如洪水过境一般的澎湃能量，萧炎心头泛起一抹惊恐。若是任由这股能量冲进气旋的话，那才诞生不久的脆弱斗晶恐怕将会立马被摧毁。而若是斗晶破碎，萧炎不仅不可能成功晋级大斗师，并且实力还会因为能量的匮乏而大幅度退步！

这一切，都是因为服用丹药想要越级进发的后遗症和灾难。若是依靠自己本身力量，稳步地冲击大斗师级别，自然不可能有这种危险情况。依靠外物，始终都有足以将自己毁灭的潜在危险啊。

此时的萧炎，已经没心情再去理会依靠外物的这些弊端。现在的他，正全力运转心神控制着包裹能量的青莲地心火，想要将这股能量拉回去。可惜，此次能量的冲涌力实在太过庞大，而且出于炼化的缘故，现在这些精纯能量已经被打上了萧炎的标志，因此，青莲地心火的高温焚烧，已经对它失去了效果。

尝试了种种措施无效之后，萧炎只能惊恐地望着那距离气旋越来越近的庞大能量，心中略微有些许悲意。他没想到，自己还未上云岚宗，还未败给纳兰嫣然，便自己先毁灭了自己。

恍惚中，脑海中再度闪过画面，依稀是当年的萧家大厅，身姿窈窕的少女，面噙无奈与些许不屑，众人表情皆不同，讥讽、嘲笑、惋惜、愤怒……一张张面孔跳过，最后来到了首位处脸色铁青与涨红交织的中年人身上。

“我相信我儿子不会是一辈子的废物。”当年，强忍着内心被强行退婚的愤怒与尴尬的萧战，如此对着面前俯身下跪的少年轻声道。

温和的笑声缓缓地响起，让盘坐在青莲之上的萧炎，缓缓低下了头。

“父亲，多谢了。”

萧炎低低地呢喃了一声，喉咙间发出一声犹如困兽般的厉吼，凶猛的灵魂力量在此刻爆发而出。

而在灵魂力量暴动的那一霎，气旋之内，青色火焰猛然犹如火山一般，涌了出来！

“滚出去！”

火山般冲出的青色火焰，狠狠地撞在了那即将进入气旋的澎湃能量之上，强猛的劲道，直接将其从气旋边缘处撞进经脉之内，最后一路顺着几道先前被打通的经脉恶狠狠地挤了出去。

“哧，哧……”

哧哧声响，再度在房间之内响起。萧炎身体猛地一震，十几道能量光柱从毛孔之中射出，霎时间，强烈的光华笼罩着整个房间。

“叮。”随着那些危及晶体的能量光柱离体，萧炎体内疯狂旋转的气旋，缓缓地停止，其中那枚青色菱形晶体，猛然光华大涨！

房间内，萧炎眼眸乍然睁开，青色光华自眼中射出，双脚一点，身体轻巧落地，目光扫视间，气势较之昨日，判若两人！

“成功了。”长长地吐出一口憋在胸口许久的闷气，感应着体内那从未有过的澎湃之感，萧炎低低地喃喃了一声，旋即狂喜之色忍不住浮现在脸庞上，如释重负的大笑声在房间内响了起来。

在大笑中，似乎有一道苍老的欣慰松气声悄悄地响起，旋即湮灭。

房间中，大笑声缓缓消散，感应着体内那股无比充盈的力量，萧炎嘴角噙着一抹满意的笑容，拳头缓缓紧握。浓郁的青芒，迅速覆盖在拳头表面，青芒暗蕴，锋芒渐现。

双脚略微张开，萧炎脚掌猛然一踏地面，身体犹如移形换位一般，瞬间出现在左面一米左右的位置，拳头夹杂着一股令人呼吸一窒的强悍劲气，狠狠地砸在了面前的一根巨大的房柱之上。

“嘭！”巨声响起，木屑横飞，萧炎微偏着头，望着居然直接从房柱中穿了过去的拳头，轻声笑了笑，缓缓地抽回手臂，房柱上留下一个空洞以及几道深深的裂缝。

手掌略微曲拢了一下，萧炎手指略弯，淡淡的青芒在指尖处弥漫着，片刻后，手指轻弹，青色劲气犹如利箭一般，脱指而出，旋即嘭的一声，将桌面上的一个花瓶，震得粉碎。

“斗气外放。”看着破碎的花瓶，萧炎轻笑了一声，到了大斗师这个级别，斗气终于能够离体而出，不再受到身体的限制与束缚，与人战斗，更是大占便宜。

萧炎目光缓缓在房间内扫视了一圈，手掌一招，将青莲收回纳戒，手掌一挥，一股劲气将窗户推开。望着外面将近下午的天色，萧炎略微有些诧异，没想到竟然消耗了这么长的时间。

站在窗口，萧炎沉吟了一会儿，刚打算出去，门口处传来海波东的笑声：“完了吧？”

闻言，萧炎笑着应了一声。以海波东的实力，自然能够清晰感觉到房间中逐渐恢复的能量波动。

在萧炎应声之后，房门便被海波东推开。他笑眯眯地环视了一圈房间，旋即目光停在萧炎身上，眉宇间略微有着诧异，道：“看你的气息，似乎到达大斗师了？”

萧炎微微点头，他此时刚刚晋阶完毕，气息收敛还略有些不完美。因此，在海波东这种强者眼中，自然一眼便能瞧出深浅。

“看来，这应该才是你的真实实力吧？”海波东摸着胡须，目光来回地扫视着萧炎，眼神忽然变得有些怪异，眉头偶尔紧皱，如此片刻之后，他方才缓缓地说道。

萧炎心头轻跳，眼眸不由自主地虚眯着，盯着海波东，并未说话。

“呵呵，我就一直觉得有些奇怪，以你不到二十岁的年纪，就算是从娘胎中开始修炼，也不可能在这么短的时间内便能够与斗皇强者抗衡啊。”海波东摆了摆手，示意萧炎不用紧张，道，“我想，你的体内，或许应该存在或者封印着某种极为强大的力量吧？而你之所以能够与斗皇强者战斗，想必，也正是依靠的这股力量吧？

“放心吧，我并没有其他意思，只是每次都觉得你表面所显示的实力在逐步增长着，方才有这种猜测，呵呵。不过现在看来，我的猜测似乎比较准确。”海波东冲着萧炎笑了笑，“虽然那并非是真正属于你的力量，不过你能操控它，那么即使是斗皇强者，也会对你有所忌惮。这个世界上，只要你拥有力量，那么便能获得强者的尊敬与平等对待，没有人会管那股力量，究竟来自何处以及是否属于你。所有人，都只注重一点，那便是，你究竟有没有力量。”

萧炎默默点头，的确，不管这些力量属于谁，只要谁能够操控它，那么他便是这些力量的主人！而海波东也非常清楚这一点，所以，他并不在乎萧炎力量的来源，他在乎的是，萧炎在使用那股力量之后，能够与他相抗衡。

“呵呵，刚才出去，收到个东西。”望着萧炎的表情，海波东明智地将这个话题跳了过去，忽然从怀中取出一张古朴大气的白色信函。在信函表面，绘有一朵白色云彩，一把长剑正插在云彩之中，剑气凌厉。

“云岚宗的？”萧炎瞧着那特殊的图案，眉尖一挑，诧异地道。

“嗯。”海波东点了点头，扬着手中的信函，道，“这是云岚宗邀请帝都一些势力首脑以及强者的请帖。”

“邀请？”

“你应该能猜到，这是明天你与纳兰嫣然那所谓三年之约的缘故，云岚宗现在正大肆邀请有声望之人明日到云岚宗。我想，这恐怕是在为纳兰嫣然这个未来的少宗主增势吧。毕竟如果她胜了，不仅在云岚宗，就算是在外面，声望也会大幅度提高。”海波东笑眯眯地道。

“云岚宗也未免太过狂妄了吧？若是纳兰嫣然输了，丢脸的是谁？那云韵脑门被夹了？”萧炎冷笑道。

“或许这不关云韵的事，据我所知，云韵此时恐怕并不在云岚宗，一切事务，都是云岚宗长老阁在主持。”海波东摊了摊手道。

“不在云岚宗？这三年之约对于纳兰嫣然来说可是一个极为重要的约定，这种时候，她这个当老师的居然会不在？”闻言，萧炎一愣，愕然地道。

“上次我们在盐城遇见那两个神秘斗皇强者后，云韵与加老头曾经赶了过来。据加老头所说，当日她在我们战斗的地方好像找到了点什么东西，然后便没有回过云岚宗了。我想，她所寻找的东西，应该和那两位神秘斗皇强者有关吧，也只有这种强者，才会让她如此在意了。”海波东沉吟道。

微微点了点头，萧炎松了一口气，既然云韵并未在云岚宗，那此行的危险，自然降低了许多。

“不过依我猜测，她应该也快回来了，恐怕就这两天时间，便会回到云岚宗，毕竟她对纳兰嫣然是很看重的。所以，完成你那约定之后，尽量不要在云岚宗停留太久，否则她一回来，怕是会横生变故。”海波东提醒道。

“嗯。”萧炎微微点了点头，转身望着窗外逐渐暗下来的天色，沉默了半晌，然后对着海波东招呼了一声，便独自出了旅馆，站在人流汹涌的街道尽头，缓缓地吐了一口气，顺着人流，向米特尔拍卖场走去。

在拍卖场中，刚好遇见大厅中巡视的雅妃，两人见面，不由得笑了笑。雅妃遣开了周边随从，萧炎则跟在那随时吸引着全场目光的诱人身影后，最后在拍卖场二楼靠窗的一处静室中，悠闲地坐了下来。

雅妃从侍女手中接过茶壶，将之打发了出去，亲自替萧炎斟满一杯茶水，然后靠在柔软的座椅上。

“明天便要去云岚宗了？”玉手托着香腮，雅妃目光透过透明的玻璃窗户，望着下方人来人往的拍卖场，随口道。

“嗯。”端着茶杯轻抿了一口，萧炎微微点头。

“唉，三年时间转眼便过，当年的小家伙，也长大了啊。”雅妃转过头来，凝视着那张平凡的年轻面孔，片刻后，妩媚的俏脸忽然流露出淡淡的绯红，道，“哎，我说，能将它暂时取下来吗？”

萧炎一愣，略微迟疑，手指沾了点茶水，在脖子处微微拂动着，旋即将一张面皮，轻扯了下来。

面皮脱落，平凡的面貌消失不见，取而代之的，是一张清秀中透着几分斯文气质的脸庞。在这张清秀脸庞上，雅妃还能依稀看见一些当年少年稚嫩的轮廓。

雅妃美眸眨也不眨地直盯着萧炎那双漆黑如墨的眸子，即使经过三年苦修，却依然是那般清澈。

“还是现在好看一些。”雅妃身体略微前倾，玉手十指交叉，手臂放在桌上，下巴贴着交叉的十指，对着萧炎笑吟吟地道。

轻笑着摸了摸这张被遮掩了好久的脸庞，萧炎略微有些感触。

“云岚宗的事情完了后，你打算去哪？回萧家？”雅妃微笑着询问道。

“会回去一趟，然后，则会去迦南学院。”

“迦南学院吗？”闻言，雅妃一愣，旋即似是想起了什么，轻声道，“是去找薰儿吧？”

“有这原因。”萧炎笑了笑，低头喝了一口茶水，并未瞧见雅妃俏脸上一闪而逝的失望。

“你如今也是米特尔家族掌实权的人，我想，等我离开后，还想麻烦你帮忙照看一下萧家，这份情，日后我会回报。”萧炎捧着茶杯，迟疑了一下，将这次来寻找雅妃的目的说了出来。虽然在帝都认识的人中，不乏比雅妃更有实力的人，不过，他唯一能信任的，还是只有面前的雅妃。

“回报？怎么回报？”雅妃明眸流转，笑吟吟地道。

“呃……拜托的事都还没开始呢，你就想索要回报了？”萧炎哭笑不得地道。

微微撇了撇嘴，雅妃道：“谁知道你这次离开会什么时候再回来，上次一走便是近两年，这次恐怕要更久吧？”

萧炎笑了笑，并未否认，然后将谈话从这个话题上扯开，反正已经将话带给了雅妃，萧炎知道这个聪明的女人会如何做。

两人再度坐在一起聊了许久，直到一轮弯月缓缓爬上夜空，萧炎方才起身，告辞离去。

空旷的静室中，一名男子恭敬地收拾着桌面，他炽热的目光，偶尔会投向那斜靠着玻璃窗的妩媚女人。他很嫉妒先前那位长相平凡的青年，因为这青年竟然能够与自己心中的女神这般亲昵交谈。

靠着窗户，雅妃望着下方缓缓走出去的挺拔身影，良久后，轻叹了一口气，精致的俏脸隐隐有些许黯然：“希望你能胜利吧。”

翌日，火红的太阳突破了地平线的束缚，一跃而出。瞬间，温暖的阳光普照了大地。

房间中，青年缓缓地将脸上的面皮撕了下来，将之丢进纳戒中。从此以后，岩枭这个身份，可以暂时隐退了，现在的他，叫萧炎！

脱下身体上的炼药师长袍，一件深邃的黑色袍服，让萧炎那清秀的脸庞，多了几分神秘感。

用冷水擦了擦脸庞，萧炎抬头望着镜子中那张白皙斯文的清秀脸庞，淡淡笑了笑，右手平探而出，纳戒光芒闪烁，足有萧炎身高般巨大的黑色巨尺豁然闪现！

手掌握上尺柄，尺身翻转，凌厉的压迫劲气在房间中刮起一阵轻风。随着一道轻微的声响，巨大的黑尺被斜插在后背之上。

拍了拍手掌，萧炎推门而出，走出旅馆，然后没有惊动任何人，踱着不急不缓的步子，顺着街道，出了城门，站在城门之外的一处高坡上。

抬头，凝视着遥远之处，雪白的巨大山峰巍然而立，隐隐有剑鸣之声冲天而起。

第五章
萧家，萧炎！

云岚宗，加玛帝国最为强大的势力。一代代不断传承，已经让这个古老的宗派屹立在了加玛帝国之巅。若非因为宗派教规，不可夺取帝王之权，恐怕在以前好几次的帝国皇朝更迭之时，云岚宗便彻底地掌控了整个加玛帝国。

也正因为如此，每一代帝国的皇室，都对这个近在咫尺的庞然大物极其忌惮。到了现在的加玛皇室，因为有加刑天这个守护者以及那神秘异兽的保护，这一代的皇室，终于有了一些能够让云岚宗略微忌惮的实力，所以，加玛皇室派遣在云岚山山脚下的那支身经百战的精锐军团，方才一直平安无事。

皇室将军团开赴驻扎在这里许多年，其目的几乎任何人都清楚，他们是在防备着云岚宗。

对于皇室的这种举动，云岚宗倒并未有太过剧烈的反应。除了刚开始宗派内一些年轻弟子有些气不过，去军营中偶尔捣乱之外，宗内高层对于此事却保持着沉默，因为他们也知道，卧榻之侧，岂容他人鼾睡，帝王之家多猜忌，对此，他们早就已经习以为常。只要云岚宗一天未崩塌，那么，山脚下的军团，就都不敢有丝毫的异动。

没有任何一个加玛帝国的朝代，敢真正对云岚宗出手，因为他们都清楚地知道，这个超级大马蜂窝，一捅，可是会翻天的。

云岚宗建立在云岚山上，而云岚山距离帝都仅有几十里的路程，两者之间相隔甚近，犹如两个对峙的庞然大物。

虽然为了这一天，萧炎已经等待了三年时间，可他并没有使用紫云翼急匆匆地赶路，反而不急不缓地踏着步子，对着那视线尽头直插云霄的雪白山峰走去，一袭黑袍，身负巨尺，宛如苦行之人。

通畅的大路上，身着黑袍的青年缓缓行走，背后那巨大的黑尺，极为引人注目。道路中，偶尔来往的车马之上，都会投下一道道诧异的目光，而对于这些目光，萧炎却视而不见。脚步不轻不重，即使玄重尺的重量足以让任何初接触它的人感到骇然，可经过这两年的接触，萧炎对它的重量已经非常熟悉，故此，背负着它赶路，没有半点延迟，落脚之处，也只是留下一个浅浅的脚印，丝毫没有当年一落脚一个深坑的狼狈。

一步一个脚印，不急不缓，虽显单薄的身影，却透着令人惊讶的从容与洒脱。

这番静心而行，对于萧炎，并非是无用之功。因为才晋升大斗师不久，萧炎在刚出城门时，丝丝气息总是从体内溢出，让周围路人不由自主地远离了他。那股气息压迫，可不是一般斗者甚至斗者都不到的路人可以抵抗的。

一路走来，到现在，萧炎体外满溢的气息，已经一丝丝地敛入身体深处，再次看去，除了背后巨尺之外，已无任何异于常人之处。

当突破了地平线束缚的太阳缓缓攀至高空，萧炎终于停下了脚步，站在一处斜坡上，望着视线尽头的大山。山脚下，庞大的军帐群落在平坦的草地上蔚为壮观。透过那些白色帐篷，隐隐能够看见一些操练的士兵。

“果然如别人所说，加玛皇室在云岚山之下驻扎了精锐军团。”收回目光，萧炎摇了摇头，走下斜坡，顺着大路，缓缓靠近山脚。

虽然这里的军营防守极为森严，不过对于那些要上山的路人，却并未有什么阻拦，所以萧炎只是被几个路旁站岗的士兵目光随意扫视了一圈后，便极为轻易地放行。萧炎顺着大道，向山脚走去。

随着葱郁之色开始出现在两旁，耳边的士兵操练声逐渐消散，微微抬头，出现在萧炎面前的，是蔓延到视线尽头的青石台阶，一眼望去，宛如通天之梯。

站在山脚下，萧炎抬头凝视着这不知道存在了多少岁月的古老石阶，眼眸缓缓闭上。隐隐间,似乎有着细微的剑鸣之声,从石阶尽头清脆传下,在山林间悄然回荡，犹如钟吟，令人心神迷醉。

沉默持续了半晌，萧炎睁开眼来，轻拍了拍背后的玄重尺，脚步轻踏，终于结结实实地落在了那略显湿润的古老石阶之上，这一刻，他正式赴这三年之约!

脚步落下的刹那，萧炎能够察觉到，自己的灵魂，似乎都在此刻吐了一口压抑了三年的气息。

三年之前，他身负一种看似莽撞与幼稚的羞怒与怨恨，少年离家，进深山，闯大漠，刀剑血火中，犹如蛹虫一般，迅速地蜕变。三年岁月，磨去了稚嫩，也见证了成长。这一切付出，都是为了今日之约!

胸膛间充斥着一股莫名的情绪，萧炎脚步却依然保持着均匀的速度，目光直直地锁定在那一格一格跳过去的石阶尽头，视线犹如穿透了空间阻碍，射在了山顶上盘坐的女子身上。

“纳兰嫣然。”嘴巴微动，一个名字悄悄从萧炎嘴中吐了出来，语气平静而带着一些其他情绪。

漫漫石阶尽头，云雾缭绕，云雾之后，是巨大的广场，广场完全由清一色的巨石铺就，显得古朴大气。在广场的中央位置，巨大的石碑巍然而立，石碑之上，记载着云岚宗历届宗主以及对宗派有大功之人。

环视广场，此时足足千人盘坐其中。这些人，围成半圆之形，他们无一例外的，全部身着月白色的袍服。在袖口处，云彩长剑，随风飘荡，犹如活物一般，隐隐透着些许微弱剑意。

在广场顶端，却衍生出一些高耸的台阶石座。台阶逐渐向上，大致是越往上，盘坐之人年龄则越大。最高一层的石台，此时正空着并无人坐。其下，是十几名盘腿而坐、闭目养神的白袍老者，这些老者虽然从表面上看不出与常人有丝毫不同，可身体上那犹如钢铁一般，任由风儿如何吹拂都没有半点动静的衣袍，却让人心中知晓，这些老者，绝不简单！

这些白袍老者下方，是一个单独的石阶位，身着月白裙袍的女子，微闭眼眸。那张平静淡然的美丽脸颊，赫然便是纳兰嫣然！

虽然广场之上足有将近千人，却鸦雀无声，除了风声呼啸之外，再没有半点异响。

偶尔，一阵稍烈的风儿刮过广场，顿时，满眼白袍飘动，宛如天际云彩降落一般。这般景象，一眼望去，颇有些震撼人心。

有时忽然半空中响起破风之声，旋即人影出现在了那高耸的树顶之上。萧炎方才察觉，在广场周围的一些巨树之上，竟然站立着不少人，不仅海波东在此，就连法犸、加刑天，甚至纳兰桀以及其他几个家族的首脑和晚辈，比如上次与萧炎有过冲突的木战等人，都在此。看来这一次，云岚宗所邀请的人还的确不少。

赶来的人影，并没有莽撞地出声打破广场中的安静氛围。虽然一些实力强横的云岚宗弟子对于这些已经来到的客人有所察觉，却并未有半点反应，依旧安静地盘坐在地，看上去，似乎早就收到过命令。

站立在树顶之上，海波东目光缓缓地扫过安静的广场，脸色略微有些凝重。在他这种强者看来，自然能够发现一些别人难以察觉到的细节，在他的感应中，这广场上的近千名云岚宗弟子呼吸节奏居然完全一致，彼此气息互相牵绕，动任何一处，都将会受到犹如暴雨一般连绵不绝的迅猛攻击。广场上，这近千人宛如一体，如果动手，千人一齐出手，即使是斗皇强者，也要暂避锋芒啊。

“不愧是云岚宗。”心中轻叹了一声，海波东不得不叹服，将这些弟子间的配合调教得如此默契，那得有多困难！

偏过头来，海波东与法犸、加老对视了一眼，皆从对方眼中瞧出那抹凝重。显然，云岚宗的这个合体大阵，也让他们心有忌惮。

宽阔的广场，安静无声，时间也在宁静中悄然划过。

天空上，巨大的太阳缓缓攀至顶峰，温暖的阳光倾洒而下，弥漫着整个山顶。

某一刻，细微的脚步声，从广场之外的青石台阶之下悄然响起，轻轻的声音缓缓传上，让广场中那股浑然一体的气息，略微起了点变化。

场地中，所有的云岚宗弟子都睁开了眼眸，视线锁定在青石台阶处，不轻不重的脚步声，正是从那里传来。

石台上，纳兰嫣然也逐渐睁开明亮眸子，目光停在那一处地方，不知为何，那颗本来已经淡然的心，却忽然有些紊乱地跳动了几下。

脚步声越来越近，越来越响亮，以至于石台上的十几位白袍老者，也睁开了眼睛，目光投向同一个地方。

遥遥天空之上，阳光透过缥缈云层的遮掩，刚好射在了石阶的最后。那里，一道挺拔单薄的身影，终于缓缓地出现在了无数道视线之中。

在广场上近千道目光的注视下，背负着巨大黑尺的黑袍青年，脚步一提，走完了最后的台阶。

青年目光无喜无悲地在巨大广场中扫过，最后停留在石台上同样将一对明亮眸子投射过来的美丽女人身上。

脚步轻提，然后放下，如此前进三步，唯有低沉的脚步声，在安静的广场中飘飘荡荡。

三步落下，青年抬头，凝视女子，淡淡开口。

“萧家，萧炎！”

平淡的简单话语，缓缓地飘荡在巨大的广场之上，让那弥漫广场的平和气息略微动荡。

场地中，无数云岚宗弟子皆目光带着各自不同的情绪望向石阶处的黑袍青年。对于这个名叫萧炎的年轻人，他们并不陌生，他与纳兰嫣然的关系，使他成为很多云岚宗弟子平日口中的谈资。当然，每每提起这个名字，大多数人都会略微带着些许不屑与讥讽。一个小家族的子弟，想要在云岚宗地位犹如公主一般高贵的纳兰嫣然，这在他们眼中无疑是不自量力，特别是当那个三年之约在宗内流传开后，这种讥讽之声更浓郁了许多。当然，这里的讥讽，也自然不乏某种嫉妒的缘故。

作为云岚宗高不可攀的少宗主，纳兰嫣然是无数云岚宗弟子心中的女神，平日见面，她始终保持着淡然出尘的表情，任何人想要与之进一步接触，都会失败而归，而萧炎这个差点就成为纳兰嫣然丈夫的男子，自然极容易受到某些畸形的嫉妒。

嫉妒再加上某些风声，这些云岚宗弟子，自然对以前从未见过面的萧炎印象极差，谈话间，大多都是能贬则贬，不把萧炎说得一文不值誓不罢休。

然而，今日，望着面对云岚宗近千弟子的合体气势，却依然保持着平淡与从容的青年，一些脑子精明的弟子，在抛弃那些负面情绪之后，心中略感凛然。这般淡然态势，可不像是平日里师兄弟们口中的那个萧家废物能够展现出来的啊。

纳兰嫣然明眸紧紧盯着不远处那身子略显单薄的青年，目光停留在那张清秀的脸庞之上。在那里，她能够依稀辨认出当年少年的轮廓，只不过，三年岁月，磨去了少年的稚嫩与棱角，现在面前的青年，没有了当年萧家大厅中骤然爆发的那股锋芒锐气，取而代之的，是深邃的内敛。

“他真的变了。”脑中悄悄地冒出一句话来，纳兰嫣然目光中略微有些复杂，她从来没有想到过，当年的那个废物，居然真的能够毫无惧色地来到云岚宗，并且在面对云岚宗近千弟子时，仍然淡如轻风，没有丝毫的紧张与变色。

“纳兰家，纳兰嫣然！”

缓缓地站起身来，纳兰嫣然娇躯挺拔得犹如一朵傲骨雪莲，明眸盯着萧炎，声音也如同后者一般平静。

“那便是萧家的那个小家伙？不是说是个不能储存斗气的废物吗？”巨树之上，

加刑天望着萧炎，眼中有着几缕诧异，轻笑道，“呵呵，可看他现在这副气度，可不像是外强中干强行装出来的，而且，就算是装的，能够在云岚宗那些老家伙特意组合而成的整体气势中保持这般从容，那也不是普通人能干得出来的事啊。”

距离加刑天不远的法犸微微点了点头，老辣的目光缓缓扫过萧炎，片刻后，停留在萧炎脸庞上，眉头忽然微皱，出声道：“不知为何，似乎对他有种挺熟悉的感觉。”

“呵呵，你也有这样的感觉吗？”闻言，加刑天低笑了一声，目露深意地盯着萧炎，道，“说不定我们在哪见过。”

法犸眉头上的皱纹加深了一些，眼光闪烁地盯着萧炎，却并未再说什么。

“嘿，纳兰老家伙，这就是差点成为你纳兰家族女婿的萧家小子？看上去似乎并不像是传言中的废物家伙啊，这般气度与心性，在我所见过的年轻人中，可没有几个啊。”木辰转头对着眼睛一直停留在萧炎身上的纳兰桀笑道，笑容中，略微有些幸灾乐祸。一个被认定为废物而被抛弃的女婿，如今所表现出来的，却远比一些号称天才之人要更出色。虽然纳兰桀不会因此就出现那种后悔得痛不欲生的情绪，可或多或少也会有一些懊恼。

纳兰桀脸色难看地狠狠瞪了木辰一眼，不愿和他说些废话，冷笑了一声，便继续将目光投注在那个清秀的年轻人身上，心中思绪翻滚。

虽然纳兰桀早就知道萧炎已经脱离了废物之名，可如今萧炎所表现出来的心智以及定力，却依然让他心中大感惊讶。惊讶之余，也唯有惋惜地低叹一声，事情到了这一步，再说任何话都于事无补，他只能希望，等这所谓的三年之约完结之后，萧炎与纳兰嫣然之间的芥蒂能够消除，若是能够重归于好——当然，这或许是个奢想，可即使两人以后已经不再可能重归于好，若能够让萧炎不再对纳兰家抱有怨恨的情绪，那也能够让纳兰桀稍稍好受一些。毕竟，这个年轻的小家伙，在现在的纳兰桀看来，基本上已经具备了成为强者的所有条件。

出色的心智定力、优秀的修炼天赋以及为了一个约定坚持奋斗三年的毅力，有了这几样，萧炎通向强者的路途，将会顺利与通畅许多。被一个潜力不可限量的年轻人记恨着，纳兰桀并不认为这是件让人愉快的事情。

“看来，得派人与萧家接触一下了。”心中低叹了一声，纳兰桀摇了摇头，将心神投进场中，现在的他，也只能等待着那即将开始的三年之约了。

场中，在纳兰嫣然站起之后，其上方的那十几位白袍老者，目光投向处于石阶处的黑袍青年，互相对视了一眼，皆略感惊异，心中的疑惑与纳兰桀等人毫无二致：现在的萧炎，无论从哪里来看，都看不出是当年那受尽嘲讽的萧家废物。

“你，便是萧家萧炎？”位于中心位置的白袍老者，抬眼瞄着萧炎，半晌后，缓缓地开口道。

视线在白袍老者身上扫过，萧炎发现，他应该在云岚宗地位不低，因为自从他开口后，周围那些身穿同样袍服的老者，都保持了沉默。

“我是云岚宗的大长老云棱。”萧炎还未接口，老者又自顾自地道，“今日宗主尚未回来，因此这三年之约，便由老夫主持，此次比试，意在切磋，点到……”

“生死，各安天命。”轻轻的声音忽然响起，打断了云棱的话语。

场内目光，顺着声音移动，最后停留在了那一直安静的黑袍青年身上，各自神情略有不同。很多人都没想到，萧炎会说出这般话来，要知道，他的对手，可是云岚宗重点培养的宗主接班人啊。

“呵呵，有魄力的小子。”高树之上，一些脾性古怪的老家伙，却忍不住地笑了出来，更有甚者，还对着萧炎竖起大拇指。

纳兰嫣然眼眸轻抬，凝视着黑袍青年。青年那对漆黑的眸子中，似乎跳动着些许难以掩饰的波动，是怨恨吗？

半晌后，她微微点了点头，声音清冷：“随你。”

听了纳兰嫣然的回话，云棱眉头微微皱了皱，萧炎忽然打断了他的话，让这位在云岚宗身份不低的大长老感到有些不悦。他也知道萧炎早已脱去了废物之名，可纳兰嫣然的天赋同样不低，并且加上云岚宗的培养，其实力进展简直堪称神速，真要对战起来，云棱并不看好萧炎。

“年轻人，凡事留一线，不过既然你要这般要求，那也就随你吧，生死，各安天命。”挥了挥手，云棱淡淡地道。

嘴角掀起一抹弧度，萧炎心中忍不住地有些想要冷笑，凡事留一线，当年，纳兰嫣然做得那般绝，可有人让她留一线吗？

手掌缓缓握住尺柄，猛然一抽，玄重尺带起一股压迫风声，斜指地面。尺身劲风，将地面上的灰尘吹拂而起，淡淡的青色斗气缭绕在身体表面。萧炎盯着纳兰嫣然：“三年之约，我如约而至，今日，解决掉以往的恩怨吧。当年你给我萧家的耻辱，今天，请还回来。”

玉手伸出，玉指之上的一枚翡翠色纳戒光芒闪动，一把修长的淡青色长剑闪现而出。剑刃倾斜，阳光之下，反射出一片森冷。

纳兰嫣然美眸与那对漆黑眸子对视着，略微有些惋惜地叹息了一声，淡淡地道：“我自己的婚事，自己会做主，即使如今已过三年，我也并不认为当年我做错了。我有权利选择自己的命运，或许在选择之时，有一些举止不当，但若时间返回，我想，我依然还会那样做。”

“举止不当？”萧炎轻笑了一声，一句轻飘飘的“举止不当”，便想将自己的蛮横之举推卸掉吗？这似乎太简单了吧？

表情逐渐恢复淡漠，萧炎握着尺柄的手掌越来越紧，片刻后，脚掌猛然前踏一步，落脚之处，坚硬的青石板，居然至脚心处蔓延出几道裂缝。汹涌澎湃的青色斗气，夹杂着些许青色火苗，自萧炎身体表面涌起。

“开始吧。”

感受着萧炎身体上所升腾而起的强悍斗气，纳兰嫣然眸中闪过一缕诧异：这个当年在萧家受尽白眼与嘲讽的少年，如今还真的完全不同了啊。

玉手紧握着淡青长剑，淡淡青色小风卷在剑身之上翻滚飘荡，风卷之中，凌厉的风刃伸缩吐现，偶尔射出，在坚硬的青石板上，留下一道不浅不深的划痕，剑身逐渐上移，遥遥指向萧炎。

随着两人身体上斗气升腾，巨大广场上的气氛，霎时间变得凝重起来。周围再次变得安静，所有的目光都投注在两人身上。很多人都很想知道，经过三年修炼，当年的那个废物少年，究竟能够走到何种地步。

场地中，萧炎缓缓闭目，旋即长长地吐了一口气，眼眸突然睁开，漆黑眸子中，青色焰火闪过，其身体上的斗气，在此刻变得深邃了许多。

手掌紧握尺柄，感受着不断传来的沉重之感，萧炎抬头，凝视着对面那身姿如柳叶的女子。半空中，四目对视，两人目光皆有些复杂。

“三年之约已至，你们以前的恩怨，今日会彻底结清，希望今日之后，一切纠葛能……”石台之上，云棱望着已成针尖对麦芒之势的两人，轻咳了一声，然而他的话语还未说完，便脸色再度有些难看地住了嘴，因为此时场中的萧炎，已经在无数道目光的注视下，无视他的话语，率先打破僵持，重尺挥动，身体猛然化为一道黑影，狠狠地对着纳兰嫣然冲去。

“战吧！纳兰嫣然！三年了！”黑影冲撞间，压抑了三年的低吼声，忍不住地自喉咙间传了出来。

黑影在广场上所有人的目光之下，犹如一头愤怒的魔兽一般，轻贴地面的玄重尺，沿途直接在青石之上，带出一条长长的火花以及深深的痕迹。

纳兰嫣然平静地望着那直冲而来的黑影，她的功法属于风属性，因此速度与轻灵的身法，是她最擅长的。在萧炎即将接近其周身十米范围之时，纳兰嫣然终于有所动作，脚尖轻点地面，身体犹如狂风中的落叶一般，飘荡闪烁着，瞬息间，便与冲来的黑色人影交错而过。

交错刹那，纳兰嫣然手中长剑极其自然地横削而出，借助着身法冲击之势，几道细小的风刃，已经率先离剑而出，对着萧炎脖子切去。

快速冲击的身形骤然停顿，巨大黑尺微微提起，随着叮当声响以及一些细小的火花，那几道风刃，竟连萧炎半点攻势都未曾阻拦，便完全消散。

将风刃抵御之后，萧炎微微抬目，淡漠的眸子斜瞥了一眼擦身而过的曼妙身姿，手臂挥动，玄重尺带起一股凶悍劲气，对着身后横砸而去，劲气的压迫，将纳兰嫣然身上的裙袍，压得紧紧贴在皮肤之上。

感受到身后呼呼作响的压迫劲气，纳兰嫣然黛眉轻挑，似是有些意外对方感知的敏锐，手中长剑刺出，淡青长剑在虚无的空气中留下一道青色弧影，锋利的剑尖，似乎穿透了空气阻碍，随着“叮”的一道清脆声响，剑尖直直点在横砸而来的重尺之上。两者相触，巨尺之上所蕴含的强猛劲力，竟然把长剑压出了一个极为惊心动魄的弧度。那副即将折断的惊险模样，让周围那些云岚宗弟子，脸上浮现些许惊异。经过灌注斗气的剑身，足以承受极为庞大的重力，而这刚一接触，长剑便被压弯，由此可见那黑色大尺上究竟蕴藏着多么恐怖的劲气。

长剑虽然弯曲成了这般惊险弧度，却始终并未就此断裂。在剑尖即将贴到纳兰嫣然玉臂上之时，后者脚掌轻跺地面，长剑之上青芒暴涨，突然暴涨的力量，轰的一声便将那重尺弹开，而借助着两者的弹力，纳兰嫣然腾身掠上半空，俏脸凝重，手中长剑忽然急速颤抖，旋即缓缓移动着，而每当长剑移动一分，便会留下一个犹如实质般的剑形残影。

“风灵分形剑！”

“没想到纳兰师姐竟然连风灵分形剑这种位于玄阶中级的斗技都已经修炼成功，真是让人佩服啊！”

“听说这风灵分形剑纳兰师姐仅仅用一年时间便修炼到能够分出五道剑形的地步，唉，我修炼了将近两年，也不过才四道啊。”

“这才刚刚开始，纳兰师姐便用这种等级的斗技，恐怕是想要速战速决吧？那萧家的小子，可是倒霉了。”

在纳兰嫣然施展出那奇异的斗技时，下方的那些云岚寺弟子，便不由得惊异地窃窃私语起来。看他们的模样，想必他们认出了纳兰嫣然所施展斗技的底细，而且这斗技恐怕还颇难精通。不只那些弟子，就连石台上那十几位白袍老者中的其中几位，也微微点了点头。

重尺插地，萧炎抬头微眯着眸子望着那随纳兰嫣然长剑的移动，而缓缓出现的几道能量残影，依靠出色的感应力，他能够察觉到那几道残影之中所蕴含的强大力量。

“不愧是云岚宗少宗主，这般强力斗技，说用就用。”紧握着玄重尺尺柄，萧炎脚掌缓缓在地面上旋了半圈，旋即重重踏下，能量炸响声在脚掌之处暴响而起，吸引了满场视线。

随着炸响声，萧炎借助能量爆炸的反弹之力，身体猛然对着半空上的纳兰嫣然冲去，玄重尺上，青色斗气涌出，丝丝火苗诡异地缠绕在尺身上，不过在青色斗气的遮掩下，若不仔细察看还难以发觉。

瞥到自下方射来的萧炎，纳兰嫣然黛眉微皱，手中长剑的移动却并未因此而停止，脚掌轻跺虚空，淡青色斗气自脚掌处涌出，霎时间便形成一大片锋利的风刃，狠狠地对着萧炎切去。

感受着头顶上方传来的风刃破空声响，萧炎手掌举起，略微沉寂，铺天盖地的推力自掌心中涌出，而那一大片风刃，还未接近萧炎，便被这股推力吹得轰然消散。

因为推力太大，萧炎那暴冲的身形略微缓了缓，待萧炎再次在半空借了一记巧力准备阻拦纳兰嫣然斗技凝成之时，头顶上空不远处，清冷的喝声却猛然响起。

“风灵分形剑！”

喝声落下，纳兰嫣然手中长剑豁然指向下方的萧炎，脚尖轻点虚空，一股淡淡的微风出现在脚下。借助着这股微风，纳兰嫣然急速后退闪掠，而那半空中所遗留下的五道虚幻的能量残剑，却略微一颤抖，旋即对着下方的萧炎，首尾相接地射去。

能量残剑划破虚空，宛如撕破了空间一般，淡青色能量圆弧自剑尖处分开，五道剑形首尾相接，如同一道从天而降的流星。

眉头微皱，萧炎手掌随意使出一股劲气，借助劲气的推力，身体暴退，而那五道能量残剑刚好贴着身体表面，削了过去。那股尖锐劲风，让萧炎皮肤有些刺痛。

娇躯在半空旋转半圈，旋即犹如一朵白色莲花般，轻灵地落回地面，纳兰嫣然玉手横挥而出，而随着她手掌的挥动，那本已攻击落空的五道能量残剑，竟然转了头，再度对着身处半空中无处着力的萧炎刺去。

萧炎略微一怔，旋即眉头轻皱，眼角四处一瞟。身处半空，除非使用紫云翼，否则还真难以躲开这次能量残剑的迅猛攻击。

“既然不能躲，那便硬接吧。”随着心中念头落下，萧炎手中重尺青色斗气猛然暴涨，那股乍然而放的庞大能量，让下方无数人满脸惊诧。

青色火苗闪出，重尺挥动，携带着雄浑劲气，在下方那些惊诧的目光中，狠狠地砸在了能量残剑之上。

“嘭！”

两者接触，凶猛的能量爆炸声在天空之上响起，大盛的青光使一些人忍不住闭上了眼睛。

纳兰嫣然静立原地，抬头望着天空，那刺眼的青光似乎对她并未造成什么阻碍，明亮的眸子盯着那爆炸之处。风灵分形剑的威力如何，她最清楚不过，先前的那一击，即使是七星级别的斗师想要抵御都颇为困难，而这一击，若是萧炎能够撑过，那么纳兰嫣然也就能够大致分析出这三年时间，他的功力究竟到了何种地步。

天空之上，青光逐渐消减，一道黑色影子，猛然对着站在地面上的纳兰嫣然射去，强烈的压迫风声，让人耳膜生疼。

黑色影子袭来的速度，让纳兰嫣然俏脸微变，脚尖一点地面，身体犹如滑行一般，瞬间后退了将近十米。

“轰！”黑色影子狠狠落地，重重地砸在先前纳兰嫣然落脚的地方，顿时，一道剧烈声响，在广场上响了起来，碎石飞射间，一道道裂缝，从那弥漫的灰尘中蔓延而出。

纳兰嫣然滑退的身形缓缓止住，淡淡地望着那灰尘弥漫的地方。这般攻击速度，对于修炼风属性功法的她来说，想要造成太大的威胁，还是不太可能的。

宽大的袖袍轻挥，一股劲风凭空浮现，吹拂过广场，将那灰尘掀开。灰尘掀开的前一刹那，纳兰嫣然眼瞳微缩，浑身斗气猛然暴涨，身体急速后退的同时，手中长剑不断挥动，一道道锋利的剑刃，出现在她退后的道路之上。

"哧。"就在纳兰嫣然退后的那一刻，灰尘之中，黑影猛然再度射出。这一次，他的速度较之先前，几乎在瞬间便增加了几倍之多，恐怖的速度让黑影犹如在闪烁一般，几个虚幻影子浮现，便迅速接近纳兰嫣然，而她所布置的风刃封锁，却被前者用最蛮横的方式，全部撞得粉碎。

"挺不错的速度，可怎会忽然间增加了这么多？"俏脸之上，浮现一抹凝重和些许疑惑，纳兰嫣然心中暗自喃喃道，目光瞥向那一路势如破竹冲击而来的黑影。刚想采取攻势，一股寒意，却骤然涌出皮肤，豁然偏头，一道黑影，犹如鬼魅般地出现在了背后。

黑影抬头，露出萧炎那淡漠的脸庞，此时的他，双手紧握成拳，而那巨大的黑色玄重尺此时已经失去了踪迹，拳头借助身体半旋的力量，夹杂着一股恐怖的劲风，狠狠砸向了纳兰嫣然后背。拳头过处，居然产生了刺耳的音爆之声，这一记攻击，居然强悍如斯。

"八极崩！"

心中低吼响起，拳头之上所蕴含的劲气再度飙涨，最后在周围那些云岚宗弟子惊骇的目光中，结结实实地砸在了纳兰嫣然后背之上。

恐怖的劲风，直接让纳兰嫣然犹如断了线的风筝，娇躯抛上半空，犹如被狂风刮走的脆弱花朵一般。

缓缓吐了一口气，萧炎拳头逐渐摊开，手掌一招，刚才那道对着纳兰嫣然射去的黑影便射了过来，旋即重重插在身前的青石板上。原来，先前吸引着纳兰嫣然注意力的黑色影子，竟是那把玄重尺。

"纳兰师姐败了？"

无数人目瞪口呆地望着那犹如失去了翅膀的蝴蝶一般从半空坠落的纳兰嫣然，

皆难以置信，这云岚宗的少宗主，便这般轻易地败了？

石台上，云棱等一干长老，却只是平静地望着那缓缓坠落的纳兰嫣然，若是她真的这么容易便败了，那也未免太小看云岚宗的培养了吧？

第六章
白热化的战斗

“这个小家伙似乎挺不错的啊。”巨树之上，加刑天笑眯眯地看着萧炎，旋即摇了摇头，道，“不过可惜，这次攻击虽然看似凶猛，却并未给纳兰嫣然造成多大的伤害，云岚宗的飞絮身法斗技，果然名不虚传。”

“嗯。”一旁的法犸微微点了点头，目光盯着坠落中的纳兰嫣然，轻笑道，“纳兰家的那个丫头也不弱啊，看来这三年时间，云韵对她的培养很尽力啊。”

海波东眉头皱了皱，盯着纳兰嫣然，片刻后，眉头忽然一挑：“她体内的能量正在急速增加，而且竟然隐隐能突破斗师的界限。啧啧，好高深的隐藏实力方式，竟然连我都没发现，云岚宗的秘术，果然不凡。”

加刑天与法犸两人笑了笑，不管怎么说，作为未来云岚宗宗主的接班人，纳兰嫣然所接受的培养，自然是普通云岚宗弟子难以比肩的，况且云岚宗还有丹王古河相助，再加上本身底蕴的雄厚，所以即使以这般年纪便到了大斗师级别，倒也不算有多离谱。

“看来这次的战斗，将会很激烈啊，那个萧家的小家伙，也不是盏省油的灯，他手中的那把大黑尺，似乎也有些怪异。”法犸盯着萧炎手中的玄重尺道。

“看他双脚落地时所造成的空气流动，那尺子，好像很有些分量啊。不知你们发现没有，在尺子离手之后，不仅他的速度，甚至连斗气的喷发以及浓度，都瞬间变得强了许多。”加刑天不愧是连海波东都极为忌惮的强者，即使是萧炎落地时的细微动静，居然也被他观察得仔仔细细。

“嗯。”听到加刑天此话，法犸微微点了点头，想必他也觉察到了这些变化。

“现在看来，这一场比试，可是一场恶战啊。不过让我挺好奇的是，这个小家伙究竟是凭借什么，居然能够在三年时间内脱去废物名头，并且还这般快速地追赶上接受云岚宗重点培养的纳兰嫣然的进度。”加刑天有些疑惑地低声道。

“不知道，我们炼药师公会与他素不相识，所以从未调查过他。”法犸摇了摇头，目光瞥向场中，忽然道，“纳兰家的那丫头，要动用真实实力了。”

场中，缓缓坠落的纳兰嫣然，在距离地面尚有半米距离时，却诡异地悬浮了起来，玉手轻挥，身体凌空一翻，然后轻灵地落在了坚硬的青石板之上。

望着落地后竟然毫发无损的纳兰嫣然，广场上，不由得响起一阵松气的声音。

美眸噙着一抹凝重，纳兰嫣然望着对面表情依然平静的萧炎，轻声道："你真的很让我意外，不管如何，我至少相信，你已经不再是当年的那个萧家废物少爷。"

对于纳兰嫣然这番有些感叹的话语，萧炎并未有什么回答，只是抬眼淡淡地瞥了她一眼，感受着自其体内缓缓升腾而起的淡青色能量，心中一声轻喃："终于开始展现真实实力了吗？"

“当年的是是非非，我也不想再说什么。”纳兰嫣然手臂缓缓抬起，淡青色长剑上，青光越发浓郁，目光盯着萧炎，“不过，现在的我，代表着云岚宗，为了它的名声，所以，我不会留情。”

随着纳兰嫣然声音缓缓落下，其身体上的袍服以及满头青丝，猛然间无风自动，雄浑的气势逐渐自其体内升腾而起，那股气势的强悍程度，让周围那些云岚宗弟子惊讶得张开了嘴，一道道低声惊呼忍不住响了起来："这股气势，纳兰师姐竟然晋入大斗师了？"

看周围那些云岚宗弟子的表情，似乎连他们都不是很清楚纳兰嫣然的真实实力。

“没想到纳兰侄女年纪轻轻便到了大斗师级别，真让人佩服啊。”木辰望着场中那散发出强大气势的纳兰嫣然，偏头对着纳兰桀笑道，笑声中有几分羡慕。虽然木战如今也是九星斗师，看似与大斗师仅仅相差半步之遥，可他知道，这半步，若是机缘不够的话，想跨过去，可是极为困难的。

“木战侄子也不弱啊。”纳兰桀笑着客气了一句，纳兰嫣然这忽然展现出来的实力，让他松了一口气。不管怎么说，纳兰嫣然总是他纳兰家的人，若是在今日比试上输了，不仅云岚宗面子不好看，就连他纳兰家也会觉得脸上无光。更何况，当初在下约定之时，纳兰嫣然还冲动地说了句若是输了为奴为婢的话。只要一想到堂堂纳兰家族大小姐、未来云岚宗宗主接班人成了别人的婢女，纳兰桀老脸便有些难看。

“这丫头……”缓缓吐了一口气，纳兰桀看向场中平静望着纳兰嫣然的萧炎，低声道，“唉，萧侄子，实在是对不住了，嫣然这次的比试牵扯太多，恐怕只能委屈你了，日后我会吩咐纳兰家给予萧家一些补偿的。”

听他这番自言自语，似乎对萧炎取得这次比试的胜利并不看好。这也难怪，萧炎如今的年纪，还未过二十，不管其天赋再如何过人，想在这种年纪便达到大斗师级别，是极为困难的。毕竟，在他的身后，又没有云岚宗这等庞大势力的支持。

当然，若是正常情况，也的确如此。若非三纹青灵丹的缘故，萧炎还真的只有在大斗师之下徘徊着，可惜，萧炎的这种情况，算不得正常，所以，纳兰桀注定要失望了。

炽日高悬，阳光从遥遥天空之上倾洒而下，将缭绕在广场上空的淡淡薄雾驱散，照耀在所有人身上，让人略感温暖。

呈半圆形围绕着广场席地而坐的近千名云岚宗弟子，如同木桩般坐在石板上。天空上洒下的阳光，并未让他们的身体有丝毫移动。对于这些人的耐性，即使萧炎对云岚宗颇不感冒，也不得不叹服一声，能够将这些从各地搜罗而来的优秀人物调教成这般，这云岚宗能够屹立在加玛帝国这么多年，靠的倒也不仅仅是虚名。

在广场中央石碑之后的石台上，那十几位身着白袍的老者，正虚眯着老眼，注视着场中的两人，偶尔互相交头接耳一番，低声说着什么。

“大长老，比试才刚开始没多久，嫣然便被逼得用出了真实实力，而反观那个萧家小子，似乎还一直极为平静啊。”一名白袍老者转头凑在云棱身旁，低声道，声音中略微有些担忧。

“心态倒还的确不错。”云棱手指缓缓拂去袖袍上的一些本不存在的灰尘，轻描淡写道，“不过这种比试，靠的可不仅仅是心态。嫣然这些年的进步，即使是我们这些老家伙也感到惊诧，更何况，宗主似乎还教给了她一些宗门秘法。不管萧家那小子天赋再如何出众，可至少，现在想要追赶上嫣然，还是不可能的，你们不用太过担心。”

“既然嫣然已经展现出真实实力，那么想必这场比试，也快要结束了。将那萧家小子打发走了，也省得我去操心。”云棱淡淡地道。

听到云棱这般说，那名白袍老者也不好再说什么，点了点头，将头转了过去，目光在下方石台上瞟了瞟，忽然出声道：“葛叶，你怎么了？”

听到他的问话，那处于第二台阶位置的一名月袍老者回过头来，看其相貌，赫然便是当年与纳兰嫣然一起去萧家退婚的葛叶。此时的他，脸色略微有些怪异，而引起他脸色怪异的源头，似乎正是场中的萧炎。

自从第一眼见到萧炎之后，葛叶的脸色便变成了这般，因为他发现，面前的青年，竟然隐隐和当初在盐城墨家所见到的神秘黑袍人有些相像。

“不可能的，那个神秘人可是斗皇强者，以萧炎的年龄，就算有着天纵之才，也绝对……绝对不可能达到那一步！”狠狠地甩了甩头，葛叶想将脑海中那荒唐的念头甩出去，可那两张面孔不断地缓缓融合着，当两张面孔完全重合之时，葛叶浑身一颤，喘着粗气回过神来，骇然发现，浑身衣袍居然已被冷汗打湿。

“你怎么了？”石台上的十几位云岚宗长老，有些诧异地望着满头冷汗的葛叶，皱着眉头再度询问道。

“没……没什么。”咽了一口唾沫，浸润着干涩的喉咙，葛叶迟疑了一会儿，却摇了摇头，并未将他心中所想说出来。即使那两张面孔极为相似，他却依然不相信，那个神秘黑袍人便是萧炎，如果萧炎真的有那种实力，还需要这般辛苦地来和嫣然苦战吗？

“一定是幻觉！看他的模样，顶多是在斗师级别，无论如何，也绝对不可能是那个神秘黑袍人！”咬了咬牙，葛叶这才缓缓抬起头，继续将目光投向广场之中。

广场上，纳兰嫣然体内升腾而起的气势达到大斗师级别时，终于缓缓停止了涨动，手中长剑一摆，清脆的剑鸣声轻盈地在广场上响了起来。

剑尖处，青色剑罡微微吐缩着，遥遥指向萧炎，霎时间，一阵狂风凭空而现。

望着对面气势停止涨动的纳兰嫣然，萧炎微抿着嘴，低声喃喃道：“果然，二星大斗师左右。”

“开始准备拼命吧。”

扭了扭脖子，萧炎轻吐了一口气，手掌握着玄重尺柄，旋即用力地将其插在地板上。身体之上，青色斗气犹如火焰一般，猛然涌出，半晌之后，斗气消散，青色的斗气铠甲，出现在了满场人的视野之中。

“斗气铠甲，这家伙居然也是大斗师。”

望着那套犹如实质一般的铠甲，广场之上，响起了连片的倒抽冷气之声。

“这次好玩了。”感受着忽然间安静下来的广场，加刑天望着萧炎身体上那副微微释放着青色光芒的斗气铠甲，脸庞上有着些许惊叹与愕然。虽然这副铠甲仅具雏形，可不管怎么说，能够将它召唤出来，便象征着萧炎进入了大斗师的行列！

从这点来看，萧炎与纳兰嫣然间的实力差距，似乎并不是很大，而让加刑天愕然的，便是为什么这个没多大背景的萧家小子，居然能够在短短三年之内，这般快速地追赶上纳兰嫣然的脚步。要知道，纳兰嫣然背后可是有着云岚宗这个庞然大物的培养与支持啊。

“这个小家伙，不简单啊。”加刑天与法犸对视了一眼，皆从对方眼中看出了这抹情绪。

“唉。”

另外一边，本来脸庞刚刚放松没多久的纳兰桀，却又紧绷起脸来，眼睛直直地盯着萧炎身体上的斗气铠甲，半晌，长长地吐了一口气，眼睛缓缓闭上，脸庞上的表情略微有些苦涩。

这一次，纳兰桀是真真切切地感到了后悔，他后悔当年为什么没有拦着纳兰嫣然。如果纳兰嫣然没有搞出退婚之事，那么这个凭借一己之力，在短短三年时间，从一个废物蜕变成大斗师强者的青年，就该是纳兰家族最为满意的女婿了。

以前纳兰桀对纳兰嫣然退婚的举动感到愤怒，那是因为他为人好面子。当年与萧炎爷爷的约定，他拉不下脸去撕毁，若非这个缘故，谁会愿意自家出色的孙女，去嫁给当时还仅仅是一个废物的萧家少爷？

然而现在，面前锋芒毕露的青年，纳兰桀清楚地看到了其身上所隐藏的恐怖潜力，这种潜力日后所能带来的价值，已经远远超过了纳兰桀所能预料的极限。他清楚，萧炎的背后，并没有云岚宗这般庞大的势力支持，可即使这样，萧炎却依然能够在三年时间中，这般快速地赶上纳兰嫣然的进度。这般修炼天赋，只能用两个字来形容：恐怖！

因此，到了现在，纳兰桀方才真正地感受到，纳兰嫣然当年的冲动之举，使纳兰家族承受了多大的损失！一个不到二十岁的大斗师，谁能预料，再过一些年头，他会成长到何种地步？

一个斗王强者，便能够支撑起整个纳兰家族，若是日后萧炎到达了这个级别，谁能肯定，萧家的实力不会猛然上涨，甚至达到威胁三大家族的地步？

想起那极其严重的后果，纳兰桀脸庞之上的苦涩之意便越加浓郁，半晌后，他睁开眸子，再度叹了一口气，看上去似乎忽然间苍老了许多。

“萧林啊，你有个好孙子啊。”

一旁，木辰等其他几个势力首脑望着脸色苦涩的纳兰桀，虽然都明智地没有去碰触对方的伤口，然而在心中，却都忍不住有些幸灾乐祸。纳兰家族因为纳兰嫣然的关系，与云岚宗的交情越发密切，这已经让帝都很多势力起了忌惮之心，能够看着他吃瘪，倒是很多人乐意见到的。

广场的石台上，那十几位身着白袍的老者，也被萧炎忽然召唤出来的斗气铠甲惊得愣了一愣，好半晌，方才逐渐回过神来，面面相觑，脸上首次出现了凝重的神情，从现在的状况来看，他们似乎太小看那个萧家曾经的废物了。

“大长老，这……”一名白袍老者，皱眉低声道。

“先看看吧。”云棱脸色倒并未有太大的变化，轻挥了挥手，将其他几位长老的担忧压了下去，目光凝视着场中背影单薄的青年，缓缓地道，“虽然他的实力有些出乎我的意料，不过与嫣然相比，还有一些差距。而且嫣然所修习的斗技，都是我云岚宗高深之法，在这一点上，量他一个无名小子也比不上。”

“安静地看吧。”视线停留在场中，云棱脸庞平静，然而那缩在袖袍中的手掌，却紧紧地握了起来，他似乎也感觉到了某种不安。

场中，纳兰嫣然目光自萧炎身体上扫过，俏脸之上的淡然，这一次终于被难以掩饰的错愕遮掩。她虽然并未小看过萧炎的修炼天赋，却从未想过，在不到三年时间，萧炎居然能够从连斗者都未达到的级别，直接蹦到大斗师！这种修炼速度，就算纳兰嫣然有着云岚宗以及丹王古河的帮助，也不得不为之咋舌。

缓缓地吸了一口略微有些冰冷的空气，纳兰嫣然脸颊上的淡然逐渐退去，凝重攀爬而上，看来，现在的她，真正地开始正视萧炎了。

玉手紧握着修长的剑，这一次，纳兰嫣然并未再说任何废话，面前的这个曾经被她视为废物的青年，必须让她倾尽全力方才有可能取得比试的胜利。

长剑震动，清脆的剑鸣声响起，纳兰嫣然身体上淡青色的斗气也随之猛然暴涨，瞬间之后，斗气消退，一副纤细的淡青色斗气铠甲，覆盖在了玲珑有致的娇躯之上。

纳兰嫣然所召唤出现的斗气铠甲，与萧炎那古朴大气的铠甲相比，无疑要显得纤细与优雅许多，透着一股英气之美，让本来便是全场焦点的她，更吸引了众多目光的关注。

两人的斗气铠甲虽然颜色相同，不过从外形来看，纳兰嫣然的斗气铠甲明显要精致许多，而萧炎的，则要显得粗糙一些。由此也可以瞧出，两者虽然同为大斗师，可在实力上，却依然有一些差距。

雄浑的斗气在经脉之中犹如河流一般奔腾着，纳兰嫣然美眸轻抬，身体略微停滞，旋即脚尖猛然轻点地面，身体化为一道光影，在众目睽睽之下，率先对萧炎展开了进攻！

两者之间的距离，不过十几米而已，这对于纳兰嫣然的速度来说，不过几秒时间而已，身形一闪一现间，便进入了攻击范围，剑身一摆，犹如出洞的毒蛇一般，带着一股尖锐破风剑罡，刁钻狠辣地刺向萧炎胸膛。

淡漠地望着在瞳孔中不断放大的剑尖，萧炎手掌完全脱离了玄重尺柄，其体内翻腾的斗气，在此刻咆哮着在经脉中翻腾起来，充盈的力量萦绕在萧炎身体之内。

在那被淡青色的实质小风卷所包裹的剑身即将到达胸膛前方半尺时，萧炎终于有所动作，一脚狠踢在身旁插在地面的玄重尺上，身体豁然左移了半米，轻巧地躲开了纳兰嫣然凌厉的攻击。

“千风罡！”

被萧炎躲开攻击，纳兰嫣然并未有丝毫意外，她玉掌快速旋动，五缕由风属性斗气凝聚而成的螺旋剑罡，在指尖眨眼便成形，一声轻喝，五道凌厉的剑罡脱指而出，彼此缠绕着，化为一道细小青线，带起尖锐的破风声响，对着萧炎闪电般地射去。

五道尖锐的螺旋剑罡穿破了空气的阻碍，几乎一闪间，便出现在了萧炎面前，青色光线猛然一颤，旋即五道螺旋剑罡自中心处分离，然后对着萧炎身体上的五个要害部位射去，飞射间所带起的那股凶悍劲风，让萧炎眼眸微眯了起来。

“好快的速度。”螺旋剑罡的攻击速度，即使萧炎也为之感到惊诧。这般近的距离，想要完全躲避，明显是不可能的，因此在仅有的些许时间中，萧炎指尖处，迅速弹出了三缕青色火焰，这些细小的火焰分开射出，刚好将三道螺旋剑罡挡了下来，并且将之焚毁。

虽然抵挡了三道螺旋剑罡，却依然有两道狠狠地射中了萧炎的左右臂膀。剑罡刺中斗气铠甲，两者接触间，发出一阵火花以及刺耳的摩擦声，片刻之后，因为能量殆尽，剑罡缓缓消散，而萧炎的斗气铠甲上，出现了两个不小的孔洞。虽然孔洞正在逐渐被斗气修复着，那孔洞中，依然能够模糊地看见些许血迹。看来，这一次的攻击，萧炎略微受了一点皮外伤。

对于萧炎来说，这种皮外伤，自然不会影响到他的战斗力，因此，在将对方的这轮凌厉攻势抵抗下之后，他左脚猛然重重轰地，随着一道炸响之声，身体化作一道黑色影线，几乎是贴着地面，闪烁般地接近了纳兰嫣然，双掌撑地，双脚蕴含着凶猛劲气，狠狠地对着她的脖子抡砸了过去。听空气中传来的呼呼作响声，想必萧炎所使用的劲力，并未有什么留情。

纳兰嫣然黛眉微皱，旋即腰肢一扭，顿时身体便犹如狂风中的飞絮一般，虽然只退后了半尺距离，但刚好退出了萧炎的攻击范围。没有任何迟疑，躲避了对方攻击之后，纳兰嫣然长剑振动，化为一道青影，闪电般地削向了萧炎双腿。

察觉到贴近腿部的森冷剑气，萧炎右手猛然对着前方张开，凶悍的无形劲气涌出，重重地轰击在纳兰嫣然胸膛之上。

突如其来的劲气攻击，直接将措手不及的纳兰嫣然推后了好几步，不过对方有斗气铠甲保护，因此萧炎这次进攻，除了破解对方的攻势之外，倒也并未有太大作用。

对于这点，萧炎心中极为清楚，他本就没指望这一击能对纳兰嫣然造成多大伤害，因此，在她退后时，萧炎手掌猛地一拍地面，凶悍的劲气直接导致坚硬的青石板蔓延出了几道裂缝，接着他身体跃起，犹如鬼魅一般贴近纳兰嫣然身体，旋即，犹如火山喷发一般，开始爆发了自出场以来最为猛烈的攻击。

萧炎所擅长的是近身战斗，因此，在这一刻，手、臂、肘、腿、头等身体的每一个部位，都成了极为恐怖的杀人利器。肘臂挥舞间，恐怖的力量导致周围的虚空中响起了接连不断的音爆之声，每一次气劲的落空，都会在青石上留下一道不浅的坑痕。

面对萧炎凶悍无比的攻击，纳兰嫣然没有丝毫示弱，虽然已被近身，可仗着身法斗技的奇异，却屡屡避开萧炎的攻击，长剑挥动，剑气凛然，剑光闪烁，在地面上留下无数道切痕。

广场上，随着两人战斗逐渐进入白热化，强大的斗气，几乎以一种喷涌的速度，自两人体内澎湃而出，在斗气的撞击间，强烈的能量炸响不断地在广场上响起。

场地中，青光闪烁，炽热的斗气以及凌厉的剑罡，不断地从那青芒笼罩处射出。两道影子飞快地在场中闪烁移动，清脆的剑鸣以及钢铁相交的声响，也不断从两人对轰处传出。两人的攻击之势，随着战斗的加剧，越来越疯狂，越来越让人咋舌。

望着场中那两道不断闪动的模糊身影，周围的云岚宗弟子脸色都略微有些呆滞。在先前的僵持战斗中，他们能够清晰地感觉到，纳兰嫣然至少施展出了三种玄阶左右的斗技，然而这些足以使纳兰嫣然轻易打败实力高上她一些的强者的斗技，却全部被实力明显稍逊一筹的萧炎化解。到了现在，这些云岚宗弟子方才明白，那平日里师兄弟口中萧家萧炎如何废物与不自量力的话语，是多么愚蠢的谣言！

能够与云岚宗年轻一辈最杰出的纳兰嫣然对战这么久，却依然未现半点败象，用屁股想，他们也能知道，面前这个清秀的青年，绝对不是一盏省油的灯！

偌大的青石广场上，强横的斗气以及凌厉的剑罡自场中不断射出，在周围坚硬的地板上，留下一道道清晰可见的深痕。

所有人，此刻都屏住了呼吸，目光随着那若隐若现的两道人影的闪移而移动。越来越白热化的战斗，让很多人的心脏都提到了喉咙口。那本来在他们印象中应该一触便败的萧炎，却出人意料地并未有半丝落下风的模样，而且凭借极为凶悍的近身战斗，他在攻势上居然还隐隐有压着纳兰嫣然一头的迹象，这实在让那些原本还以为胜券在握的云岚宗弟子目瞪口呆。

当然，不仅那些普通的云岚宗弟子，当场中的纳兰嫣然在接连使出好几种玄阶斗技却全部被萧炎暗中用异火抵挡下后，那石台上的一干云岚宗长老，脸色也终于开始有些不自在起来。纳兰嫣然所施展的几种斗技，在云岚宗内属于那种高深并且颇难修炼的类型，威力不小。

凭纳兰嫣然的实力，施展出这几种斗技，即使对方是一名超越其两三星等级的强者，也不可能如此轻描淡写地便将之抵挡。然而，现实却明明白白地告诉云棱等人，那些威力不弱的斗技，竟然全部被实力稍逊纳兰嫣然一筹的萧炎，毫发无损地抵挡了下来。

“大长老，那萧炎似乎有一些古怪，每一次嫣然的斗技在即将攻击到他的身体时，便会出现一股极其强大的诡异能量，就是这股诡异能量，方才使嫣然的斗技没有取得什么实质效果。”目光紧紧地盯着场中，一名白袍老者终于忍不住转过头，脸色凝重地对云棱低声道。

其他几位长老包括云棱，都微微点了点头。凭他们的实力，自然也感觉到了那股带着炽热的诡异能量，不过由于萧炎是在高速移动中施展异火，并且手法极为熟练，因此，就连云棱等人也只是有所察觉，却不知道萧炎究竟使用了什么。

“不要慌，让我仔细感知一下。”脸色有些阴沉地摆了摆手，云棱眼睛缓缓闭上，旋即借助体内斗气与外界同属性能量的链接，开始全方位地监视萧炎的一举一动。

其他几位长老互相对视了一眼，保持沉默，继续将目光投注到那战斗越发激烈的场中。

在这些长老沉默下来之后不久，天空中忽然响起两道破风之声，旋即两个人影，突兀地闪现在广场旁边的一棵参天大树之顶，其目光扫过下方难分难解的战圈，都不由得有些诧异。

在两个人影出现之后，大树顶上的加刑天等人，都将目光投了过来，当视线扫到那穿着一身淡青袍服、面容隐隐带着几分英俊的中年人之后，皆是一怔，旋即打招呼的笑声不绝于耳。由此可见，这人在加玛帝国拥有何等的身份地位，竟然连加刑天、法犸这等人物，都对他如此客气。

来人正是加玛帝国的丹王古河，在他身后，是紧跟而至的柳翎。此刻的柳翎，并无当初在帝都时的那股嚣张气焰，而是安静地站在古河身后，微笑着与一旁的纳兰桀一干老一辈人物打招呼。看他这模样，似乎因为炼药师大会上的失败，改变了不少。

"呵呵，没想到加老、法老两位也来了啊，今日宗主不在，倒是无人招呼了，抱歉。"古河对着两人拱了拱手，客气地回笑道。对于这两位在加玛帝国中有着不小声望的巅峰强者，他同样不敢怠慢。

"这位是……"扫视的目光忽然停在一旁的海波东身上，古河面容上闪过一抹迟疑，凭借他出色的灵魂感知能力，自然能够察觉到前者那若隐若现的澎湃气势。

"海波东。"

海波东对着古河拱了拱手，一向对陌生人颇为冷漠的脸庞，却破天荒地露出了一抹略显僵硬的笑容。虽然论起辈分，他比古河要高上许多，可这个世界上，拳头大、拥有本事的人才能真正得到平等或者敬畏的对待。他虽贵为斗皇强者，可古河作为加玛帝国最优秀的炼药大师，即使是斗皇强者与之见面，也只能平等对待，因为任何人都知道，一个六品炼药师，拥有何种巨大的号召力！

"冰皇海波东？"听到海波东自报姓名，古河一怔，旋即神色有些错愕，半晌后，脸色恢复正常，对海波东客气地笑道，"当年古河尚在历练之时，便久仰海老名头，今日一见，威风不减当年啊。"

海波东笑了笑，对方如此客气，他自然也不好轻礼。两人互相客气了一番后，古河这才将目光投向场中，当瞧见那难分胜负的战斗时，眉头顿时一挑，诧异地道："那人，便是萧家萧炎？"

"呵呵，是啊，只不过，却并非是废物。"苦涩的笑声在一旁响起，古河一望，原来是纳兰桀接过了话头。

古河点了点头，目光盯着场中化为一道黑影的萧炎，心中说不出的诧异。他很清楚，三年之前，萧炎不过是一个连斗者都尚未达到的废物而已，然而三年之后，实力居然飙升到了足以与纳兰嫣然抗衡的地步！

要知道，这三年中，云韵让他给纳兰嫣然炼制了不知多少提升实力的丹药。然而，在云岚宗与他双方的支持下，那个萧炎却依然紧跟了上来，这得需要何种庞大势力的支持以及恐怖的修炼天赋？

原本淡然的笑脸添了一份凝重，古河微皱着眉头，灵魂力量自眉心处破体而出，旋即闪电般地缭绕在广场上。顿时，萧炎那原本快若闪电的移动速度，便犹如放慢了节拍的电影一般，在前者脑海中缓缓地播放着，萧炎的一举一动，无不暴露在古河的感知之中。

在众强者各尽其能的监视之下，场中两道在普通云岚宗弟子眼中有些模糊的交错身影，变得清晰了起来。

场中，闪移交错的身影，再度一触而退，随着能量爆炸声，两道身影，各自擦着地面退了十几米。

后退的人影缓缓止住，萧炎与纳兰嫣然的身影，终于清晰地出现在了所有人的注视之下。望着两人的模样，大家皆是一愣。

萧炎身体上的斗气铠甲，已经出现了一道道纵横交错的剑痕，在深深的剑痕之下，还能隐隐见到殷红的鲜血。显然，在先前那番近乎疯狂的近身战斗中，他也受到纳兰嫣然的反击。

萧炎的外形不好看，反观纳兰嫣然，同样略微有些失态，原本整洁的月白裙袍，此刻变得有些凌乱，在小腹处的部位，一个脚印清晰可见，凌乱的青丝被汗水粘在光洁额头上，贝齿紧咬着红唇，呼吸略有些急促。

以两人的模样来看，在先前的激战中，都各有胜负。

在两人现身之后，广场上的窃窃私语声便完全消失了，所有人都被两人之间那股针锋相对的气势感染，不敢再发出声响将之打破。

微风拂过广场，些许枯叶顺着风儿，打着卷，从两人之间飘过。

安静持续了半晌，纳兰嫣然终于率先有所动作，灵动的眸子带着些许复杂情绪，深深地看了对面那脸色冷漠的青年一眼，玉手缓缓抽去束着三千青丝的绿带，微微摆头，满头青丝犹如月华一般倾洒而下。

炽日下，女子解开发带，青丝滑落，合着出尘灵动气质，动人的一幕，让无数对其有爱慕之心的人，更是心跳加速。

“她要用那东西了？”望着纳兰嫣然忽然间的举止，石台上的云棱一怔，旋即自言自语。

“看来比试应该快要结束了。不过能把嫣然逼到这一步，这个萧家小子，真的很强啊。”一名白袍长老叹息道。

“要拿出底牌了？这丫头竟然被逼到这一步了。”巨树上，古河脸庞上浮现一抹诧异，轻声道。

周围的加刑天等人听了古河这话，皆是一愣，旋即略感惊奇地将目光投入场中。

场地中，纳兰嫣然眼眸缓缓闭上，片刻之后，骤然睁开，满头青丝忽然间无风自动，长发飘舞，而随着青丝舞动，她的身体没有借助弹射之力或者翅膀之效，居然开始悬浮而上。

随着纳兰嫣然身体缓缓升空，其周身的能量，在此刻犹如沸腾的开水一般，暴动了起来，一圈圈淡青色的实质涟漪，从其体内不断扩散而出。

长剑缓缓移上，最后斜指着下方广场上的萧炎，某一刻，长剑微颤，天空上的日光，猛然间居然朝长剑方向凝聚了过来，仅仅是刹那间，长剑之上便光芒大涨，刺眼的光芒，宛如天空上的第二轮太阳。

“萧炎，定胜负吧。”

白皙的俏脸被光芒反射得看上去略微有些透明，纳兰嫣然遥遥指向下方的萧炎，第一次开口，喊出了那个曾经让她极为厌恶的名字。

萧炎抬头，望着那刺眼的光芒，在光芒之下，恐怖的能量正在疯狂地凝聚着。

“终于使用底牌了吗？既然如此，那便来吧。”

美眸直直地盯着下方身姿挺拔的青年，纳兰嫣然深吸了一口气，玉手紧握着变得极为沉重的长剑，以一种缓慢得让人几乎感觉不到的速度缓缓移动着，而随着长剑的移动，扩散的能量涟漪，也越来越剧烈。

淡淡地望着天空，萧炎右手轻轻伸出，青色火焰，噗的一声，猛然出现在了满场人的目光中。

“这是……”当青色火焰出现之后，一些普通云岚宗弟子倒没什么反应，那些长老以及高树上的古河等强者，眼瞳却突然睁大了，特别是加玛等人，心中的那股感觉，越来越强烈。

天空之上，移动的长剑骤然停顿，纳兰嫣然贝齿紧咬，双手死死握着不断跳跃的长剑，其上所蕴含的恐怖能量，已经让她难以掌控。

某一刻，当长剑上的能量酝酿到巅峰状态时，纳兰嫣然终于不再压抑，俏脸上神色凝重，随着一道清脆喝声，长剑上本就刺眼的日光，再度猛然暴涨，一时间，剑上强光，居然掩盖了天空上炽阳的光芒！

“风之极：落日耀！”

天空上，娇喝声落下，恐怖的能量波动终于暴动而起，一股凌厉剑气从天而降，铺天盖地地对着萧炎射去。坚硬的地板，在那凌厉剑气的压迫下，居然崩裂出一道道蔓延到广场尽头的裂缝。

感受到天空上那股剑气的恐怖，广场上的云岚宗弟子急忙手对手，一股股斗气自他们体内升腾，最后凝聚成了一副几乎囊括大半个广场的巨大能量罩，借此，方才摆脱了天空上剑气所造成的压迫。

“居然是风之极，没想到云韵连这都教给了她。只不过以她的实力，尚不能发挥出十之二三的力量啊。”抬头望着那犹如一轮炽日坠落的剑气，加刑天喃喃道。

“这个小家伙或许该是要倒……”目光转向场中的萧炎，加刑天话音未落，眼瞳骤然一缩，只见场中萧炎，忽然从纳戒中取出一枚淡紫药丸，丢进嘴中，微微嚼动，旋即嘴巴一张，一团紫火喷吐而出，停留在了左手之上。

“这态势……”目光死死地盯着萧炎口吐紫火，加刑天眼睛几乎眯成了一条缝，那日，在皇家广场上，那叫岩枭的青年，也是这般。

加刑天缓缓转头，与法犸对视了一眼，两人的表情极为怪异与精彩。现在的他们，终于确定了同一件事情——岩枭就是萧炎。

当然，并非只有法犸、加刑天，巨树上，纳兰桀、木辰等人，同样在此刻目瞪口呆了起来。

其实，最讶异的并非是他们几人，而是那悬浮在天空之上、刚刚释放出了恐怖斗技的纳兰嫣然！

第七章
暴露

天空之上，纳兰嫣然怔怔地望着下方的萧炎，先前他那番口吐紫火的举动以及手掌上的青色火焰，让脑海中那曾经给她留下极深印象、名叫岩枭的青年的形象，缓缓浮现了出来。

两道皆是有些单薄的身影，在脑海中逐渐相接，旋即完美地融合了起来。

除了那张面孔之外，此刻的萧炎，无论气质还是表情，皆与那日皇家广场之上，以一己之力力挫出云帝国炼药师的年轻炼药师毫无差别。

“岩枭，萧炎，岩枭，萧炎。”低声的喃喃声从嘴中传出，在这一刻，纳兰嫣然恍然大悟，猛然间明白了一些东西。那位凭借炼药师大会成为加玛帝国中年轻一辈翘楚，并且即使连她纳兰嫣然这般高傲性子都忍不住心生佩服的神秘青年，竟然便是那个曾经在三年之前，被她视为废物的少年！

纳兰嫣然贝齿紧紧地咬着红唇，俏脸上的表情不断地变幻着，玉手掩着嘴唇，僵硬的身体宛如被雷霆劈中了一般，麻木得几乎脱离了控制。这种忽然间的发现，让纳兰嫣然冷静的脑子瞬间变成了一团糨糊，原本淡然的俏脸此刻也有些苍白。

那个这么多年来，第一个让她纳兰嫣然心生佩服与异样情绪的同龄异性，竟然会是当年被她视为废物、践踏了尊严的少年！

这天壤之别，让纳兰嫣然有种恍如做梦的晕眩感。

“他便是岩枭。”

树顶之上，突如其来的发现，同样让加刑天、法犸、纳兰桀等人陷入了沉默，或许前两人早就隐隐间有种感觉，不过当事实摆在眼前之后，他们同样感觉荒诞。

“岩枭，萧炎，唉，我们还真是老糊涂了啊。”法犸摇了摇头，叹息了一声，望着场中身形单薄的青年，苦笑道，“没想到啊，这个小家伙不仅在炼丹的天赋上如此杰出，甚至连修炼天赋也这般恐怖，唉，果然是英雄出少年啊。”

“的确是个潜力非凡的年轻人，纳兰家和云岚宗，这次可算是挑错压迫对象了啊，损失惨重。”加刑天面容上的表情也有些古怪，看过萧炎在炼药师大会上表现的他，自然明白这个年轻人究竟拥有何种巨大的潜力。只要给予萧炎足够的时间，加刑天相信，即使是以云岚宗的实力，恐怕也会对其有所忌惮。

“纳兰家这次是真的要悔到肠子里去了。”巨树之上，木辰以及米特尔·腾山等人，脸上同样布满错愕，片刻之后，他们将目光扫向了已经完全变得目瞪口呆的纳兰桀，面容上忍不住溢出些许同情。

“呼……”深深地吐了一口气，旋即再狠狠地吸进肚内，如此反复好几次，纳兰桀终于将脸上那滑稽的呆滞神情掩饰下去，手掌强作镇定地拍了拍袖袍，然而那立足之处不断颤抖的树枝以及树叶，却将其心中的慌乱与失措暴露了。

“萧炎……他……他便是岩枭？”纳兰桀目光死死地盯着场中青年，脑海中那道身着炼药师袍服的背影，逐渐地与之重叠，最后完美融合。

纳兰桀嘴角忍不住有些哆嗦，脸上的表情此刻有说不出的精彩。如果说先前萧炎所展现出的实力已经让纳兰桀感到苦涩的话，那么现在这骤然出现的另外一个身份，真的让纳兰桀的心脏猛地紧缩了起来。

一个修炼天赋如此出色，炼丹天赋恐怖得让人赞不绝口的青年，几乎是任何大势力争先抢夺的人才，谁拥有了他，几乎便拥有了一个未来的超级强者，他纳兰家却将这个潜力极为恐怖的青年，给推出了大门。

在萧炎化身为岩枭的那段时间，纳兰桀与他也算熟络，也正因如此，纳兰桀方才能够更加清晰地察觉到这个年轻人的优秀。这么多年来所见的年轻一辈中，不论潜力与心智，他绝对是个中翘楚，拥有了这两种东西，纳兰桀并不怀疑，日后这个年轻人所能达到的等级，将会超过加玛帝国很多巅峰强者。

而这个本应该作为纳兰家未来最厚实的盾牌并且潜力无限的强者，却已经被当年的纳兰嫣然，以一种最伤人的方式，推出了纳兰家族的阵营，以至于现在的刀剑相见……纳兰桀心脏传来一阵阵的抽痛。

"唉……"长长地叹了一口气，纳兰桀此时此刻再也说不出什么话来。以萧炎对纳兰嫣然的芥蒂，难道纳兰桀还会以为凭借自己的一番话，便能让他与纳兰嫣然重归于好？为了这个三年约定，萧炎苦修了三年，即使纳兰桀并不知道这三年间萧炎的确切消息，可任谁也能想到，想要在三年间实力这般猛飙，就算本身天赋绝佳，可若是没有经历常人难以忍受的孤独苦修，那也绝对办不到！

剧烈地咳嗽了一声，纳兰桀原本红润的脸庞不自觉间灰暗了一些，因为心绪复杂，他看上去似乎忽然衰老了许多，恹恹的模样，让周围的人明白，这次的打击，对这位纳兰家族的掌舵人，实在太大。毕竟，任谁看见一个原本被家族抛弃的废物女婿，忽然摇身一变，亮出足以让所有人目瞪口呆的身份之后，也不能保持平静。特别是这个青年，本来可以成为纳兰家族最厚实的盾牌，为他们阻挡狂风暴雨的吹打，不过可惜，现在那面盾牌，却已经变成了指着他们的锋利长矛。一想到这儿，纳兰桀骨子就有些发凉。

"岩枭，这个萧炎，居然便是岩枭？"另外一旁，柳翎也满脸惊诧地望着下方场中的萧炎，失声道。

"岩枭？那个取得此次炼药师大会冠军的年轻人？"闻言，古河眉头微皱，转头问道。

"嗯……"柳翎点了点头，苦笑道，"没想到他竟然就是萧炎，我们所有人都被他瞒了过去。”说这话时，柳翎心中倒重重地松了一口气。既然岩枭便是萧炎，那么想必他对纳兰嫣然应该没什么感觉，既然如此，这个本来被自己视为最强有力的对手，倒是凭空消失了，这对于柳翎来说，无疑是件喜事。

“据我所知，三年之前的萧炎，并不懂得炼药术，而才三年时间，居然便能够炼制出三纹青灵丹这种等级的四品丹药。如果这是真的，那么他的炼药天赋，未免也太可怕了。”古河沉声道。

“虽然说出来有些丢人，不过年轻一辈中，他却是我唯一佩服的人，他在炼丹上的天赋，真的很恐怖。”柳翎认真地道。

“你也会对人认输？看来这次大会的失败，对你并非没有好处啊，至少不会再像以前那般张狂了。”略微有些诧异地瞥了一眼柳翎，古河道。以古河对自己这个弟子的认识，自然清楚他骨子里的傲气，没想到他竟然会对这个年纪明显比他还要小上一些的萧炎感到心服。

闻言，柳翎讪讪地笑了笑，不敢接过话头，他也知道以前自己的傲气让古河有些头疼与无奈。

“他手中的青色火焰，应该是一种异火吧，而那紫色火焰，更像是兽火的一种，想必是从某种高阶魔兽身上取得的吧。”古河不愧是炼药大师，一眼便瞧出了萧炎手中青莲地心火以及紫火的底细。

“能够将两种火焰操控得这般熟练，这萧炎灵魂力量不弱啊，难怪连你也会败给他。同时操纵两种火焰,即使是一些四品炼药师,也难以办到。”所谓外行看热闹，内行看门道，仅仅粗略扫过，古河便看出了萧炎的一些特别之处。

一旁，柳翎赶忙点头。

“不过这青色火焰，怎让我有些熟悉的感觉？”眉头忽然皱了皱，古河疑惑地低声道。

“青色火焰……异火……”嘴中缓缓地喃喃着，古河的脸色忽明忽暗地变幻起来，他忽然记起，当初他在塔戈尔大沙漠中，费尽千辛万苦，不惜直闯沙漠深处，与美杜莎女王大起冲突，最后所为的好像便是一种青色的异火吧？

从沙漠回来之后，古河也想清了一些东西，他们这次的沙漠夺火之行，似乎一直被别人算计着，一行人的努力，最后都为那神秘人做了嫁衣。

眼眸缓缓虚眯着，古河视线死死地盯着萧炎的面孔，不知为何，他总是觉得这张面孔似曾相识，眉头紧皱着，某一刻，他眼瞳骤然一缩——终于想起来了！

当初在沙漠之中，他们无意间从那位女蛇人首领手中解救下来的年轻人便是萧炎！

脑中念头闪电般地运转着，当初的一个个疑惑，在此刻水到渠成地被解开了，难怪自己一行人的行踪被人掌握得清清楚楚，难怪在他们与美杜莎女王拖延的时候，会有人先偷偷溜进城里，得到异火……

一个个谜团彼此交缠，最后赫然现出了萧炎那张清秀面孔！

“呼……”

深吐了一口气，古河终于恍然大悟，当初借助他们与美杜莎女王纠缠时坐收渔翁之利的人，就算不是萧炎本人，也绝对与他有着千丝万缕的关系！

“好小子啊，竟然把我们都给耍了一遭。”双手插在袖间，古河微眯着眼睛望着场中的萧炎，心中忽然有种哭笑不得的感觉，自己那行人的阵容在加玛帝国几乎可以横着走路，最后却栽在了一个不足二十岁的少年手中。

“虽然不知道你是怎么办到的，不过，现在还是先把面前的难关解决吧，嫣然的风之极，可不是能够轻易无视的啊。”

凉风刮过天空，让怔怔失神中的纳兰嫣然回过神来。纳兰嫣然玉手一挥，几乎是条件反射般想要将那射下的光剑抓回来。然而以她如今的实力，能够将风之极施展出来，便已颇为勉强，想将之如臂般的指挥，是不可能的事情，因此，她只能眼睁睁地望着那带着铺天盖地压迫之力的长剑，宛如一轮耀日，对着广场之上的萧炎狠狠砸去！

俏脸略微有些苍白，纳兰嫣然此刻心中几乎是乱麻一般，她心中清楚，她对那个名叫岩枭、虽然面貌平凡却拥有着令人折服实力的青年有着些许好感以及一点不服输的情绪。

正是因为这有些复杂的感情，所以纳兰嫣然在与他交谈时，放弃了平日对人的冷淡，取而代之的温柔语气，几乎是她这么多年来，头一次对一个除了长辈或者亲戚之外的男性使用。

虽然她与岩枭接触时间并不算太长，然而萧炎使用这个身份，肆无忌惮地挥霍着那些不断让人感到震撼的优秀能力：手持异火，治疗即使是丹王古河都没有办法的烙毒；参加炼药师大会，从来自全国各地的出色炼药师中脱颖而出，并且最后以一已之力，力挽狂澜，绝境之下，创造奇迹，为帝国炼药师公会夺回了即将损失的荣誉……

这种种让人心血沸腾的壮举，不知道使多少花样少女为之倾下了一颗芳心。在这种显赫成绩的光环之下，即使是纳兰嫣然这等出色的女子，也不能不感到有些目眩，哪个女人心中不曾有过幻想，幻想自己所喜爱的男人得到万众喝彩？

固然英雄爱美人，可美人同样爱英雄。岩枭当日力保加玛帝国炼药师公会名誉的举动，或许并非是他本意，可在加玛帝国人眼中，却的确无愧“英雄”二字。纳兰嫣然再淡然再高傲，也是一个女人，而且当时承受着万众喝彩的青年，也的的确确是最让人着迷的。

因此，在心中那犹如乱麻般的情绪中，纳兰嫣然先前甚至有将长剑抓回来的冲动，不过在此举失败后，她却陡然安静了下来，贝齿咬着红唇，盯着下方的萧炎，眼中情绪几乎犹如被绞在一起的万千细丝般的复杂与难解。

抬头淡淡地望着在眼瞳中不断放大的刺眼光芒，周围那些人的反应，萧炎也同样有所发现，不过他并未太在意，暴露是迟早的事，他并未想过要掩盖多久。

双手之上，青色与紫色火焰缓缓升腾着，自天空之上袭来的压力将衣衫压得紧紧贴在萧炎皮肤上，紫色火焰忽闪忽闪的，唯有那团青色火焰，迎风摇曳，没有丝毫减弱。

双手平举而起，旋即缓缓靠近，似是察觉到即将到来的对碰，两股火焰忽然剧烈地波动了起来，火苗疯狂地蹿动着，炽热的温度急速升高。

“他这是要干什么？”望着萧炎古怪的举止，巨树上的法犸、古河等人顿时一愣，满脸茫然。

“这家伙竟然想将两种火焰融合在一起！”不愧是六品炼药师，古河在略一思索后，便明白了萧炎的用意，当下一脸错愕，“他疯了？竟然想把不同的火焰融合在一起，他不怕被火焰反噬？”

身为六品炼药师，古河自然极为清楚火焰之间的抵抗与不相容性，想将两种火焰成功融合在一起，那种难度，几乎难以想象，就连古河也不敢肯定自己有那能力，当然他也从未尝试过。毕竟这个世界上，并不是所有人都有萧炎那种拼命不怕死的狠劲，火焰的反噬，对于炼药师来说，是最恐怖的东西。

法犸与加刑天对视了一眼，虽然眉宇间同样有些疑惑，不过有上次萧炎在炼药师大会上所创造出的奇迹为前提，他们倒是明白，不要随意小看这个年龄不大的小家伙，在这个与众不同的年轻人身上，奇迹似乎并不匮乏。

“要使用那东西了吗？”望着萧炎的举止，海波东眉头微挑，脚掌开始有些不自在起来。虽然明知道这种类型的融合对他没什么威胁，不过有了上次那超大型的融合爆炸，最后差点将几个人都搞死的结局之后，海波东对萧炎的这个举动便有了一些心理阴影，因此，只要一见到这家伙要融合火焰，便忍不住有一种离远点的冲动。

不过还好，这一次海波东并未像上次那般失态，他强行压抑住变得有些急促的呼吸，目光紧紧地投入场中。

青紫两色火焰越来越近，一股股凶猛的能量涟漪不断地从两者间涌出，偶尔火苗蹿出，互相碰触间，爆发出一阵宛如闷雷般的巨响，让广场上的所有人都有些愕然。

脸色平静地望着两种火焰的变化，萧炎略微沉寂了片刻，双手猛然重重地对拍过去。

“嘭，嘭！”

两色火焰被狠狠拍在一起，一道道闷雷声响，不断地从萧炎手掌中传出。萧炎不闻不顾，双手微微搓动，灵魂力量闪电般地扩散出体，旋即包裹着两团火焰，按照以前的经验，轻车熟路地操控了起来。

随着萧炎双手搓动的速度越来越快，淡淡的光芒忽然间也顺着闷雷声从掌心处扩散而出，片刻之后，闷雷声戛然而止。萧炎轻吐了一口气，紧贴的双掌逐渐松开，青紫两色光芒，猛然自掌心中光华大盛。

大盛的光芒逐渐减弱，众人目光急忙扫去，旋即满脸惊愕地望着那悬浮在萧炎手掌之上、缓缓旋转的一朵青紫火莲。

“这是……”古河惊异地望着萧炎手上的两色火莲，嘴巴张了张，扩散至整个广场的灵魂力量瞬间在那朵火莲之上扫过，旋即，眼瞳骤然一缩。

“好巨大的能量。将异火与别的火焰融合，以它们彼此间的对立性而产生极其巨大的爆炸力，这个家伙，竟然能够做到这一步？”作为六品炼药师，古河也清楚，将两种火焰融合在一起，能够爆发出极为巨大的能量，可是，想要将两种火焰融合，并且让它听从命令而爆炸，那便必须要控制着两股火焰维持在一个平衡线上，这种平衡线极难掌控，一旦有哪一方火焰打破了平衡，那么这两种火焰还未发射出去便会爆炸，这样，不仅未伤到对手，反而将自己搞成重伤，得不偿失。

古河并不知道凭他自己的能力能否将两种火焰完美融合，因为他从没试过，不过按照他这么多年的经验来看，这种融合的难度，应该不会逊色于炼制四品甚至五品丹药，然而，下面的那个青年，似乎却颇为轻松地将这个极其危险的融合安稳度过，这如何不让古河感到惊异？

“你输给他，不冤啊。”叹了一口气，古河转头对柳翎道。

柳翎面色凝重地点了点头，虽然他感知力不可能有古河那般精细，但依然能够模糊察觉到，那朵仅仅只有巴掌大小的两色火莲，拥有何等巨大的能量。

“这一次的比试，谁胜谁负，还真的不好说啊。”摇了摇头，古河喃喃道。

“他弄出来的是什么东西？”石台上，瞧见萧炎手上悬浮的青紫火莲，云棱眉头一皱，疑惑地道。

“不知道。”身旁，几位长老面面相觑，皆茫然摇头。

紧皱着眉头，云棱手掌缓缓抚着胡须，不知为何，心中却升腾起些许不安来。

满场目光，聚集在萧炎手掌之上，虽然并不清楚那朵青紫火莲有多大威力，不过那些云岚宗弟子似乎也感觉到了什么，一些靠近两人战圈的弟子，已经忍不住将身体表面上的防护罩加厚了一些。

“很强大的能量，唉，这个家伙，真是越来越让人看不透了，底招简直层出不穷。”法犸目光从火莲上移开，与一旁的加刑天对视了一眼，心有戚戚焉地叹息道。自从认识这个家伙以来，他们两人在萧炎身上不知道瞠目结舌了多少次。

萧炎手掌缓缓地上下移动着，而那朵悬浮的青紫火莲，也随着手掌不断地上下移动，抬起头来，那股凌厉的炽热剑气所带来的压力，几乎让萧炎的身体略微有些倾斜。

双脚略微移开，将那股倾洒而下的庞大劲力卸入地下，萧炎深吸了一口气，沉寂了片刻，猛然屈指弹在火莲之上，轻声喃喃道：“去吧，佛怒火莲！”

声音落下，青紫火莲猛然脱手而出，化为一道流光，宛如流星一般，闪电般地对着飞来的炽日光剑，迎了上去。

在广场上无数道紧张目光的注视下，两道流光飞速闪逝半空，最后，在距离地面十来米处，犹如陨石相撞一般，狠狠地对撞在了一起。

“轰！”

巨大的轰鸣声，在这一刻，响彻了整座云岚山！

雷鸣般的巨响，在巨大广场上空轰然响起，宛如雷神的怒火，让人的心神忍不住有些恐惧颤抖。

两道凶悍无比的能量，在半空中略一接触，便疯狂地释放出各自所隐含的恐怖能量。顿时，一阵狂风凭空出现在广场上空，在两者接触的地点，居然连空气都被强大的能量对撞弄得有些模糊与扭曲起来。

狂风呼啸而过，天空之上的能量冲击波，宛如天火降临一般，对着广场以及纳兰嫣然的方向，席卷而去！

"扑哧……"

"扑哧……"

能量冲击波率先接触到一些云岚宗弟子所设置的防御罩，不过云岚宗弟子明显小觑了两股能量碰撞而发出的恐怖劲道，当下那些略显脆弱的防御罩，立刻被能量冲击波摧枯拉朽地完全摧毁，一些实力稍弱的云岚宗弟子更是脸色一白，狂吐鲜血。

"加厚防御罩！"望着那些在能量冲击波下一败涂地的云岚宗弟子，云棱急忙大喝道。

"是！"听到云棱喝声，在场近千名云岚宗弟子顿时齐声应喝，整齐的喝声直冲云霄，竟然将天空上的雷鸣巨响暂时给压制了下来。

随着整齐的喝声再度响起，顿时一道道颜色不一的斗气光芒从云岚宗弟子体内涌出，这些斗气盘旋在他们上空之处，旋即互相接触，快速融合，眨眼间，便形成了一副几乎覆盖了半个广场的五颜六色的斗气防护罩。

"轰！"

防护罩刚刚形成，天空之上又是一股恐怖的能量冲击波，狠狠地砸在防护罩上，顿时，防护罩便犹如被投入了巨石的湖面一般，一道道涟漪连绵不断地扩散出来。不过，此次由云岚宗弟子齐心构建的防护罩，并未再面临被攻破的危机。

天空上能量碰撞时，广场周围高树之上，除了法犸、加刑天、海波东以及古河等艺高胆大之人外，其余人等，为了保险起见，都挥手在身体表面召唤出了能量护罩，同时还退后了一段距离。虽然纳兰嫣然与萧炎的实力仅仅在大斗师左右，可两人的攻击在经过互相碰撞之后，所爆发出来的能量，却连一个斗灵强者都不敢轻易、毫无防护地沾上。

坚硬的广场，在那股凶悍的能量冲击波下，不断地颤抖着，一道道裂缝缓缓浮现，一路蔓延。

萧炎抬头，脸色凝重地望着那股犹如闪电般袭来的能量冲击波，感受着其中所蕴含的恐怖劲气，背间轻震，长达一米多的紫云翼便从肩膀处弹射而出，脚尖轻点地面，身体犹如滑行一般，急速后退着，而那股肉眼可见的能量冲击波犹如翻腾的海浪般，呼啸着紧跟而至，所过之处，坚硬的广场被破坏得一片狼藉。

目光死死地盯着那股如海浪呼啸般的能量冲击波，萧炎在急速退后时，眼角左右略微瞟了瞟，嘴角微弯，脚掌一旋，身体豁然转了一个位置，而随着他身体的转弯，那股紧随而至的能量冲击波，带起满地碎石，继续冲击而去。

望着犹如有着灵性一般的能量冲击波，萧炎并未有太大的意外，因为发射出的佛怒火莲中有他黏附的些许灵魂力量，因此在两者碰撞之后，其中一些残余能量，便会沿着这些灵魂力量的路线，以此寻找到攻击者，虽然因为天空强光的遮掩，萧炎并不知道纳兰嫣然的确切情况，不过想来她应该也受到了极为剧烈的能量冲击。

急速后退的身体猛然间一顿，双脚在青石上留下一道半寸深的脚印，背后双翼猛地一振，身体瞬间拔地而起，在萧炎身体升空的刹那，露出了其后面那些面露愕然的云岚宗长老们。

由于惯性，那股能量冲击波来不及转身追击，便气势汹汹地对着石台上的云棱等人呼啸而去。

“狡猾的小子！”略感愕然之后，云棱迅速回过神来，当下一声怒骂，双掌猛然重重拍在地面之上，喝道，“重岩壁！”

随着喝声落下，云棱面前几米处地面一阵翻腾，旋即轰的一声巨响，庞大的石壁破土而出，犹如一个庞然大物一般，将云棱等人护在了其后。

“嘭！”呼啸而至的能量冲击波，狠狠地撞击在石壁上，刹那间的猛烈碰撞，让周围的云岚宗弟子忍不住捂住了耳朵。

碎石不断自石壁上掉落，细小的裂缝在石壁上急速地蔓延着，不过云棱并未有丝毫慌张，他抬头紧紧盯着飞上半空的萧炎，惊诧地道："斗气双翼？不对，难道是飞行斗技？哼，好家伙，居然连这稀罕东西都有。"

"这个狡猾小子，居然逼我们出手将那股追击而来的能量冲击波化解。"一名长老拍了拍头顶上的灰尘，略微有些无奈地怒道。

"嫣然的情况似乎不是很好，而且那个萧炎竟然还有飞行斗技，虽然嫣然借着身法斗技，可以暂时停留在天空，可若是在天空作战，定然没有萧炎那般灵便，很吃亏的。"另外一名长老抬头望着天空皱眉道，那些刺眼的阳光对他似乎并没有什么阻碍。

"大长老，现在事态似乎有些超出我们的掌控了啊，那个萧炎，真的很强！"

云棱紧皱着眉头，手掌缓缓抚着胡须，半晌，声音低沉地道："先看看吧，尽量不要让嫣然输了，不然的话，在这么多强者面前，云岚宗的脸往哪搁？"

"大长老的意思？"闻言，周围几位白袍老者一愣，旋即眉头略微皱起。

"先看看吧。"挥了挥手，云棱并未再说什么，抬起头望着天空，脸色忽然微变，"嫣然受伤了！"

被强光隔离了视线的天空上，纳兰嫣然的身体犹如狂风中的飞絮一般，借助着细微的轻风，身体不断轻灵地摇摆着，以此来躲避那些呼啸而来的阵阵能量冲击波。不过，能量冲击波的攻击范围以及数量实在太多，在接连躲避了十几道冲击之后，纳兰嫣然终于由于力竭，身形迟缓，被一道能量冲击波重重地轰在了身体上，顿时，俏脸微白，一口鲜血喷了出来。

手掌捂着胸口，纳兰嫣然强忍着体内传来的疼痛，刚欲闪现空中，眼瞳猛然一缩，豁然转头，只见在其身后不远处，黑袍青年双臂环胸，背后紫色翅膀缓缓扇动着，漆黑眸子正冷漠地看着她。

双目在空中对视，纳兰嫣然紧咬着红唇，玉手猛然向萧炎虚推而出，顿时，大片的淡青色风刃在身前凭空浮现，旋即对着萧炎席卷而去。

借助着反推力，纳兰嫣然身体急速向地面坠落，她也清楚，在空中对战，拥有翅膀的萧炎将会占尽便宜，特别在她受了不轻的伤的情况下。

纳兰嫣然刚刚有所动作，萧炎便已经开始了行动，背后双翼振动，身影猛然下扑，旋即身体略微倾斜，刚好将那一片风刃险险躲避了过去，闪掠速度猛然暴增，身形闪动，便宛如鬼魅般地出现在了纳兰嫣然头顶上空，低头冷漠地望着俏脸微变的纳兰嫣然。

“结束了，纳兰嫣然。”

耳边风声呼呼刮过，萧炎盯着那张精致俏脸，声音忽然间略微有些嘶哑。三年的苦修，经历了孤独，承受了血汗的磨炼，所为的，仅仅是能够在这一天，将当年在萧家大厅肆无忌惮给他留下耻辱的少女，真正地击败。

近距离地凝视着那张清秀的面孔，纳兰嫣然还能够依稀从上面见到当年那倔强少年的模糊轮廓，眼眸有些迷离。在炼药师大会上，一袭炼药师长袍的平凡青年身影，再度缓缓地在纳兰嫣然脑海中浮现，脸颊上忍不住浮现一抹自嘲。

“这便是你的报复吗？构建一个出色得让我都为之惭愧与着迷的虚幻之人，然后再将他打破，让我知道，当年我所看不起的废物，却能够真正地让我纳兰嫣然另眼相看。萧炎，当年的我，的确是因为你的实力而看低你，这一点，事实已经证明，我的确目光短浅，不过……”

猛然抬起俏脸，纳兰嫣然直视着已经挥动手掌砸过来的萧炎，贝齿紧咬着红唇，脸颊上的倔强与当年的萧炎几乎如出一辙。

“不过，我也早已说过，即使时间重来，我依然会去萧家退婚。我的婚姻，不需要他们来做主，陪一个陌生人过一生，我做不到！”

淡淡地望着倔强的纳兰嫣然，萧炎漆黑的眸子中闪过些许倦怠，身体猛然下倾，手掌轻轻地印在纳兰嫣然胸前，嘴唇贴着她的耳朵，犹如自语般的呢喃缓缓吐出。

“我从没说你退婚有错，只是你选择的方式错了。可惜，高傲的你，却从未想过这一点。不过事已至此，孰错孰对已经没有了意义，日后的我们，不会有任何交集，你继续做你的云岚宗少宗主，我会继续做我的苦行修士。三年之约，结束了，纳兰嫣然。”

呢喃声缓缓落下，萧炎那轻贴着纳兰嫣然胸前的手掌中，劲力暗蕴，旋即就欲爆发。

萧炎的一番话，让纳兰嫣然俏脸一片苍白。

“萧炎，还望能看在云岚宗的面子上，让嫣然几分，事后云岚宗定会给予你满意的酬谢！”

就在萧炎即将动手前的刹那，一道若有若无的喝声忽然传进他耳中。

嘴角掀起一抹嘲讽，萧炎听出了这声音的主人——云岚宗大长老云棱，这种时候传音说这种话，未免有些太可笑与幼稚了吧?

轻声笑了笑，萧炎低头望了一眼场中，没有任何迟疑，手臂猛然一震，掌心中澎湃劲气宛如火山一般涌出！

第八章
风波再起

“噗！”

汹涌的劲气，顺着萧炎手掌涌出，纳兰嫣然喉咙间传出一道蕴含着痛楚之声的闷哼，旋即一口鲜血顺着嘴角滑落，鲜艳的颜色映衬着红润的嘴唇，凄艳而妖娆。

美眸隐隐噙着些许复杂情绪，盯着那张依然冷漠的年轻脸庞，纳兰嫣然美眸缓缓闭上，双臂垂下，身体犹如残败的花絮，顺着风儿，无力地朝着地面落下。

这一刻，满场寂静！

所有目光停顿在半空中坠落的倩影之上，那些云岚宗弟子，脸上布满了难以置信。

纳兰嫣然，云岚宗年轻一辈最为出色之人，十三岁凝聚气旋，成功晋为斗者，十六岁攀至斗师，二十岁更是一举登上大斗师之列！

二十岁的大斗师，这种修炼速度，虽然不敢说是云岚宗这么多年以来最出色之人，可排进前十也绰绰有余。然而这般优秀得足以让普通人由衷敬畏的人儿，却败给了当年的萧家废物，这对于一直将纳兰嫣然视为心中女神的云岚宗弟子来说，无疑让他们有种深深的挫败感。

一些人，在抛弃了心中的芥蒂，认真盘算了萧炎的年龄以及修炼速度之后，心中骤然升腾起一股骇然。

三年之前，萧炎连一个斗者都不是，然而，三年之后，他的实力却已经追赶上纳兰嫣然，提升到了大斗师级别。

三年时间，跳跃了斗者、斗师的界限，一举跻身进入大斗师位列，如果说纳兰嫣然的修炼速度让人感到敬畏的话，那么萧炎，或许应该让人感到恐惧了。

抛开萧炎那看上去褪去了稚嫩的脸庞，一些知情人，心尖却忍不住地颤了一下，到了现在，他们方才想起，三年之前，萧炎仅仅十四岁，三年之后，那便是十七岁。

萧炎一直表现出来的成熟以及冷静，掩盖了很多人对其真实年龄的猜测。

很多人在这个年龄时，不过刚刚达到斗者级别而已，然而，这位曾经的废物，却已经开始在强者的路途上，登堂入室了！

十七岁的大斗师！

当年云岚宗的创始人，那位几乎艳惊大陆的奇才，也刚好是这个年龄到达大斗师级别！

想起这些，一些人悄悄地咽了一口唾沫，面面相觑地对视了一眼，脸上瞬间布满了惊骇与冷汗。

当然，萧炎的修炼速度，与药老的帮助不无关系，可是，若没有当年药老暗中吸取萧炎的斗气，没有了那段黄金时期的浪费，谁又能知道，萧炎会不会在更早的时候，便到达大斗师级别？不过，若是没有三年废物期对其心性的磨砺，谁又能肯定，萧炎能够有着如今即使是很多老一辈人都刮目相看的心智？

塞翁失马，焉知非福。

“唉……”

巨树之上，纳兰桀的脸色在这一刻变得灰暗了许多，笔直的身体略微有些佝偻。他长长地叹息了一声，叹息中，苦涩之意浓得难以化解。原本好好的事情，搞到如今，不仅赔了一个出色得足以让任何人嫉妒的女婿，而且颜面大失，当真是赔了夫人又折兵啊。

听了纳兰桀的叹息声，其身旁的木辰等人只得相视苦笑着摇了摇头。萧炎的表现，也远远超出了他们的预料，这个似乎一直独自修行的小家伙，居然能够将云岚宗重点培养的纳兰嫣然击败，这三年之间，他的成长速度，即使是木辰等人也瞠目结舌。

“不简单的小家伙啊。”法犸轻叹了一口气。虽然在先前的战斗中，萧炎凭借着飞行斗技取了一些巧，可那凌厉的战斗意识，明眼人一看，便知他是经历过真正的血汗历练，远非纳兰嫣然这种养尊处优、小心修炼的方式可比。

“的确不简单，假以时日，此子必成大器！”加刑天点了点头。淡淡的评价，却是这么多年来，他首次给予一个这般年轻的人如此评语。

目光盯着半空，海波东心中略微松了一口气，不过紧接着又紧绷了起来，因为他知道，此次云岚宗之行，最危险的，并非是与纳兰嫣然的战斗，而是云岚宗的那些长老。

视线下移，瞟过坐立在石台上的一干云岚宗长老，特别是当目光扫过脸色铁青的云棱之后，海波东眉头微微皱了起来，袖袍之内手指轻轻弹动，些许寒气缓缓缭绕在掌心中，随时准备着应付任何突发变故。

“该死的小子！”

带着几分怒意，手掌重重拍在身旁的石台上，云棱脸色铁青，他没想到那萧炎竟然如此不给面子，先前他的那道提醒声音，竟然没有半点作用。

“大长老，接下来怎么办？嫣然已经落败了。”一名云岚宗长老苦笑着问道。

云棱脸色变幻不定，纳兰嫣然可是代表着整个云岚宗，如今她输掉了比试，无疑会有损云岚宗声望，此时宗主不在，他这个大长老，自然必须想尽办法将这些损失挽救回来。

“不过在场这么多势力首领，若是没有合适的借口，如何挽救？若是强行来的话，那岂不是显得我云岚宗是强盗之流了吗？”云棱心中念头不断地盘转着。

心中有些烦躁地想着挽救措施，云棱目光忽然停在下方脸色一片惨白的葛叶身上。此时，葛叶正一副见了鬼的模样，盯着半空上的萧炎。那副惊恐的模样，让本就烦躁的云棱更是怒火大生，当下忍不住地低喝道：“葛叶，注意你的形象！你可是宗内执事！”

听到云棱的喝声，葛叶浑身一颤，终于清醒了过来，转过头来，嘴巴哆嗦着，手指颤颤巍巍地指向半空的萧炎，压抑的低低声音中，有着掩饰不住的恐惧：“大长老，他……他便是杀了墨承的那个神秘人！”

葛叶此话一出，石破天惊！

石台上的所有云岚宗长老，脸色瞬间大变！

萧炎淡淡地望着那坠落的曼妙身影，回想着先前纳兰嫣然脸颊上的那抹苦涩凄然，他眼中再度闪过些许疲倦。为了这个所谓的三年约定，他离开了家族，离开了那个让他牵肠挂肚的可爱女孩，如今三年之约终于结束，他的身体乃至灵魂，似乎都在此刻卸下了一个压得他一直喘不过气的重担。

“终于结束了。”轻叹了一声，背后双翼振动，萧炎沿着纳兰嫣然坠落的路线，缓缓下降着。在即将落地前，一道白影忽然从纳兰嫣然怀中飘落，顺着风儿，向着萧炎飘了过来。

顺手捞过白影，萧炎眼睛瞟了瞟，身体忽然僵硬下来。

白影仅仅是一张折叠得极为整齐的白纸，或许因为无数次折叠，白纸的边缘部位已经出现了一些破损小洞。这张白纸，萧炎很眼熟。因为，当年在萧家大厅，少年便是从桌上抽出了这张白纸，挥挥洒洒写下了那封让所有人目瞪口呆的休书！

缓缓摊开白纸，略微有些稚嫩的笔迹映入眼帘，目光扫下，那沾染着血的手印，在日光照耀下，是那般刺眼。

盯着这纸休书片刻，萧炎轻轻摇了摇头，瞥了一眼即将落地的纳兰嫣然，袖袍一挥，一股劲气凭空浮现，将她的身体驮负着，缓缓落在了青石地板上。

捂着胸口剧烈地咳嗽了几声，鲜血从嘴角溢下，纳兰嫣然一手撑地，带着几分倔强，抬头望着站在面前不远处的萧炎以及他手中的白纸，脸颊上的表情一阵变幻，半晌，似是暗中下了某种决定。

在众目睽睽之下，纳兰嫣然有些艰难地站起身来，略微有些沙哑的低低声音中，有着难以掩饰的苦涩："萧炎，你赢了。按照当年的约定，若是最后比试输了，我纳兰嫣然本该为奴为婢。不过，为了宗门名声，请恕我不能如约实现了，反正我在你心中蛮不讲理的印象也已经根深蒂固，那就再让我任性一次吧。现在想来，当年萧家的事，我处理的方式，的确不妥，所以，请日后代我与萧叔叔说一声抱歉。"

话语落下，纳兰嫣然玉手猛地一竖，微微摆动，距离其不远处的一位云岚宗弟子身旁的长剑，顿时被一股吸力吸扯而过。

手掌快速抓过长剑，纳兰嫣然银牙一咬，玉手摆动，锋利的剑尖便对着修长雪白的脖子狠狠刺了过去。

"啊！"

纳兰嫣然这突如其来的举动，直接令广场上所有云岚宗弟子包括那些长老脸色大变，他们没想到纳兰嫣然竟然会因为比试输掉而做出自尽这种事来。

此时场中，一些长老虽有心抢救，可由于距离太远，只能眼睁睁地看着锋利剑刃离纳兰嫣然脖子越来越近。

"叮！"

长剑携带着森冷剑气，划破空气，然而，就在其即将碰触到那雪白肌肤之前的刹那，修长的双指却凭空出现，旋即猛然夹下，随着清脆的丁零声，长剑突然停滞。锋利的剑气，在吹弹可破的脖颈上留下一道浅浅血痕，鲜血缓缓流下。

长剑被阻，纳兰嫣然猛然抬头，却瞧见那对淡漠的漆黑眸子。

"我对收你为奴为婢并没有太大兴趣，所以你也不必做这般事来保全云岚宗声誉。"萧炎瞥了一眼咬着红唇的纳兰嫣然，心中却忍不住地有些无奈。

虽然他胜了纳兰嫣然，可这并不代表他能够真的让纳兰嫣然为奴为婢，不管怎么说，纳兰嫣然都是云岚宗的少宗主，那些云岚宗长老绝对不可能让他做出这般大损云岚宗脸面的事情。

再者，如果纳兰嫣然真的自尽在此处，恐怕云岚宗将会立刻暴怒，自己与云岚宗的关系，则会真正地成为敌对关系！这并不是萧炎乐意见到的事情。

“三年之约已经结束，日后的我们，不会再有任何纠葛。今日你的失败，就权当是当初你采取错误方式的一点代价吧。”萧炎淡淡地道，手指夹着长剑，猛然一扯，随手一甩，长剑便射出，旋即狠狠地刺在先前那名云岚宗弟子面前，剑柄不断摆动。

“你也知道，这种纸面条约，没有多大的约束力。”

轻摇了摇手中的休书，萧炎屈指轻弹，青色火焰从指间升腾而起，将休书在纳兰嫣然面前，焚烧成一堆漆黑灰烬，随风飘散。

“三年前所说的话，今日，我再重复一次。”萧炎面带微笑，轻柔的声音，缓缓在安静的广场上回荡着。

“纳兰嫣然，日后，你与我萧家再无半分瓜葛，你自由了。恭喜你。”

望着微笑的清秀青年，纳兰嫣然脸颊之上，神情复杂，她所追求的东西，如今终于得到，可不知为何，心中却空了好大一块。

“诸位，好戏收场了，各回各家吧。”

萧炎抬头对着高树上的众人笑了笑，旋即转身走了几步，将地面上那巨大的玄重尺抽出，随手插在后背之上，然后在无数道目光的注视下，缓缓朝着广场之外走去。

阳光从天际洒下，那道显得有些孤独的背影，却比来时显得轻松了许多。

脚步踏出广场，在即将踏下阶梯时，那最让萧炎心中下沉的淡淡声音，却终于响起。

“萧炎先生，还请暂留一下，我云岚宗有点事，需要请你亲自验证一下。”

萧炎将踏下台阶的脚步猛然一滞，背对着广场，仰头长长地吸了一口气，袖袍中的拳头微微紧握了起来。

巨树上，海波东眉头在此刻紧皱起来，目光扫向广场中央，那里，云棱等人的脸色，似乎有些怪异。

“该死的，难道被认出来了？”海波东低低地喃喃了一声，体内雄浑斗气，悄然运转了起来。

广场上，随着云棱的声音，一道道目光再次投注到了即将踏下台阶的清瘦的背影之上。纳兰嫣然抹去嘴角血迹，眼神复杂地望了一眼萧炎的背影，旋即转身对云棱等人道：“大长老，今日比试，嫣然的确技不如人……”

“嫣然，这并非是因为比试之事，你暂且站开一些。”云棱摆了摆手，脸色出人意料地显得有些严肃。

瞧见云棱的脸色，纳兰嫣然一愣，略微迟疑了一下，只得点了点头，拖着受伤的身体，缓缓退到了一旁。那里的几位云岚宗弟子，赶忙起身给她让出了一个位置。

“怎么了？”巨树上，法犸等人也被这突如其来的变故弄得有些茫然，互相对视了一眼，皆是一脸疑惑。

“难道那云棱因为比试输掉，还想将人家强行留下不成？”加刑天笑道。

“他可不敢做出这种让云岚宗名声大跌的蠢事来。”法犸摇了摇头，忽然转头望着后面的海波东，疑惑地道，“海老头，你怎么了？”

法犸身为炼药师，灵魂感知力比加刑天都要强上不少，故而他能够极为敏感地察觉到海波东体内忽然汹涌起来的斗气。

“没什么。”摇了摇头，海波东随口回了一句，目光却死死地盯着萧炎的背影。如果今日他的身份暴露，那么，可就真的有些麻烦了。

场中，云棱先前的声音落下之后，便陷入了一片沉默，只有无数道掺杂着疑惑的目光，注视着那一动也不动的背影。

云棱死盯着那道单薄背影，淡淡的斗气波动在手掌处酝酿着，只要萧炎有任何逃跑的举动，那么他便会立刻将之拦下。

安静的广场，气氛沉闷而诡异。

安静持续了半晌，那道犹如石雕般的背影，终于略微动了一下，而随着其身影的抖动，云棱眼睛缓缓眯了起来，身体略微前倾，犹如即将俯身下冲抓寻猎物的苍鹰。

“云棱长老，何事？”突如其来的淡淡声音，终于打破了广场的安静，也让云棱前倾的身体略微一僵。

场中无数道目光再次转移，不过现在，全部转到了云棱身上。除少许人之外，大多数云岚宗弟子，都并不清楚在这种时候，为什么云棱会忽然出言将萧炎拦下。

在众目睽睽之下，云棱缓缓站起身子，目光阴厉地盯着萧炎，沉声道："不知道萧炎先生是否听过几个月之前，我云岚宗外门执事墨家墨承之死的消息？”

云棱此话一出，广场上顿时响起了一阵窃窃私语。墨承在云岚宗地位不低，而且交际手段出色，因此在宗内关系也还算不错。当初他的死，在宗内掀起了一阵骚动，而执法队特地前去盐城调查过，不过所得消息甚微，只知道出现了两个实力极强的神秘人，然后将墨承击杀，可关于那两个神秘人，云岚宗并没有太多的消息，因此，墨承的死，一直是一些与之关系不错的长老们心中的刺。

然而在这种时候，云棱忽然提起这件事，无疑有些牛头不对马嘴，难道他还认为，击杀墨承的人，便是萧炎？

心中闪过这一念头，众人便有些好笑，要知道，墨承可是晋入斗灵强者多年，萧炎却顶多只是一个大斗师而已，两者间的差距，宛如天地之隔，萧炎怎么可能与这件事扯上关系？

没有理会广场上的窃窃私语，云棱只是死死盯着萧炎，等待着他的回答。

袖袍中的手掌轻微颤了颤，萧炎紧抿着嘴，深吸了一口气，压下加剧的心跳，慢慢转过身来，再次面对着那庞大广场以及其中无数云岚宗弟子，淡如清风的声音回荡在广场："云棱长老此话何意？难道你还以为墨承是我所杀不成？”

“是吗？”低笑了一声，云棱指向一旁的葛叶，低沉的声音响起，“嫣然与葛叶当初刚好参加了墨承的寿诞，所以正好在现场。葛叶更是亲自与那名神秘人交过手，在交手过程中，他看见了对方的面貌，不过由于是匆忙一瞥，所以有些模糊，因此，直到刚才，他方才敢确定，那个神秘人……便是你，萧炎！”眼瞳猛然一睁，云棱厉声大喝。

寂静！

死一般寂静！

庞大的广场，气氛犹如在此刻凝固了一般，所有人面庞上的表情都在此时僵硬，一道道呆滞的目光傻傻地望着满脸阴厉的云棱，原本运转的脑子在这宛如惊天般的炸弹之下，缓缓停止了工作。

巨树之上，法犸与加刑天同样被云棱的话震得愣了一愣。当初的盐城之事，加刑天曾经亲自赶过去，所以，他知道，那名击杀墨承的神秘人，实力定然不会弱于自己。如果说萧炎便是击杀墨承之人，那岂不是萧炎的真实实力已经和他们在同一等级？

一个十几岁，尚且介于少年与青年之间的小家伙，是一名斗皇强者？这就算是打娘胎里开始修炼，也是绝对不可能的事啊！

两人对视一眼，眉头紧皱着，虽然明知道萧炎会是那神秘人的猜测很滑稽，不过他们的见识远非那些云岚宗弟子可比。云棱的这番话看似极为可笑，然而，以他的身份，会无缘无故地说出这极为荒诞的话语吗？或者说，他是真的有证据，证明萧炎便是击杀墨承之人？

如果是真的话，那这个叫萧炎的小家伙，也未免恐怖得有些过头了吧？

在满心疑惑的法犸以及加刑天身后，是纳兰桀以及木辰等人，此时的他们，也同样进入了呆滞状态。云棱的这番话，对他们的冲击实在是太大了。如果他所说是真，那么，岂不是说明，现在萧炎所展现出来的实力，仅仅还只是他的冰山一角？

在满场凝固的气氛中，萧炎抬起头，目光在广场中缓缓扫过，每个人脸庞上的呆滞，都被收入眼中，半晌，视线停留在那俏脸错愕的纳兰嫣然身上，他忽然轻笑了笑，转头对着云棱，道：“云棱长老，对于贵宗墨承执事的死，我深表遗憾，不过，这并不代表，你们能够随意对别人进行污蔑。谁都知道，墨承可是斗灵强者，当初那个神秘人击杀他，更是极为干脆利落，从这些来看，那个神秘人的实力恐怕至少也在斗王级别。难道你认为我有那个实力？如果是的话，那是不是太抬举在下了？而你所说的证据，仅仅是葛叶的一面之词，凭借这个，就想将我判成杀墨承之人，那未免有些太可笑了吧？”

冷冷地望着微笑的萧炎，云棱也知他定要这般为自己开脱，说实在的，若非葛叶以命保证，云棱也不敢肯定萧炎真是那个神秘人，毕竟，这两者间，犹如天地之隔，怎么可能牵扯到一起去？

云棱在心中叹了一口气，想起葛叶先前那副不似作假的恐惧模样，他心中再次安定了一点，目光忽然转向一旁的纳兰嫣然，沉声道：“嫣然，当日你也在场，虽然你并未见过对方的容貌，可两者的身形或者一些特殊地方，你应该知道一点吧？”

云棱的话，顿时将全场的目光拉向了俏脸还略微有些苍白的纳兰嫣然身上，包括站在广场边缘的萧炎。

突如其来的问话，让脑子还处于一团糨糊的纳兰嫣然怔了怔，缓缓转过头，眸子凝视着那张淡漠的清秀脸庞，旋即视线在其身体上下仔细地扫视着。

随着纳兰嫣然的扫视，广场上的所有人，心脏都猛地提了起来。在这种时候，纳兰嫣然的话，虽然不敢说有着决定性的作用，可无疑有可能将会加深萧炎的嫌疑程度。

广场之上，气氛再度安静，半晌之后，纳兰嫣然收回了目光，摇了摇头，缓缓地道：“大长老，当日的神秘人身着宽大袍服，遮掩了实际身形，所以，我也不能辨别他的身份。”

闻言，萧炎心中悄然松了一口气，而云棱等人，脸色略微有些难看。

“对了，我记起来了，当初那个神秘人在击杀墨承时，曾经施展了一种极为恐怖的白色火焰！”略微有些尖锐的声音，猛地自脸色涨红的葛叶嘴中喊出。

听了葛叶的喊声，法犸以及加刑天、纳兰桀等人脸色骤然大变，他们猛然记起，在炼药师大会上，萧炎也曾经动用了一种极为神秘的白色火焰！

这一刻，一股骇然，笼罩上众人心头！

这一刻，萧炎脸色缓缓阴沉！

第九章

一触即发

在这一刻，似乎感应到了什么，广场上，气氛再度死静，一道道目光泛着惊骇，盯着广场边缘处的萧炎。

“这个家伙，难道真的是当初击杀墨承的那个神秘人？”加刑天喃喃了一声，总是布满笑容的脸庞，终于在此刻变得凝重了起来。

“这倒是不知，不过炼药师大会上，萧炎倒还真的使用过一种白色的火焰，虽然那火焰仅仅一闪便逝，不过我敢肯定，那应该也是一种异火！”法犸低低的声音中，有着难以掩饰的骇然，两种异火共存一体？天啊，这也太疯狂了吧？

“唉，果然还是留下了一些破绽啊。”海波东在心中无奈地叹息了一声，目光转向场中的萧炎。现在，究竟与云岚宗是战还是不战，也就取决于萧炎的表现了。

死静的气氛，笼罩着广场。萧炎沉默了许久，忽然猛地前踏了一步，踏入的这一步，立刻让云岚宗众长老全身绷紧了起来，淡淡的斗气，若隐若现地开始缭绕。

“抱歉，我并不知道葛叶执事在说什么。”缓缓抬起头，望了一眼随时准备动手的云岚宗众长老，萧炎眉头微皱，紧绷的身体舒缓了一点，声音平淡地道。说实在的，他并不想和云岚宗闹翻，这个屹立在加玛帝国这么多年的庞大势力，其底蕴之深厚即使萧炎再如何胆大，也不得不满心忌惮。所以，不到最后一刻，他不想完全撕破脸皮。

“哼，不知道？”闻言，云棱脸庞浮现一抹冷笑，厉声喝道，“萧炎，参加炼药师大会、取得冠军的那个岩枭，也是你伪装的吧？这一点，我能找出不下十人出来作证，你可能赖掉？”

萧炎沉默，当初参加炼药师大会，为了取得冠军，他暴露了太多底牌，而以云岚宗大长老云棱的身份，情报渠道自然远远超出他的预料，因此，若说他能找出足够的证据，萧炎倒并不感到意外。

对于萧炎这代表着默认的沉默，云棱嘴角溢出一抹得意，再道：“在炼药师大会上，你曾经使用了一种白色火焰，而且威力极大，这是无数人亲眼所见，想必也假不了吧？”

“天下能够使用白色火焰的人多了，难道这些人，都是杀了墨承的凶手？”萧炎撇嘴冷笑道。

云棱冷冷地道：“别人拥有白色火焰，倒也的确说明不了什么，不过按照葛叶先前的述说，你本来便是最大的嫌疑人，而且如今再加上与那神秘人拥有相同的火焰，如果这些都是巧合，那未免巧合得有些过分了吧？”

针锋相对的言辞，使两人瞬间成了广场上新的主角，一道道目光投在萧炎身上，很多云岚宗弟子目光中都掺杂着惊骇与错愕交杂的情绪，他们难以相信，这个年纪与他们差不多的青年，居然便是将墨承轻易击杀的神秘强者。

“这个萧炎，底细很神秘啊。”古河摸了摸下巴，盯着萧炎，缓缓地道。听着场中两人的争执，再联想到那青色火焰，他心中倒是明了许多，如果云棱所说是真，那么上一次在大沙漠中，那位坐收渔翁之利的神秘人，恐怕就是这个年龄似乎不过二十岁的小子。

一个不到二十岁的斗皇强者？想到这个，古河便有种荒诞的感觉：什么时候，斗皇强者居然如此容易便能达到了？就算他每天吃尽高级丹药，那也绝对不可能在短短不到二十年内，成为一名斗皇强者啊。

其身后，柳翎苦笑着摇了摇头，到现在，他方才知道，他与萧炎之间，究竟存在多大差距，每次就在他以为对方即将达到极限之时，萧炎却又会猛然间露出隐藏的冰山一角，让柳翎有心追赶，却无力而为。

场中针锋相对的气氛持续了半晌，萧炎抬眼瞥着云棱，他似乎明白了，这个老家伙，今天打定了主意不会让他离开，当下心中升腾起些许不耐烦，拂袖冷声道："云棱长老，我并不想与你多费口舌，如果你没有确凿的证据，还是不要随意污蔑。虽然云岚宗势大，但这名声传了出去，可不太好，而且脚长在我身上，去留，还轮不到你来替我做主！"

语罢，萧炎转身便对着那石阶踏下。

"抱歉，在我们未查清究竟是谁杀了墨承之前，萧炎先生或许得暂时居住在云岚宗一段时间了。"云棱手掌一挥，冷喝道，"执法队，留下他！"

云棱喝声落下，广场上近千名云岚宗弟子中，猛然间射出十几道白色影子，斗气狂涌，身形移动间，瞬间便将萧炎包围。没有丝毫的废话，这些脸色冷厉的云岚宗执法队，双手翻动，长剑闪烁而出，剑身一摆，十几道剑影，将萧炎包裹进去。

云岚宗执法队，是由宗内长老从那些实力优秀的弟子中挑选出来整合而成，论起实力来，能排在云岚宗上等水平线左右，而且彼此间的配合默契，通常十几人出手，即使实力超出他们一些的对手，也难以抵挡。这一次出手拦截萧炎的十几位执法队弟子，看他们身体上覆盖的斗气纱衣，实力明显是在斗师级别。

"滚！"

望着从四面八方铺天盖地袭来的连绵剑影，萧炎脸色一冷，一声冷喝，手掌猛然握住肩上尺柄，手臂挥动，巨大的玄重尺再度脱离后背，脚尖轻点，身体顿时犹如陀螺一般，瞬间高速旋转起来。黑色巨尺带起一股强悍劲气，从立足之点扩散而出。

"叮当，叮当，叮当……"劲风呼啸间，人影接触处，一道道清脆的金铁相交之声，不断传出。

“嘭……”随着一道轻微闷响，十几道白影猛地自交手之处暴退，脚掌擦着地板滑出了十几米，方才缓缓停住。低头望着断裂的长剑，这些执法弟子脸色都有些变化，这家伙，能够打败纳兰师姐，果然并非靠运气。

一击击退十几名执法弟子，萧炎脸色逐渐阴沉了下来，转身冷冷地盯着云棱：“云棱长老，这是什么意思？”

“萧炎先生，在未能洗脱你的嫌疑之前，恐怕你不能离开云岚宗，所以，还请听从老夫之言，安心在云岚宗待一段时间吧。等宗主回来之后，我们会彻底调查此事的。”云棱淡淡地道。

萧炎眼睛虚眯，寒芒在眼眸中闪过，目光缓缓在场中扫过，旋即停在了云棱身上，握着尺柄的手掌略微紧了紧，长长地吐了一口气，身体逐渐松懈了下来。

察觉到萧炎身体放松，云棱悄悄松了一口气，然而就在他以为萧炎打算放弃抵抗时，后者忽然一踏地面，随着一道能量炸响之声，其身体猛然化为一道黑影，朝着广场外射去。

“拦住他！”萧炎突如其来的举动让云棱脸色一寒，他厉声喝道。

云棱喝声刚落，那一旁的葛叶竟然最先有所动作，斗气自体内涌出，脚掌蹬地，身体顿时犹如离弦的箭支一般，瞬间掠过大半个广场，干枯的手掌一曲一卷，几道尖锐的劲风射出，劲风缠绕间，隐隐封锁了萧炎的退路。这般快速的凌厉手段，不愧是斗灵级别的强者。

身后破空而来的尖锐劲气，让萧炎眉头大皱，手中玄重尺猛然插地，前冲的身形生生停顿，双脚微弯，旋即冲天而起，肩膀一颤，紫云翼展现，没有丝毫迟疑，双翼展动，便朝云岚山之外掠去。

“萧炎，给我留下！”

望着冲天而起的萧炎，云棱一声厉喝，手掌一挥。石台上，三位年龄最大的白袍老者，身体微颤，居然缓缓消失，再度出现时，便已成三角之状，将萧炎的退路完全阻拦。三股澎湃的斗气自三人体内涌出，强大的压迫力将萧炎牢牢锁定。

天空之上，三位白袍老者，背后斗气之翼缓缓扇动着，因为庞大斗气外溢，竟然使周围的空间略微有些虚幻。

“三位斗王强者，云岚宗的实力果然恐怖。”望着对面三位白袍老者身后的斗气之翼，萧炎脸色顿时有些难看。

“萧炎，你若不是心虚的话，何必急着走？”云棱抬头冷冷地望着萧炎，旋即目光环顾了一圈巨树上的众人，沉声道，“各位，看萧炎的表现，恐怕是真的与墨承之死脱离不了关系。所以，在宗主回来之前，我们不能放他离去，此事事关重大，还请诸位理解。”

云棱这番隐隐带着几分严厉的话语，让法犸等人眉头微皱，互相对视了一眼，皆是暂时选择了静观其变。

见到并未有人出面阻拦，云棱松了一口气，目光再度转向萧炎，缓缓举起手掌，就欲下令将之拿下。

“大长老，此事是否有些误会？我先前与他交过手，如果他真的杀了墨承，不可能与我这般苦战啊。”就在云棱即将下令时，纳兰嫣然迟疑了一会儿，终于忍不住开口道。

“嫣然，这事你就先暂且别管，无论如何，至少都要让他留到宗主回来为止，到时候若真冤枉了他，我云棱向他道歉便是。”云棱摆了摆手，目光冷冷地盯着空中的萧炎，手掌豁然挥下。

“拿下他！”

随着云棱声音落下，那三位拦在萧炎面前的白袍老者，浑身气势猛然大涨，磅礴的气势压力，犹如即将降临的雷霆风暴一般，笼罩了整个广场！

大战，一触即发！

第十章
三名斗王强者

弥漫广场的磅礴气势，直接让萧炎身形急速下降了十几米，方才将胸口那股气闷之感化去。抬头凝重地望着那三名白袍老者，萧炎心中大感棘手，三名斗王强者亲自对他出手，这也太看得起他这个无名小子了吧？

广场上，所有云岚宗弟子皆是抬头望着天空上的战局，对于出动三名斗王强者拦截萧炎，他们同样感到太过于小题大做了，要知道，以天空上那三位长老的实力，就算拦下斗皇强者，也并非是什么难事啊。

当然，抱有这个想法的并非只有他们，就连巨树之上的木辰等人，也感到不可思议。

因为云岚宗的特殊地位，宗内的一些强者，很少去参加所谓的帝国强者的排名，要不然的话，一众老家伙岂不是将会把名次占个大半？而这种举动，无疑会让一些强者心中有些不满，这可不是云岚宗所乐意见到的事情。因此，帝国十大强者排行榜上，除了宗主云韵之外，并没有这三位老者的名字。

如果论单个实力，他们或许比不了上次古河去沙漠所邀请的那两位名列帝国十大强者排名的风行者风黎等人，不过若是联手的话，凭借云岚宗特殊的功法以及合击斗技，即使是斗皇强者，一时半会儿，也难以将他们拿下。而这一次，为了抓获萧炎，三人竟然会一起出手，也难怪场中众人都感到无语。

“这小家伙看来有麻烦了啊，这三个老家伙出手，就算是我，也要被拖延上一阵。如果他拿不出击杀墨承时的那种实力，今日，想必只能留在云岚宗了。”加刑天望着天空上的战局，淡淡地道。

法犸微微皱眉，点了点头。

“法老头，你不打算出手？嘿嘿，不管怎么说，萧炎也是你们炼药师公会的荣誉长老吧？”加刑天忽然转头对法犸笑道。

“看现在的情况，那云棱是打定了主意想将萧炎留下，我出面，恐怕他也不会改变主意。”法犸摇了摇头，道，“你也知道云岚宗的实力……我是炼药师公会的会长，代表整个公会，我若是直接出手帮萧炎，那会有损双方的关系。所以我也只能找个机会替他说说情，只要他并非是杀墨承的凶手，想必云韵还是会给我这个面子的。”

加刑天嘿嘿笑了笑，他自然知道法犸不可能在这个时候出手替萧炎解决危机，他们虽然实力不凡，可背后都有所牵扯，做事不能太过随心所欲啊。

在两人身后，听到他们谈话的海波东，有些无奈地摇了摇头，没想到最不愿意见到的事情还是发生了。不过为了那能够恢复实力的复灵紫丹，就算前面是云岚宗这座大山，那也只能硬着头皮撞上去了。

“萧炎，放弃反抗吧，在查清事情真相之前，我们并不会伤害你，只是请你在云岚宗居住一段时间而已。”云棱双手负于身后，抬头望着天空，大声道。

萧炎嘴角一撇，冷笑了一声，目光在四周缓缓扫过，寻找突破的良机，不过片刻之后，他便失望地放弃了这一奢望。对面的三位老者，无论是在实力还是战斗经验上都远远超过他，防守之间几乎没有丝毫破绽。弥漫广场的气势，更是将他的飞行高度压迫到一个界限之下。再往上的话，三名斗王强者的联合气势，足以让萧炎当场吐血而退。

望着丝毫没有理会自己话语的萧炎，云棱脸庞抖了抖，缓缓吐了一口气，当下不再废话，手掌猛然挥下，沉声喝道："抓住他！"

云棱喝声刚刚落下，天空之上萧炎便猛然对着广场上盘坐的云岚宗弟子冲下，这种情况，只有制造纷乱，他方才有可能借机逃脱。

"哼，小子，不要再负隅顽抗了！"

可惜，萧炎的企图，并未逃过那三位云岚宗长老的眼睛，其中一位满头白发的老者，背后双翼一振，便化为一阵狂风，再度出现时，居然已经在萧炎下扑的路线上。

"喊！"紧皱着眉头望着阻拦了路线的白发老者，萧炎低声骂了一句，双翼振动，身体强行扭转，然而身体刚刚转过，一名白袍老者便诡异地闪现在其身前不远处，干枯的手掌对准萧炎，淡淡地喝道："风缚！"

随着音落，铺天盖地的狂风自其掌心中涌出，旋即化为一缕缕犹如实质般的绳子，对着萧炎闪电般地缠绕而去。

风绳速度极快，眨眼时间，便囊括了萧炎周身所有范围。老者手掌猛然一握，风绳急速收缩，旋即将萧炎包裹在绳网中，犹如一个蚕蛹。

广场上，那些云岚宗弟子张大嘴巴，望着几乎是一个回合便将萧炎抓捕的白袍长老，皆忍不住惊叹起来。没想到斗王强者竟然强到了这一地步，连纳兰师姐都不是其对手的萧炎，竟然仅仅一个回合，便被擒住，两者间的差距，果然大得离谱啊。

天空上，那位施展风缚的白袍长老，刚欲收回风蛹，脸色却微微一变。

"噗！"

一道轻微声响，密布着风绳的"蚕蛹"，居然猛然间射出一道青色人影，人影所过之处，那足以承受大斗师全力攻击的风绳，瞬间化为虚无。

"异火吗？果然很强啊。"

望着冲出风蛹的人影，三位云岚宗长老怔了怔，旋即眉头一皱，对视了一眼，三人身形再度展动，顿时，只听天空上风声阵阵，三人的身影，几乎难以看清，众人只能看见被包裹在青色火焰之中的萧炎，不断四处逃窜，躲避着三人的缠绕，看上去有些狼狈。

逃窜在持续了将近五分钟之后，三名云岚宗长老终于有些不耐烦了起来，当下也不再因为萧炎身体上的异火而小心翼翼，三人身形齐齐闪掠，再度出现时，已经成三角之状，将萧炎围困在一个面积不到五平方米范围的三角形之中。

“风火木壁！”

三人一声低喝，彼此手掌遥遥对立，掌心中，三种颜色各不相同的斗气涌出，旋即以光膜之状，闪电般地沿袭而出，仅仅是眨眼时间，便在中心处相交接。顿时，三人之间，形成了一个三角形的能量光膜，而那光膜中间，正是萧炎。

眼睛死死地盯着笼罩了所有方向的光膜，萧炎手掌挥动，一缕青色火焰涌出，黏附在能量壁上，炽热的高温让那里的光膜有些颤抖，不过，每当光膜被焚烧了少许时，又会立刻涌出一股更大的能量，将之修补得更加厚实。

虽然拥有异火之利，可惜，两者间的实力实在是差距太大，况且，对方还是三名斗王强者同时出手，若非对方对异火有些忌惮，萧炎早就被擒拿了。

“该死的！”望着坚不可摧的能量囚牢，萧炎咬了咬牙，低声骂了一句。

能量囚牢之外，三位云岚宗长老掌心中能量缓缓催动，而随着能量涌动，那三角形的能量囚牢，竟然开始缓缓缩小。

望着缓缓朝自己压缩而来的能量囚牢，萧炎脸色大变，双翼展动，迅速闪至一道能量壁前，青色火焰至掌心中涌出，狠狠地砸在能量壁上。想要借助异火之力将之打破，想法虽然是好的，可惜，三名斗王强者联手所构建的能量壁，光凭借他的实力，怎么可能将之打破?

拳头击中能量壁，唯有一圈圈涟漪不断蔓延，却丝毫没有动摇能量壁的根基。

此时的萧炎，犹如被困在笼中的鸟儿，无论怎样振翅，都始终逃不出这天罗地网。

在下方无数人的注视中，三角能量壁越来越小，此时距离萧炎的身体，仅有两米左右。

对于即将被束的萧炎，巨树上的一众人面面相觑，却并未有人出手。唯有那纳兰桀身体动了动，脚步前跨了一步，可始终踏不下去，脚步僵持在半空，脸色变幻不停，良久之后，叹息一声，缓缓缩回了脚。

三角能量壁中，萧炎似是知道逃脱无望，停止了无谓的抵抗，身体上，青色火焰逐渐缩回体内，他淡漠地瞥着能量壁外的三位长老，竟然缓缓闭上了眼睛。

“放弃了吗？”

望着闭上眼睛的萧炎，三位云岚宗长老眉梢一挑，手掌挥动，那正不断缩小的能量壁，再度猛然暴缩。

三角能量壁，在无数人的注视中越来越小，然而，就在所有人以为萧炎此次定然难逃一劫时，变故骤升！

“唉……”

有些无奈的淡淡叹息声，忽然缓缓地在天空回荡着。随着叹息声落下，一股冰冷的寒气，让广场温度迅速下降。

感受到忽然降低的温度，那三位云岚宗长老一怔，旋即脸色狂变，目光迅速扫向能量壁中，只见其中，一道苍老的背影，犹如鬼魅一般缓缓浮现。

在苍老背影出现之后，能量壁中，寒气暴涨，那急速缩小的能量壁，犹如受到了不可抗拒的阻碍，不仅未曾再缩小半点，反而被那股恐怖的寒气涨得急速膨胀。

三位长老脸色瞬间变得极为难看，急喝道：“小心，退！”

喝声刚刚落下，一股恐怖寒气猛然再度暴涌，顿时，那即将达到极限的能量壁，终于承受不住这般巨大负荷，随着一声响彻天空的巨响，那由三位斗王强者合力凝聚而成的能量壁，居然生生地被强行震裂！

无数道目光骇然地望着天空上那急速后退的三位长老，片刻后，视线瞬间转移向能量壁炸裂之处，那里，两道人影，若隐若现。

下方，云棱的脸色，在这一刻变得极为难看。

天空上忽然出现的变故，让场中众人都是一怔，目光望着那缓缓浮现的苍老人影，一些知情人脸色顿时有些变化。

“海老头？他……他怎么出手了？”加刑天满脸错愕地道。

法犸脸色同样有些愕然，他也没想到，海波东竟然会冒着与云岚宗起冲突的危险，前去帮忙。

两人面面相觑，皆察觉出了一点蹊跷，以海波东的性子，他可不像是那种会为了谁干这种莽撞事情的人啊。

“看来萧炎对于海老头的诱惑很大啊，甚至大到了能够让其甘愿出手阻拦云岚宗的地步，这个小家伙，真是越来越让我好奇了。”加刑天摇了摇头，话语中着实有些难以掩饰的惊叹。他对海波东的性子极为熟悉，若非有什么足以打动海波东的利益，这个冰块一样的家伙，绝对不可能做出这等事情。然而一个不到二十岁的小子，究竟有什么魔力，能够打动一个斗皇强者？

法犸微微点了点头，目光扫向天空，低声道：“现在便看接下来的情况吧，唉，真是变幻莫测的局面啊。”

海波东忽然出手，顿时让场中的局面变得有些诡异。一个斗皇级别的强者所蕴含的能量，没有任何人敢轻易小觑，包括云岚宗！

看海波东出手的模样，明显站在萧炎一方，那么现在……云岚宗再想轻易动萧炎的话，则要好好计较一番了，一个弄不好的话，说不定真的会惹出一场惊天动地的大战。

场中，认识海波东的人仅仅是少数，更多的云岚宗弟子，对于这个隐姓埋名几十年的强者，并没有太深的印象。因此，当他们见到这个其貌不扬的老者，竟然随手便破去了三名长老联手布置的能量壁之后，脸上瞬间布满了难以置信的震撼。

天空上，那闪电般退开的三名长老，振翅稳住身形，抬头望着站在萧炎身旁的苍老身影，三名长老脸上浮现凝重之色，目光仔细地在海波东身上缓缓扫过。半晌，一名年龄最大的云岚宗长老，似是忽然想起了什么，脸色猛然大变，失声道：“海波东？冰皇海波东？你竟然还活着？”

听了他的叫声，另外两名老者也回忆起了这个当初名震加玛帝国的名字，当下脸上同样有所变化，体内雄浑的斗气几乎不由自主地运转了起来。他们也是海波东那一辈的人，只不过，当时的海波东已经是名震加玛的强者，而他们还仅仅是云岚宗的一个个执事而已，因此，一见到他出现，心中马上警戒起来。

瞥了三人一眼，海波东转头望着萧炎，道：“没事吧？”

“你要是再不出手，就该有事了。”萧炎扬了扬手中巨大的玄重尺，苦笑道。

“唉，今天麻烦了，我一个人可挡不住他们啊。”海波东低声道。

“别和他们硬战，只要能够离开这里，那便行了。”萧炎目光缓缓扫过四周，脸色微沉。他发现，在先前三人与他纠缠时，周围的巨树上，不知何时已经出现了将近百名中年样貌的云岚宗弟子，看他们那与普通弟子略有不同的服饰以及体表满溢的斗气，显然实力大多都不会弱于他。

“我要离开倒是没什么，不过带着你，却有点麻烦，对方也不是省油的灯啊。不过还好，亏得云韵没有在此处，不然想离开，那就是彻底没辙了。”海波东目光随意地四下瞟，话语中略微有些庆幸。

“那就拜托海老了。”萧炎点了点头，苦笑道。

“尽力而为吧……”海波东脸庞上没有多少笑容，以一己之力对抗云岚宗众多高手，就算他是斗皇级别，也不会太好受啊。

“海波东，当年一别，没想到今日还能见面，真是让人意外啊。”云棱难看的脸色缓缓恢复了许多，抬头望着天空上的海波东。在海波东进入帝都之后不久，他便知道了确切消息，所以，此时见到海波东，倒并未有太大的震惊神色，只是没想到，海波东竟然会出手帮助萧炎。

“嘿嘿，云棱，这些年你倒是地位直升啊，当年的你，似乎不过刚进入云岚宗长老院而已，没想到，如今竟然成了首席长老了。”海波东淡淡笑道。

“呵呵，这只是宗主信任我这老骨头而已。”云棱笑了笑，旋即脸色略显认真地盯着海波东，道，“叙旧的话，还是日后再说吧。你应该知道我们要留下萧炎的目的，此事事关我云岚宗名声问题，所以，还希望你不要随便出手，免得损了云岚宗与米特尔家族间的关系啊。”

对云棱这番隐有些许警告的话语，海波东却只是淡淡地笑了笑，缓缓地道：“抱歉了，出于一些缘故，今日，我必须保证萧炎的安全。所以，还麻烦你能看在我的薄面之上，让他离去，日后我海波东不会忘记你这份人情。”

闻言，云棱眉头顿时紧皱，沉声道：“海波东，你知道这是绝对不可能的事，墨承作为我云岚宗之人，这些年对宗内的贡献，所有人都有目共睹，这种功臣，若是就这般死得不明不白，而我们又无动于衷，日后如何让弟子们心安？”

“唉，我也有自己的难处啊。”海波东叹息着摇了摇头，看云棱这番表现，想要靠说几句话便带人离开，显然是不可能的事情了。当下他也不再废话，目光环视了一圈，猛然一把抓住萧炎，然而还未有所动作，那一直死死盯着他的云棱便厉声喝道：“云力，你们三人拦住他！云岚宗执事听令，结云岚雾阵！”

云棱的喝声刚落，天空上的那三名长老便展动身形，三人成半圆弧之状，将海波东死死锁住。而那广场之外巨树上的近百名云岚宗执事，齐齐大喝一声，雄浑斗气自体内涌出，一道道白色雾状能量犹如瀑布一般，从掌心中喷了出去。百多道雾状能量互相缠绕，然后迅速蔓延，仅仅片刻时间，便形成了一副碗扣状的能量罩，刚好将整个广场罩了进去。

“嘭，嘭……”

在能量罩形成的刹那，海波东一手护着萧炎，以一种极为蛮横的状态，狠狠撞开了三名长老的防护，闪电般地掠到护罩之下，手掌一挥，一股足有一丈左右庞大的冰寒能量柱涌出，重重砸在护罩之上，将之砸得一阵摇晃，不过护罩却顽强地并未立刻破碎。

“该死的，好硬的乌龟壳。”

低声骂了一句，海波东刚欲继续攻击能量罩，背后却传来三道凶悍劲气。三道劲气在飞掠之间，竟然开始彼此融合，融合之后，声势暴涨，以至于连海波东都不得不转身，手掌挥动，快速在身前凝聚出一块坚硬的寒冰镜面，将之抵挡下来。

“你先退开，自己小心一点，给我十分钟时间！”海波东手掌一挥，一股巧劲将身后的萧炎送出了战斗圈，沉声道。

将萧炎送出之后，海波东脸色逐渐冷冽，冰寒的斗气从体内喷出，顿时，其周身空气中所蕴含的水汽，顷刻间便被凝固成了无数坚硬的冰粒，手掌弹动，铺天盖地的冰粒带起呼啸风声，狠狠对着三位云岚宗长老砸了过去。

对于这位曾经的冰皇，三位长老不敢有丝毫的小觑，体内斗气同时涌出，三种属性各不相同的斗气，却彼此融合，形成了坚不可摧的防御。

遥遥天空之上，海波东人影闪动，携带着极冷的寒气，大肆地对着三位长老发动着一波波连绵不绝的攻势。虽然三人能够融合斗气共同抗敌，不过却依然在海波东的凶悍攻势下，连连败退，若非三人配合默契的话，早就该有人落败了。

被白色能量护罩笼罩的天空之上，寒风阵阵，能量碰触爆炸声，不绝于耳，那爆到了极点的战斗，让下方所有云岚宗弟子都目瞪口呆。

微眯着眼睛望着将三位长老压得节节败退的海波东，云棱再看了一眼那悬浮在天空另外一处的萧炎，不由得冷笑了一声，肩膀微颤，一对斗气之翼，缓缓弹射而出。

双翼振动，云棱身形在众目睽睽之下迅速升空，然后直直地朝萧炎奔去。

听下方传来破风之声，萧炎急忙低头，旋即脸色一变，背后双翼一振，身形急忙后退。

“嘿，想走？不管海波东为什么要保你，只要将你先拿下，想必他也不敢真做什么事。”望着急退的萧炎，云棱低声冷笑道，脚尖轻点虚空，速度再度暴增，眨眼时间，便接近了萧炎。

望着接近的云棱，萧炎赶忙振翅逃窜。

天空之上，两道人影一追一逃，不过后面的身影，却在迅速拉近双方间的距离，某一刻，终于进入了攻击范围。云棱脚掌猛然狠狠一踏虚空，身影化为一抹虚幻的闪电，再次出现时，居然挡在了萧炎逃跑的路线上，身体前冲，干枯的手犹如鹰爪一般，带起一股凌厉得让萧炎皮肤刺痛的凶悍劲气，对着其脖子抓了过去。

云棱出手的速度快若闪电，待萧炎发现时，其手爪居然已经距离面前仅仅只有不到半米！

漆黑的眼瞳中，带着凌厉劲气的手爪正在迅速放大，划破虚空，直指萧炎脖子！

远处，海波东发现了这边的状况，当下脸色大变，急忙想抢身援救，可此时的三名云岚宗长老犹如发疯了一般，冒着被重伤的危险，拼命地施展合击斗技，死死地拖延着海波东，让他分不了身。

满场目光，此刻都停在了萧炎、云棱两人所在的地方。若是萧炎被抓，那么这一次的大战，就能彻底停歇了。

“看来要结束了，海波东一个人，难以将萧炎顺利地从云岚宗带走啊。”加刑天咂了咂嘴，叹息道。

法犸微微点了点头，刚欲说话，脸色骤然一变，目光豁然转向萧炎所处的方向：“不对！有什么东西！”

此时的交战之处，变故再度陡然升起！

第十一章
七彩吞天蟒出场

遥遥天空之上，当云棱即将将萧炎擒获时，后者袖袍猛然一震，旋即一个粗大的影子射出，狠狠甩在云棱手掌之上，恐怖的力量，居然将空气震得发出一阵阵尖锐的音爆之声。

在七彩影子出现的那一刹那，云棱有所察觉，当下脸色狂变，然而还不等他抽身而退，那七彩影子便已甩在其手掌之上，顿时，他的脸庞涌上一抹潮红，一道低低的闷哼从喉咙间吐出，身体犹如被拍飞的皮球一般，急速后退着。

天空之上忽然出现的变故，让场中正在激战的海波东以及那三位云岚宗长老，都不由自主地停下了攻击，目光愕然地望向萧炎所在的方向。海波东倒还好些，其他并不熟悉萧炎的人，惊讶得差点掉下下巴。云棱的实力，在云岚宗内，除了云韵之外，极少有人能够胜过他，然而，刚才他却被大斗师级别的萧炎震退了？

"刚才那是什么东西？"巨树之上，加刑天嘴巴张了张，脸色有些凝重与茫然地问道。由于那道影子攻击速度实在太恐怖，因此连他的眼力，也并未瞧清楚，只能模糊察觉到，有什么东西从萧炎袖子里射了出去，而云棱，正是被那东西给击退了。

"似乎是条尾巴。"法犸迟疑了一下，有些不确定地道。

“尾巴？”闻言，加刑天一愣，眉头紧皱地盯着天空上的萧炎，“又是一张从未露过面的底牌？这家伙难道真的是当初杀了墨承的那个神秘强者？”

对于萧炎所掀开的这些越来越让人感到震撼的底牌，加刑天心中不免动摇了起来，望着半空上萧炎的目光中，开始多了一点什么。

“小子，你袖子里是什么东西？”天空之上，暴退了几十米的云棱终于化去了手掌上传来的恐怖劲道，低垂的手有些颤抖，脸色难看地望着远处的萧炎，大喝道。

突如其来的变故，也让萧炎怔了怔，不过紧接着似是明白了什么，脸上迅速涌现一抹狂喜。还未出声，袖袍鼓动，七彩光影射出，随着一道清脆的嘶鸣声，一条七彩小蛇欢快地在萧炎身旁游荡着，阳光洒照在其娇小的身体之上，反射出七彩毫光，一眼看去，颇为美丽。

七彩小蛇，自然便是那一直沉睡的七彩吞天蟒。没想到，在萧炎最紧急的时刻，这个小家伙居然苏醒了过来，为他挡过一劫。

在七彩吞天蟒出现之后，一直盯着这边的云棱，脸色便猛然阴沉了下来，想必他认了出来，先前击退他的东西，便是这个看似人畜无害的美丽东西。

“五阶魔兽，嘿，没想到你竟然还藏有这一手。”云棱扭了扭先前被巨力震得发麻的手腕，冷笑道。

萧炎斜瞥了他一眼，没有理会，手掌温柔地抚摸着七彩吞天蟒那犹如玉般凉爽的身体，看着它那对隐隐有着妖艳感觉的蛇瞳，心中不由得一颤，这个小东西，似乎越来越有一种类似美杜莎女王的气质了，难道两者间的灵魂开始同化了不成？

萧炎的抚摸，让七彩吞天蟒极为受用，不断用小脑袋挤着前者手掌，旋即蛇芯子不断朝萧炎手指上的纳戒吐去，妖艳的蛇瞳中，出现了萧炎所熟悉的某种垂涎眼神。

发现了它这贪吃的举止，萧炎这才悄悄松了一口气，手指一弹，一瓶紫晶伴生源出现在掌心中，手指伸入其中，轻轻一挑，蘸了两滴，然后小心翼翼地让七彩吞天蟒舔了个干净。

吃了两滴美味的紫晶伴生源，七彩吞天蟒这才有些享受地微闭着蛇瞳，感受着那股炽热能量流经身体所传出的一波波温暖感觉。

“嘿，小东西，吃了东西可是要办事的。”手指轻弹在七彩吞天蟒小脑袋上，萧炎笑眯眯地说。

“打败他，给你更多的这个，怎么样？”萧炎将紫晶伴生源放在七彩吞天蟒面前摇晃着，旋即指向对面的云棱，笑着道。

或许是美杜莎女王的缘故，这段时间，虽然七彩吞天蟒一直在沉睡，可萧炎依然能够感觉到，这个小东西的实力正在变得越来越强，看它刚才击退云棱所展现出的力量，想必不会弱于五阶魔兽，换算成人类强者等级，相当于一名斗王强者了。

在现在这种时刻，一个能够抵挡斗王强者的帮手，对于正被追得焦头烂额的萧炎来说，无疑是天降神助啊。

听到萧炎的话，七彩吞天蟒眨巴着眼睛思量了一会儿，以它如今的灵智，自然能够听懂萧炎的意思，迟疑了一会儿后，终于忍受不住紫晶伴生源的诱惑，摇摆着尾巴转过身来，蛇瞳盯着远处的云棱，身体之上，猛然间七彩光芒大涨，七彩吞天蟒的身体，居然犹如吹涨了气的气球一般，开始迅速膨胀变大起来。

在场中无数道震惊的目光中，原本不过一尺多长的七彩吞天蟒，仅仅是片刻时间，便变成了一条体长十来丈的庞然大物。

七彩巨蛇悬浮虚空，蛇鳞反射着七彩光芒，若是蛇身下还有爪的话，简直就是一条活脱脱的神龙。

随着身体变大，一股雄浑的能量缓缓自七彩吞天蟒体内溢出，让周围空间略微起了一些宛如水波般的涟漪。

巨蛇盘旋天空，那庞大的身躯，不仅让下方众人，就连萧炎本人，也有些目瞪口呆。谁都没想到那个一直是迷你袖珍型的小东西，居然能够变化出这般极其刺激眼球的外形。

变成庞然大物的七彩吞天蟒，让云棱轻吸了一口凉气，他脸上的神情逐渐凝重，偏过头对着远处海波东几人的战圈大喝道："云力，你们暂且拦住海波东，这东西，交给我来对付！云岚宗执事听令，想尽办法擒住萧炎！"

经过先前的接触，云棱稍微摸清了七彩吞天蟒的一些实力，虽然七彩吞天蟒算是五阶魔兽，不过若真要战斗起来，云棱对自己有充足的信心，他所修炼的那些高阶斗技，足以让这头不知底细的古怪魔兽吃尽苦头。

"嘿，没想到萧炎这家伙竟然还隐藏着这么一头高阶宠物，我竟然一直都不知情。"震惊的目光缓缓从七彩吞天蟒身上移开，海波东忍不住咂嘴赞叹道。

"云棱，你今日可别在你这些晚辈面前阴沟里翻船了，不然的话，那脸可就丢大了啊。"目光再次转向脸色凝重的云棱，海波东大笑了一声，旋即背后寒冰双翼振动，朝着三名严阵以待的云岚宗长老冲去，冷笑道，"嘿嘿，既然不用担心那边的事情，那么接下来，便来试试究竟是你们的融合斗技强横，还是老夫的寒冰斗气更胜一筹吧。"

眼角瞟了一眼再次犹如陨石相撞般战成一团的海波东几人，云棱迅速将目光转至远处的七彩吞天蟒，脸色凝重，双掌缓缓伸出袖袍。一股略微有些灰白的斗气，逐渐浮现，最后覆盖了云棱整条手臂，一眼看上去，宛如是岩石手臂一般，极具硬度。

"咝咝……"

三角形的蛇芯子悄然吐缩着，变化成巨型身体之后，七彩吞天蟒那原本有些妖艳的蛇瞳之中，终于多出了一些原本属于它的凶性，巨嘴之中，毒牙交错，散发着森然寒光。

天空之上，两股强大气息，缓缓自一人一兽体内蔓延而出，再配合着海波东那一处战圈所散发出来的凌厉气势，整个广场上的云岚宗弟子们，脸上都忍不住有些抽搐。谁能够想到，为了擒拿一个仅仅是大斗师级别的小子，却会惹出一个斗皇强者以及一头能与斗王强者相抗衡的五阶魔兽？

看着已经开始气势压迫的一人一兽，萧炎背后双翼振动，身形急忙退后了一些，心中悄悄松了一口气。七彩吞天蟒的出现，可真是解了他的窘境啊。看现在的情况，云岚宗内应该再没斗王强者了吧？那么只要他小心地控制着飞行高度，凭那些执事的实力，想必擒不下他，到时候只需等到海波东将那三位云岚宗长老解决，那么，今日的困境，就能彻底摆脱了。

天空之上，一人一兽遥遥对立，气势压人，宛如一场狂风骤雨即将到来！

某一刻，弥漫天空的气势猛然一滞，云棱双手一张一合，一把丈许长的灰白色能量巨剑，自掌心中蔓延而出，背后双翼一振，身体划破虚空，在天空上留下一道长长的划痕！

在云棱动身的刹那，七彩吞天蟒猛然抬头，发出一声响亮的嘶鸣，庞大的身躯所展现出的恐怖速度，让所有人都为之震撼！

一人一兽，划破长空，瞬间之后，在所有目光的注视下，轰然对撞！

相撞之时，怒雷般的炸响响彻了天空，让下方一些人忍不住捂住了耳朵，满脸惊讶地望着那对撞之处。

或许是由于功法属性属于那种硬战类型，因此，云棱与七彩吞天蟒乍一接触，便采取了最强猛的近身狂攻，手中犹如岩石一般的大剑，挥动间带起尖锐的破空声响，凭借着身形敏捷，不断地朝七彩吞天蟒的眼睛、鼻子等脆弱之处狠攻。

然而，云棱虽然身法敏捷，可七彩吞天蟒也不慢，庞大的身躯，不仅未减慢它的速度，反而赋予了它极大的力量，巨尾灵活甩动间，恐怖的力量几乎有种要将虚无空间打破的浩瀚之势，音爆之声，将周围空气中直接炸出了一个个真空地带。

天空上，两道体型完全不成比例的身影，却爆发出了成等比的恐怖气势以及力量。

云棱脸色凝重地紧握着手中石剑，背后双翼不断振动着，身体从不在一个地方停留超过三秒时间。每一次身体移动，手中石剑就会携带着凶悍劲气，划起一片片令人眼花缭乱的残影，重重劈砍在吞天蟒身体上。不过可惜，经过先前的接触，云棱已经发现，这头不知底细的七彩魔兽，力量以及敏捷性，甚至对危险的把握程度，几乎不会逊色于任何一名普通斗王强者。每一次在他施展斗技时，对方便会瞬间缩卷身体，能避则避，不能避的，则凭借着那坚硬无比的蛇鳞，将之硬扛下去。

因此，即使云棱的攻势犹如海浪一般连绵不绝，却并没有给对方造成太大的伤害。而且，让云棱心头微沉的，还是这七彩魔兽灵智之高，几乎远远超出了一般五阶魔兽所具备的智慧，对于战斗中时机的把握，就如同是久经战阵的强者一般，战斗经验似乎并不比他差多少。

心中急速地盘算着，某一刻，云棱皮肤猛然一紧，身体近乎条件反射般地左移了一段距离，手中那由能量所凝固而成的石剑，对着前方刺出！

"嗤……"

石剑刺出，迎面却涌来了一团七彩颜色的液体，石剑接触到液体，立刻发出嗤嗤的声响，那足以抵抗斗灵强者全力一击的坚硬石剑，却犹如遇到了火焰的泡沫一般，急速被燃烧腐蚀，转瞬间便只剩半截。

"好烈的毒。"

眉头紧皱地望着那团在腐蚀了能量石剑后依然不满足、仍向手掌快速蔓延而来的七彩液体，云棱当机立断抛弃了石剑。失去了其体内斗气的维持，那离手的石剑，迅速变得虚幻，最后缓缓消失。

石剑离手，云棱还来不及有所动作，低沉的音爆之声，便在头顶上豁然响起，猛然抬头，巨大的阴影砸落，携带着无与伦比的恐怖力量。

"玄岩盾！"

双手快速结印，体内斗气急速流淌，周围空间中，某种与云棱体内斗气相同属性的能量，瞬间汇聚，旋即随着一道轻微声响，一道足有几米厚的巨大岩石盾牌，凭空出现在云棱头顶上方。

"嘭！"

巨大的尾巴狠狠砸下，重重地落在石盾上，凶悍无比的力量，直接让那厚实石盾蔓延出了一道道裂缝，尾巴再次猛然一压，看似坚硬的石盾，便轰然爆裂！

漫天石屑飞射，石灰弥漫间，一道影子猛地自其中射出，转瞬间便出现在了吞天蟒头顶之上，一声厉喝，拳头之上，灰白光芒猛然大涨，眨眼时间，一道足有一尺多厚的岩石拳套，覆上了云棱手臂，他眼睛怒瞪，轰然砸在了躲避不及的吞天蟒头顶之上。

“轰！”

云棱这怒然一击，结结实实地砸在吞天蟒头顶上，那落拳之处的七彩鳞片，终于崩裂，丝丝鲜血，渗透而出。

“嗞！”

头上传来的疼痛，让吞天蟒蛇瞳立刻红了起来，隐藏在骨子中的凶性终于完全爆发了，巨尾猛然一抽，庞大的尾巴带起一片阴影，迅雷不及掩耳般地狠狠砸向了抽身而退的云棱。

阴影眨眼便至，退后不及的云棱只能赶忙抬起被实质岩石包裹的手臂，交叉在头前，瞬间后，巨力猛然自手臂渗透而进，庞大的力量直接将云棱砸落地面，最后轰然一声巨响，他的双脚犹如长枪一般，直挺挺地插进了坚硬的广场之中，一道道裂缝，在众人目瞪口呆的目光中，顺着他的双腿蔓延。

“好恐怖的力量。”望着几乎蔓延到广场尽头的裂缝，一些云岚宗弟子咽了一口唾沫，心惊胆战地喃喃道。

双脚一震，震开卡住脚的地面，云棱双翼振动，再度腾上半空，脸色略微有些苍白。到了现在，他才发现，自己真的小看了这头来历不明的蛇形魔兽，原本打算凭借斗技将之快速击退的期望，已经不可能实现。目光扫过海波东的那一块战圈，只见三名长老已经被海波东压制到了仅仅只能龟缩在一起自保，看来再过不久，三人就将会落败了。

眉头紧皱着，云棱目光扫向天空上的另外一处，那里，萧炎正震动着翅膀，犹如看戏般地望着他们的战斗。

“必须把他抓住，不过现在能够施展出斗气之翼的人，都已经被对方强者牵扯住了，其他的一些人，虽然实力远比萧炎强，却吃亏在不能持久飞行。”云棱眉头皱着，低声喃喃道，“只能让几位修行风属性功法的长老试试了，只要将萧炎擒住，这些战斗，自然便能够停下！”

想到此处，云棱低头朝石台上的几位长老打了个手势，旋即转身，冲着那吞天蟒迎了上去。

望见云棱的手势，高台上的十来位白袍长老微微一怔，对视了一眼，四名老者点了点头，站起身来，淡青色的斗气从体内缭绕而出，轻风突兀地在周身浮现，将衣袍吹得缓缓飘荡。

借助着轻风的驮负，四名白袍长老竟然徐徐升空，旋即极为默契地分散开来，朝着萧炎包围而去。

在四位白袍长老升空之时，萧炎便有所察觉，急忙双翼振动，小心翼翼地与这四名长老保持着安全距离，虽然这四人没有阻拦海波东的三位长老实力强横，不过看他们那雄浑的气息，至少也是斗灵级别的强者，萧炎可不敢直接正面与他们交手。

望着后退的萧炎，四名长老倒并未着急，依然缓缓升空，四人成四角之状，隐隐有将萧炎封锁在中央的趋势。

身体悬浮半空，萧炎目光紧紧地望着四面的白袍长老，由于有了先前差点被那三人困死的教训，因此现在他对这些家伙的站位极为留心，一瞧见他们站位有些诡异，便赶紧闪动身形，从下方离开四人的包围圈，犹如无头苍蝇一般，开始在空中乱窜，就是不让四人形成某种有序的站位。

对于萧炎的狡猾举动，那四位长老极为无奈，没有斗气之翼的支持，他们在飞行速度上根本不可能赶上萧炎，因此只能小心翼翼地接近着，等待对方露出破绽，然后一拥而上。

然而他们四人却小看了萧炎的谨慎程度，这个家伙即使拼着不断消耗斗气，也丝毫不与他们有所接触。这般毫无半点意义的追逐在持续了一会儿后，四位长老终于有些不耐烦了，顿时，虚空上，一大片连绵不绝的风刃对着萧炎射去，想要借此将其逼出破绽，然后进行擒获。

不过，可惜，有着异火护体的萧炎，对于那些风刃却并未太过在意，在将斗气铠甲召唤出来之后，即使一些风刃穿过了青火的防护，也只能在铠甲上留下白色印子而已。

身形不断地闪避着，借助着空隙时间，萧炎眼角四处瞟了瞟，海波东那里，对方的三名斗王强者，已经没有了丝毫还手之力，那融合出来的防护，也在海波东近乎疯狂的攻击下越来越薄弱，这般看来，这三人应该坚持不了多久。

另外一边，论单人实力，云棱明显远远超出那三位长老，因此，虽然吞天蟒实力极强，可要击败他，却有些难度，现在双方正陷入苦战，谁也奈何不了谁。

微眯着眸子瞟了一眼苦战中的吞天蟒与云棱，萧炎紧了紧手中的重尺，闪身再度躲避开一片风刃，开始等待着机会。

激战在虚空上再度持续了几分钟，终于，随着一道剧烈的能量炸响声，三道人影极其狼狈地从天空一路滑落，最后砸落地面，在坚硬的地板上留下三个深深的凹槽。

众人目光急忙扫过，发现那掉下来的三人是阻拦海波东的三位斗王强者。此时的三人，被冻得脸色铁青，袅袅寒气从头顶上渗透而出，身体不断地打着哆嗦。

“你们中了我的寒冰劲，若是你们静下来驱逐一个小时，倒也无甚大碍，不过如果在这段时间继续动用斗气，那么，寒气则会侵蚀经脉，到时候，内伤恐怕就不是十天半个月能修复得了的。”天空上，海波东缓缓吐了一口气，瞥着三人，淡淡地道。

闻言，三位云岚宗长老脸色一变，互相对视了一眼，只得恨恨地赶忙盘坐起身子，运转斗气，开始驱逐体内寒气。

“啧啧，海老头的寒冰劲还是不逊色于当年啊。”望着在短短十几分钟内，便暂时使三名斗王强者失去战斗力的海波东，加刑天咂了咂嘴，笑道。

“嗯，那三个家伙实力也不过才两三星斗王而已，虽然借助融合斗技之效，拖延了海老头一段时间，不过并不能持久。”法犸微微点了点头，目光扫向吞天蟒之处，皱眉道，“这魔兽是何品种？为何我从未听说过？实力倒是不错，竟然能够和云棱僵持。”

加刑天脸上同样有几分茫然，目光盯着那庞大的蛇形身体，喃喃道：“不知为何，总觉得这东西有种熟悉的感觉。可细细想来，我也从未见过这种七彩的蛇形魔兽啊。”

法犸叹了一口气，心中越发觉得萧炎捉摸不透，这稀奇强大的魔兽，真不知道他是从哪儿搞来的。

天空之上，海波东在将三名云岚宗长老击退之后，身形瞬间闪动，快速出现在那巨大的能量罩边缘处，双掌猛然挥动，一股股雄浑无匹的寒气能量涌出，不断地击打在能量罩上。每一次击打，都会让那护罩之外近百名云岚宗执事中的一两人脸色瞬间惨白，旋即身体摇摇欲坠。

在海波东狂猛的攻击之下，那厚实的白色能量罩，正在以肉眼可见的速度，不断变得虚幻。

“海波东，你不要太过分了！”眼睛充满怒火地望着变得摇摇欲坠的能量罩，正被吞天蟒纠缠得脱不得身的云棱，只得怒喝道。

怒喝声刚刚落下，云棱脸色一变，只见那吞天蟒趁着他分神的空当，猛然再度自巨嘴中吐出大团的七彩颜色的液体。

“该死的！”低声骂了一句，云棱急忙后退，双手舞动间，一块块厚实的岩石壁，不断地出现在退后的路线上。

七彩液体一路摧枯拉朽地腐蚀而过，坚硬的岩石壁几乎并没有多大的成效。在有些慌乱的后退时，云棱并未发现，他与萧炎间的距离，已经越来越近！

“机会！只要将云棱击退，那么，云岚宗就再无人能阻拦我离开！”由于四名长老的牵制根本没有分萧炎多少心神，因此，他一直关注着天空上的战斗，而那慌不择路退后而来的云棱，也同样被他察觉。

手掌猛然紧握尺柄，萧炎豁然转身，旋即在无数道目光的注视下，居然直直地对着云棱飞了过去。

“这家伙自投罗网吗？”望着萧炎的举动，几乎所有人都在心中这般愕然地喃喃道。

没有理会那些不解的目光，萧炎双手紧握尺柄，缓缓举起重尺，深吸了一口气，体内斗气，在此刻犹如沸腾的开水一般，猛然波动了起来，而随着其体内斗气涌动，那漆黑的尺身，突兀地变得火红，犹如烧红的烙铁一般。

随着玄重尺变色，萧炎的脸庞也瞬间涌上了红潮。体内气旋之中的那枚菱形“斗晶”体，在轻微颤抖间，释放出一股极为庞大的斗气能量，然后顺着经脉，完全灌注进入玄重尺内！

“大长老，小心！”望着萧炎那把忽然变得火红的重尺，天空上一直追逐着萧炎的四名长老急忙提醒道。

“哼，不知天高地厚的小子！”

在萧炎对着云棱飞来时，云棱便有所察觉，不过他把大多注意力都放在对面紧追而来的吞天蟒身上。对于萧炎的攻击，他只是随手在身后招出了一块半尺厚的岩壁，他认为，这块石壁，足以抵挡萧炎的猛烈攻击。

望着那块并不算太厚实的石壁，萧炎嘴角浮现一抹冷笑，体内斗气源源不断地灌注进尺身之中，而随着斗气灌注，尺身上的温度越来越炽热，最后甚至导致周围的空气都变得有些虚幻。

某一刻，当云棱正全神贯注望着即将突破最后防御的吞天蟒时，脸色猛然一变，豁然转过身来，望着萧炎手中那把释放出一股强烈红芒的巨尺，眼瞳骤然一缩！尺上蕴含的能量，已经远远超出了他的预估！

“云棱大长老，试试这个！”

冰冷地望着脸上终于浮现一抹慌张的云棱，萧炎手中的重尺宛如一轮西落夕阳一般，轰然砸下！

“焰分噬浪尺！”

顷刻间，那道石壁瞬间爆裂！

在下方无数道震惊目光注视中，红色巨尺带起炽热火浪，狠狠地砸在了云棱脑袋之上！

这一刻，全场鸦雀无声！

广场中，纳兰嫣然此刻也是满脸错愕与震惊，她没想到，萧炎竟然还能够施展出这般强猛攻击，这般看来，在先前与她的比试中，他竟然还隐藏了实力！

红润小嘴微微张着，半晌，纳兰嫣然终于颓丧地低下了头，萧炎的这记强力攻势，她自认接不下！

“真是个可怕的家伙。”

她低低地喃喃了一声，俏脸有些苦涩。当年的那个废物，如今却一而再、再而三地在她面前展现奇迹，这种另类的打击，让纳兰嫣然心中有股酸疼的感觉。

第十二章
云烟覆日阵

天空之上，一道宛如夕阳斜晖的火红光线猛然浮现，刹那间，火红的光芒驱逐了广场上的日光，炽热的火浪让众人如同身处火炉！

在无数道目光注视下，火红光线轰然砸在措手不及的云棱头顶上，犹如闷雷般的声响，在天空之上响起。

“嘭！”

凶悍无比的劲气顷刻间爆发开来，在这一刻，剧烈的疼痛从云棱脑中蔓延而出，犹如即将撕裂脑袋一般。

“啊！”

高空之上，云棱双臂抱着血流不止的脑袋，嘴中发出凄厉的哀嚎，身体犹如失去双翼的鸟儿一般，直直坠落地面。

身体急速下降，在距离地面还有十几米距离时，云棱双翼一振，竟生生地将身体稳了下来，灰白色强光自其体内涌出，霎时间，强光带着暴怒的情绪，以一种无可抵挡的压迫之势，瞬间便将那道火红光线压了过去，并且将其强行击散。

斗皇强者的含怒反击，岂是一般！

火红光线缓缓消散，自云棱体内爆发的灰白强光迅速收敛入体，强光消退，其中的云棱，再度出现在所有人视线之中。然而，当下方众人在瞧见云棱此时的形象之后，广场上瞬间变得犹如死一般寂静，又过了半会儿，一道道吸着凉气的声音，此起彼伏地响了起来。

半空之上，云棱背后双翼略微有些迟缓地扇动着，胸口剧烈地起伏着，双手紧紧地抱着脑袋，殷红的鲜血从指间渗透而出，滴滴答答地落下，几乎将脸庞染成血色。

双手缓缓离开脑袋，一道半寸厚的深痕，从左额角之处一直蔓延到了右耳朵之旁，深深的伤痕中，赫然能够看见森森白骨。

这般恐怖的伤势，若是先前云棱再反应得慢点，恐怕脑袋将会被萧炎这一击给削飞了去!

本来以萧炎的实力，即使施展了地阶斗技，也根本不可能将云棱弄出这般恐怖的伤势，可是后者实在太过轻敌，若是先前他能够提早在头顶覆盖上能量膜层，萧炎的这一击，最多只能让他伤势严重点而已，而类似现在这种差点致命的伤势，是绝对不可能出现的。

手掌缓缓颤抖着，云棱胸口不断地起伏着，他忍着剧痛抬起头来，那张苍老的面庞在此刻变得极为狰狞，双眼怨毒地盯着天空上的萧炎，那模样，恨不得将对方碎尸万段。

“好，好……好小子，倒是老夫小瞧你了！”

咬牙切齿地冷笑着，脑袋上传来的剧烈疼痛让云棱有些眩晕，然而与肉体的疼痛相比，精神上的暴怒，差点让云棱失去理智，在云岚宗近千弟子面前，自己竟然被一个不足二十岁的小子，差点把这条命给搞了去，这脸丢得实在是太大太大了！

从纳戒中快速取出几瓶疗伤药，然后全部敷在伤口处，感受着缓缓扩散开的清凉感觉，云棱这才感到疼痛舒缓了一点，目光怨毒地望着萧炎，深吸了一口气，狞然道：“萧炎，今天，你别想安然离开云岚宗！”

萧炎淡漠地瞥着满头鲜血的云棱，心中略感可惜，在施展出了地阶斗技后，竟然只让他受了一些比较严重的伤，萧炎原本还以为能直接一尺解决这老家伙呢。

“先前萧炎施展的斗技，应该是地阶斗技吧？”巨树上，加刑天微眯着眼睛望着满头鲜血的云棱，再转向萧炎，低声喃喃道。

“嗯，凭借他大斗师的实力，能够伤到云棱，想必斗技等级不会低于地阶。”法犸微微点了点头，惊异地道，“没想到他竟然还一直藏着，看来先前他与纳兰嫣然的比试，就算不取巧，想要得胜，也并非是很困难的事啊。”

加刑天叹了一口气，皱眉道：“这家伙究竟是从哪里弄来这么多东西？先是异火，再是斗王级别的宠物，现在又是地阶斗技。难道他背后，有着我们所不知道的强大势力在支持他？”

法犸摇了摇头，说实在的，他也觉得萧炎能够拿出这种种即使是他们都感到惊讶的底牌，实在是诡异得有点过分了，至少，以他炼药师公会的实力，也拿不出任何一种异火或者一只斗王级别的宠物。

“难道是萧家？”这话一出口，法犸便自嘲地摇了摇头。凭萧家的实力，能够拿出一种玄阶斗技已是不易，想要拥有地阶斗技，那无疑是天方夜谭。

两人对视了一眼，都紧皱着眉头叹了一口气，以他们所掌握的势力情报，却依然没有半点关于萧炎这三年间确切的消息。这个当年的萧家废物，似乎从纳兰嫣然前去退婚之后，便猛然崛起了，难道说这都是因为纳兰嫣然退婚给了他刺激的关系？

两人苦笑一声，如果真是这样的话，那纳兰嫣然算不算是自作孽？

天空上，从云棱体内散发而出的森然狰狞气息，即使是下方的云岚宗弟子也有些察觉，当下面面相觑，不敢发出丝毫声音，以免触爆云棱这枚正处于临爆点的炸弹。

“萧炎这家伙，下手可真是够狠的啊。”能量罩边缘处，海波东也被场中的变故惊得回过了头，瞧见被打得头破血流、极为凄惨的云棱，不由得摇了摇头，暗自笑道。

“海老，赶紧打破护罩吧，这里还是不久留为妙啊。”萧炎抬头，望向海波东的方向，开口催促道。

“三分钟时间！”

点了点头，海波东也不废话，转头开始对能量罩发动了狂猛的摧残，而那由百多名云岚宗执事联手构筑的能量罩倒也顽强，虽然能量涟漪不断扩散，却始终不曾破碎。

“海波东，既然你如此不给我云岚宗留面子，那老夫也不用再给你这曾经的冰皇留什么脸皮了！”狰狞着脸望着不断摇晃的能量罩，云棱暴怒地喝道。

没有理会云棱的喝声，海波东依然继续对能量罩发动狂猛攻击。现在事情已经搞大了，其他的事后再说吧，他还就真不信，云岚宗有魄力对米特尔家族做什么事情，毕竟，一个疯狂报复的斗皇，足以让任何人胆寒。

紧紧地握着拳头，原本暴怒的云棱却在突然间安静了下来，低下头，语气冰寒地对着场上近千云岚宗弟子大喝道：“云岚宗弟子听令！结云烟覆日阵！”

“这家伙竟然连护宗大阵都用出来了，看来是真的被萧炎弄得有些发疯了。”听到云棱的喝声，古河一怔，眉头微皱，摇头低声道。

听到那响彻广场的冷喝声，无数云岚宗弟子一愣，略微迟疑了一下后，便齐声应喝，缓缓闭目，片刻之后，一缕缕白色能量从那些云岚宗弟子头顶上渗透出来。

源源不断的白色雾气能量升起，最后几乎遮掩了整个天空，一眼望去，宛如云海一般，而那云棱，则正好处于云海的中心。

“众位长老，助我一臂之力！”望着周围弥漫的云雾能量，云棱再度冷喝道。他脸上的血迹已经在此刻结成血疤，看上去尤为可怖。

随着云棱喝声落下，那石台上十来位白袍长老顿时齐齐站起身来，身躯一跃，便迅速分开，四射到广场周围的一些大树上，手中印结同时结动。

而随着他们手印的动作，那弥漫天空的云海猛然波动了起来，云海中央位置，云气能量急速凝聚，片刻之后，居然在云棱面前凝固成了一枚足有一丈长的白色能量螺旋球体。

缓缓抬起右掌，遥遥操控着白色螺旋球，云棱眼中闪过一抹狠色，袖袍猛地一挥，那凝聚了所有云岚宗弟子一份力量的螺旋球，便以极为恐怖的速度，朝着天空上的萧炎射了出去。

白色螺旋球的能量极为恐怖，所过之处，几乎出现了一条丈许长的真空地带，就算是空气，都被那股强大能量压迫成了虚无。

“萧炎，小心！”在大阵刚成的刹那，海波东便有所察觉，所以一见到能量球对着萧炎射去，便急忙喝道。那能量球所蕴含的能量，恐怕不是萧炎一个大斗师能够抵抗的。

“晚了！凭他的速度，躲不开的！哈哈！”云棱狂笑道，袖袍猛然挥动，螺旋球闪电般地到达脸色大变的萧炎面前，携带着恐怖劲气，狠狠砸去。

脸色难看地望着射来的庞大能量球，萧炎心头终于惊慌起来，这种能量，几乎远远超过了一名斗王强者所能发挥的能量！而且，这攻击速度，也根本让人难以逃脱。

双眼死死地望着越来越近的能量球，萧炎刚欲咬牙拼命一搏，眼角七彩光影猛然闪掠，巨大的阴影从天而降，吞天蟒那巨大无比的身体闪掠下来，巨尾一扫，身体便盘踞而起，将萧炎牢牢地护在了其中。

“嘭！”

犹如雷鸣般的巨响，在天空上炸响开来，而凄厉的蛇鸣声，也在此刻随之响起。

在无数道紧张目光注视下，能量余波缓缓散去，露出了被击中的七彩吞天蟒。

此时的吞天蟒，模样颇为凄惨，原本美丽光滑的七彩蛇鳞，被先前的那道恐怖攻击直接崩裂了将近大半，殷红的鲜血渗透出破碎的蛇鳞，滴滴答答犹如小雨一般滴落。

吞天蟒巨大的身体微微蠕动，将其中安然无恙的萧炎放了出来。

萧炎抬起头，望着那蛇瞳中黯淡了许多的光芒，鲜血滴落在脸庞上，略微有些温热。

“咝……”

吞天蟒冲着萧炎吐了吐蛇芯子，蛇瞳中有着颇为人性化的关切。如今吞天蟒已经晋入五阶，早就具有了不逊色于人类的灵智，若非美杜莎女王灵魂力量压制的缘故，恐怕早能口吐人言了。

吞天蟒从出世之后，第一眼见到的便是萧炎，而且加上后面一直贴身相处，虽为畜类，对萧炎早已有了一些类似亲情般的感情。

紧紧咬着牙，萧炎望着浑身鳞片破裂的吞天蟒，特别是当瞧见吞天蟒眼中的那抹人类似的关切之后，愤怒差点冲走他的理智，不过好在最后理智压住了怒火，阴冷地看了一眼下方的云棱，萧炎赶紧从纳戒中取出一瓶瓶的疗伤药，然后对着吞天蟒身体砸了上去。

瓶子砸在那些鳞片上，便轰然裂开，温凉的疗伤液体，顺着伤口缓缓流淌，替吞天蟒消解着疼痛。

“好运的家伙，上一次这畜生能救你，不过，这一次呢？”望着那受伤颇重的吞天蟒，云棱冷笑一声，手掌一挥，云海之中，巨大的能量螺旋球再度凝聚，球体表面能量流溢，恐怖的劲气将周围的空气尽数震成虚无。

“下地狱去吧！”

脸庞上浮现一抹狞然，云棱双掌猛然一推，庞大的能量球再度带着呼啸天际的压迫风声，向萧炎射去！

眼睛死死地盯着那不断在眼瞳中放大的能量球，萧炎紧紧咬着牙，死命握着玄重尺，体内，斗气疯狂运转！

“嘿，云棱，以你云岚宗大长老的身份，竟然对一个小辈下这般毒手，亏你还好意思。”在能量球即将射向萧炎之时，海波东的冷笑声终于响了起来。

“万花冰镜！”随着喝声响起，一块笼罩了几丈空间的巨大冰镜猛然出现在萧炎面前，镜面之上，布满无数细小平面，在日光照耀下，宛如一块阳光所凝固而成的镜面。

“轰！”

能量螺旋球重重轰击在冰镜之上，庞大无匹的能量，顿时被那无数的细小平面分散劲力，待能量球消散之后，冰镜虽然满目疮痍，但依然坚持到弥漫周围空气中的所有云气能量散去后，方才咔嚓一声，爆裂成漫天冰晶，缓缓飞落。

“嘿，没事吧？”人影闪动，海波东出现在萧炎面前，背对着他，问道。

“没事。”萧炎摇了摇头，紧握着尺子，低声道。

“这下麻烦了，没想到这家伙竟然发狠将‘云烟覆日阵’给弄了出来，这可是云岚宗的护宗大阵，发动起来代价不小，过去的岁月中，不知道帮助云岚宗渡过了多少次难关。”海波东目光缓缓在下方云海中扫动着，苦笑道，“只要云岚宗弟子体内还有能量，那我们就相当于是在和云岚宗上下近千弟子作战，就算是斗皇强者，也不可能完全强行扛下来啊。”

闻言，萧炎眉头紧皱，低沉地道：“那我们该怎么办？”

海波东抬头看了一眼笼罩广场的能量罩，道：“除非能将这东西打破，只要它一破，我就能带着你离开，不过现在要护着你，我也分不出心了。”

说到这里，他瞥了一眼萧炎身后那庞大的吞天蟒，道：“那能量罩是由上百名云岚宗执事所构建，凭它斗王级别的实力，想打破，恐怕时间不会短，而我们现在最缺少的，便是时间。”

“我和吞天蟒去试试，海老帮我们防护着那家伙的攻击！”萧炎沉思了瞬间，当机立断地道，现在没有任何多余的时间让他们消耗。

“唉，也只能这样了，那云烟覆日阵，只有斗皇强者，方才能勉强抵抗。还好云韵不在，不然的话，以她斗皇实力来主持大阵，就算是斗宗强者，也会有所忌惮啊。”虽然明知道凭萧炎的实力想要打破能量罩很有难度，不过到了这时候，海波东也没有其他办法了，若是能量罩不破，他们便只能被迫与云岚宗近千弟子硬战。

以一敌千，对斗皇强者来说并不困难，可惜，经过云烟覆日阵的凝聚，再加上被培养了将近十几年，甚至几十年的默契，这近千名云岚宗弟子的实力，几乎全部叠加到了作为阵眼的云棱身上，这般悬殊的战斗，就算是海波东，也唯有暂避锋芒。

“海波东，既然你执迷不悟，那也就别怪老夫不念旧情了！”冷冷地望着天空上的海波东，云棱也不含糊，再度从云海中召唤出一枚云烟球，这一次球体的体积，比先前几乎大上整整一倍。

望着那足有四五丈庞大的能量球，海波东脸庞上涌上一抹凝重，双手间，寒气缭绕，周围空间，无数细小的冰晶缓缓出现。

“唉，事情看来是闹大了。”望着即将展开真正大战的双方，加刑天叹息着摇了摇头，“为了一个墨承，与一名斗皇强者以及一名潜力恐怖的未来强者闹成这样，值得吗？”

“倒不是为了那墨承，他一个外门执事，还没这么大的能耐。”法犸摇了摇头，苦笑道，“云岚宗要的是声誉，不过事情闹到这个份儿上，也的确有点过了。萧炎先前的那一击，让云棱脸面大失，因此，方才出动了护宗大阵，说起来，他是动了私心啊。”

“唉。”叹了一口气，加刑天苦笑一声，到了这一步，任何人出去调和，都是不可能的事了。

“嘭！”

重尺夹杂着凶悍劲气，狠狠砸在能量罩上，却只带起了一波波细小的涟漪，除此之外，没有半点成效。

脸色阴沉地望着那坚固的能量罩，萧炎转头望了一眼吞天蟒的攻击，那一波波扩散而出的涟漪，倒的确颇有些声势，不过距离摧毁能量罩，还有老大的差距。

“浑蛋！”萧炎回头，望着海波东与云棱之间即将爆发出恐怖大战的尖锐气势，低声狠狠骂了一句。

“我就不信打不破你这狗屁东西！”呼吸逐渐加剧，萧炎眼睛赤红着，紧握着重尺，体内斗气狂涌，大吼着狠狠砸上了那坚固无比的能量罩。

“嘭！”

随着萧炎重尺落下，巨大的声响猛然在场中响起，无数人抬头，满脸愕然地望着裂缝几乎在瞬间便蔓延开来的能量罩，愕然持续了瞬间，旋即转向了那同样握着黑尺一脸目瞪口呆的萧炎，这个连斗皇强者都需要一段时间方才能够打破的能量罩，就被他随意一尺子给砸破了？

“不可能！”云海中，云棱也呆呆地望着那布满裂缝的能量罩，旋即气急败坏地吼道。

“哈哈，没想到名震加玛帝国的云岚宗就是这副德行，整个宗门上千人，竟然联起手来对付一个不过二十岁的少年，真是丢尽了当年云破天在大陆上为云岚宗打出来的脸面啊！”就在整个广场所有人呆滞的刹那，略微有些嘶哑的大笑声，突兀地从天空之上响起。

“是谁？竟然敢辱我云岚宗先辈，藏头露尾之人，有本事给老夫现身！”云棱脸色一变，抬头厉喝道。

“哈哈，现身就现身，别人怕你云岚宗，我却没半点惧怕！”大笑声再度响起，随着笑声落下，那本来便已经即将崩溃的能量罩，终于轰的一声，化为漫天能量碎片，缓缓化为虚无。

能量罩一破，周围巨树之上，上百名云岚宗执事脸色猛然一阵惨白，旋即口喷鲜血。

没有理会那些吐血的执事们，云棱抬头将目光死死地锁定在一处虚无的空间处，某一刻，那里的空气忽然诡异地蠕动了起来，片刻后，一道黑影缓缓浮现，仅仅是转瞬之间，一个身着黑袍的人影，便凭空出现在所有人的视线之中。

随着黑影出场，场中海波东、加刑天、法犸、云棱等人的脸色，几乎在顷刻间便猛然大变。

“又是一名斗皇强者？”加刑天缓缓吸了一口凉气，声音中有着掩饰不住的震惊。

“看起来似乎是萧炎的援兵。这个家伙，背后果然有一股极为庞大的势力。”法犸脸色凝重，喃喃道，“云岚宗这次恐怕要倒霉了。”

第十三章
斗皇，凌影

整个广场，都随着黑袍人的出场，陷入了一阵安静。虽然一些普通云岚宗弟子并不清楚这个神秘黑袍人的实力，可从那些脸色骤然变得极为凝重的长老们的反应可以看出，这个神秘黑袍人，实力应该强大得有些恐怖，不然不会让长老们如此震惊。

“你是谁？”

眼睛死死地盯着天空上的黑袍人，对方体内溢出的丝丝强横气息，让云棱指尖忍不住颤抖了一下，色厉内荏地喝问道。

“你可以叫我凌影。”黑袍人微微低头，露出了一张黝黑的苍老面孔，笑道。

“你不是加玛帝国的人！”云棱视线仔细地从自称凌影的黑袍人身上扫过，旋即似是发现了什么，惊异地喝道。

“我自然不是加玛帝国之人，不过谁规定了，不是加玛人就不能进入这个国家了？”自称凌影的黑袍人嘿嘿笑道。

眉头紧紧皱着，云棱深吸了一口气，压下心中的惊慌，对着天空上的凌影抱拳沉声道：“这位朋友，加玛帝国并没有阻止任何人进入，不过今日之事，是我云岚宗宗内之事，还请阁下不要随意插手，事后，我云岚宗定会将阁下视为上宾对待。

虽然我云岚宗已有许久时间未再踏足帝国之外，可对于来到加玛帝国的大陆强者，却一直持欢迎态度。”

“哈哈，你倒是会说话。”笑了笑，凌影却摇了摇头，转头瞟了一眼正与海波东团结在一起的萧炎，叹息道，“不过可惜，老夫受人之命，这个叫萧炎的小家伙，今日我要毫发无损地将他带走。”

闻言，云棱脸色逐渐阴沉，嘴角抽搐着，眼中闪过一抹狞然。

“朋友，虽然不知道你究竟是何人，不过，这般得罪我云岚宗，可并不是什么明智之举啊。”云棱低沉地道。

“哈哈，云岚宗很了不起？虽然在加玛帝国说话有几分分量，可若是放在斗气大陆上，却也不过是二流势力而已，你有何资格与我这般说话？这些年未曾了解外界信息，没想到云岚宗竟然培养出了你们这些井底之蛙。哈哈，当年云破天费尽千辛万苦方才打拼出来的名声，恐怕就要败在你们手上了啊。”凌影大笑道，笑声中的嘲讽，让云棱脸色铁青，不过碍于对方实力强横以及摸不清底细，因此竟然也有些不敢直接动手。

“原来是从大陆上来的强者。”微眯着眼睛望向天空上的凌影，加刑天轻声道，“虽然这些年皇室在大陆上也派出了不少人，可是这个名叫凌影的人，我却没有半点印象，想来应该是一直闭关修炼的人吧。不过萧炎又怎么会和这种大陆上的强者扯上关系？以他的实力，根本还没资格接触到这个层面啊。”

法犸苦笑着摇了摇头，现在的事情，还真的是越来越乱了，那萧炎背后的势力，也是越来越神秘了。

“唉，这样子看来，萧炎那边，算上海波东以及这个凌影，居然有两位斗皇强者，如果再加上那条神秘魔兽的话，这般阵容，在云韵赶回来之前，云岚宗似乎根本留不下萧炎了。”加刑天缓缓抚着短短的胡须道。

“事情发展到这一步，云棱也该小心思量一下得失了，为了一个墨承而已，得罪拥有这般阵容的萧炎，简直就是得不偿失啊。”法犸低声道。

“现在就要看云棱自己的计算了，如果他能够放下萧炎带给他的耻辱，而让对方安然离去，倒也没什么，可若是放不开，执意要留人的话，那么，大战难免！”

加刑天微微点了点头，抬头望着那一脸铁青、拳头紧握的云棱，喃喃道：“希望他不会一意孤行吧。”

场中，所有人都抬头望着天空，纳兰嫣然贝齿轻咬着红唇，心情复杂得犹如打翻了五味瓶一般。她从没想到过，今天的事情竟然会将两名斗皇强者都牵扯了出来，而这两位实力几乎不下于她师父的强者，却都是以萧炎为中心，全力协助他安全离去。

纳兰嫣然嘴角溢出一抹苦涩，当年那个萧家废物，如今，却几乎将云岚宗掀了个天翻地覆，而这一切，皆是因为当年的那个退婚之举。或许，也正是自己的那番刺激，才真正地让这个本该是废物的萧家少爷，彻彻底底地蜕变了吧？

“如果……当年没有……”轻轻地呢喃了一声，纳兰嫣然猛然惊醒，玉手紧握，心中不知何时升起的那抹淡淡悔意，让她有些惊恐，手掌捂着胸口，深吸着冰凉的空气。

与纳兰嫣然的苦涩相比，巨树上的纳兰桀颓丧地叹了一口气，伴随着越来越多的强者以萧炎为中心出场，他逐渐感觉到了这个年仅十七岁的青年背后所蕴含的那股恐怖力量。本来，这个说不定未来将会成为加玛帝国最强者的青年，能够成为他纳兰家的人，并且将这个家族带上前所未有的强盛之途，但是纳兰嫣然当年的冲动之举，却彻彻底底地将这个期望给粉碎了。

在这种时候，纳兰桀终于感觉到了什么才叫真正的后悔，而且在后悔之余，心中也牵绕起了些许羞愧，如果在先前云棱对萧炎出手时，他能够站出来替萧炎说几句话，那也是好的啊。更何况，在明明知道萧炎便是当初救了他一命的岩枭后，他却依然没有挺身而出，似乎在某种潜意识中，他并不想见到或许对纳兰家抱有一些敌意的萧炎顺利离开云岚宗！

想起这个可能，纳兰桀额头上瞬间布满了冷汗，手脚一片冰寒，此行此举，与忘恩负义有何区别？亏他当初还信誓旦旦地说，有事尽管来找自己。

在纳兰桀满心羞愧的时候，萧炎的视线，已经完全投注在了那个突然出现的凌影身上。

海波东望着出现的凌影，眉头忽然皱了皱，好片刻后，轻吐了一口气，沉声道："是他！"

"谁？海老认识他？"闻言，萧炎一愣，旋即赶忙问道。这个忽然出现的斗皇级别帮手，让他一头雾水，他可不记得自己什么时候认识过。

"你在帝都时，不是说曾经感觉到有人在窥视你吗？我当初也说过自己同样有过这种感觉，不过那感觉太虚幻，所以我也不敢确认。直到刚才这人出现之后，我方才能够确定，他身上的气息，与那位窥视我们的人，完全相同。"海波东沉声道。

萧炎眉头微皱，低声道："他为什么要窥视我们？"

"我怎么知道。"海波东摊了摊手，瞄着萧炎道，"看他出手的模样，明显是冲着你来的，你应该问你自己吧，什么时候又结交了这么一个强者？"

"我也正一头雾水呢，我能肯定，这个人，我是第一次见到，至于他为什么要帮我，我还真不知道原因。"萧炎苦笑道。

"嘿，那就怪了，难道这世上还真有那种路见不平拔刀相助的蠢人？"眉头一挑，海波东似笑非笑地道。

"好了，也别管他的身份了，现在能量罩已破，撤吧。"萧炎摇了摇头，权当没听出海波东话中的那抹戏谑，催促道。

海波东点了点头，两人背后双翼振动，正面对着云棱，开始缓缓后退。

两人刚刚有所动作，云棱便有所察觉，目光一转，阴冷地瞥着萧炎，脑袋上传来的剧烈疼痛，让他脸庞上忍不住浮现一抹狰狞，手掌颤抖了瞬间，眼中猛然涌上赤红，厉喝道："萧炎，哪里走？今日若留不下你，我云棱还如何协助宗主管理偌大宗门？"

“走！”没有理会云棱那狰狞的喝声，萧炎面色不变，身体继续后退着。

“浑蛋！给我站住！”

脸庞逐渐变得血红，暴怒中的云棱双手猛然挥动，周边云海一阵翻涌，片刻之后，云海中竟然凝聚出了一副一丈多长的巨型云弓，手掌一挥，云弓自动拉成满弦，弓身之上，能量急速汇聚，转瞬间，便化成了一支足足两三米长的巨大云箭！

“死吧！”怨毒地盯着萧炎，云棱额头上缓缓浮现些许冷汗，想来召唤这云弓、云箭需要极大的消耗，以至于凭其斗王级别的实力，都有些不支。

“去！”嘴中一声低喝，云箭猛然射出，刹那间，犹如那射日之箭一般，穿透了空间阻碍，对着萧炎射去。

“小心！”由于两人都是正面对着云棱，因此后者方才有所动作，海波东率先发现，一声大喝，一把将萧炎拉在身后，双手急速挥动，寒气暴涌。

“带着萧炎走，我来拦住他！”就在海波东准备抵抗此箭之时，一道黑影突兀地从面前浮现，背对着他，转头笑道。

微微一愣，海波东微眯着眸子打量了一下凌影，也不说话，拉着萧炎，缓缓后退着。不过在后退时，谨慎小心的他，不仅在防备着云棱的攻击，也在小心警惕着凌影，对于这个忽然出现的家伙，以海波东的经验，自然不可能这般快速信任他。

见海波东后退，凌影这才转过身来，淡淡地望着那划破长空射来的恐怖云箭，袖袍轻挥，铺天盖地的黑色影子，猛然自其背后涌出，霎时间，冲天而起的黑影，几乎遮掩了整个天空，这般庞大声势，顿时将下方一些云岚宗弟子骇得脸色苍白。身体悬浮在漫天黑影形成的黑幕中心，此时的黑袍老人，宛如那降世天魔一般，放声狂笑，笑声中，有着难以掩饰的张狂。

“哈哈，今日我倒要看看，我家小姐要护的人，谁敢伤其一根汗毛？”

第十四章
云岚宗的底牌

浩荡天空，黑影遮天蔽日，竟然连那倾洒而下的日光，都难以穿透。此时的广场，完全陷入了一片黑暗，众人唯有将斗气覆盖体表，方才能够借助微弱光芒察看天空战况。

在黑暗遮掩了天空之际，那穿透虚空而去的巨大云箭，猛然暴射而至。云箭之尖所蕴含的恐怖劲气，直接导致周围空间出现了一圈圈水波般的涟漪，尖锐的音爆之声不断炸响。

“万影缚！”

身体犹如完全融合进了漫天黑色阴暗之中，凌影手印猛然结动，周围弥漫天际的黑幕骤然涌动，铺天盖地的黑色匹练自其中喷出，互相缠绕，对着那射来的云箭迎了上去。

一白一黑，两道颜色截然不同却同样蕴含着极为恐怖能量的匹练，划破长空，在下方无数道目光的注视下，轰然撞击，霎时间，只听天空中一声宛如惊雷般的怒响，瞬间之后，庞大的能量劲气自两者爆炸处汹涌而出，恐怖的劲气，居然将那弥漫天空的黑幕都冲散了许多，阳光从黑幕缝隙中倾洒而进，星星点点地照耀在广场之上。

“这个人实力很不错啊。”加刑天抬头望着天空上在黑幕中若隐若现的黑袍人，满脸凝重地道，“看他先前的出手，实力恐怕至少也在七星斗皇级别。”

“的确很强，而且他的功法属性，似乎有些偏向暗系，这种属性，可不常见啊。”法犸点了点头，目光环视了一圈，忽然道，“如果再这样继续闹下去，我们需要出手吗？不管怎么说，云岚宗都是我们加玛帝国的势力。”

加刑天眉头皱了皱，沉吟了一会儿，道：“先暂且看看，那个神秘斗皇似乎也并非有意大闹云岚宗，只要萧炎能够安全离开，想必他也不会久留。而且，我们现在也搞不清他背后是否有其他势力，所以，还是不要轻举妄动为好。”

听他这般说，法犸微微点了点头，也就不再说话。

“哈哈，倒是有几分能耐，难怪如此猖狂。”天空之上，凌影缓缓从黑幕中浮现，望着下方脸色苍白的云棱，大笑道。

云棱咬着牙，目光透过黑幕的缝隙，望着即将退出广场的萧炎，嘴角一阵抽搐，脑袋上传来的剧烈疼痛，让他心中怒火不断侵蚀着理智。

“给我留下！”

低低的一声怒吼，云棱苍白的脸庞上涌上一抹潮红，澎湃斗气缓缓自体内溢出，将弥漫周边空间的云海震得不断动荡。

“哼，冥顽不灵，还真以为老夫不敢下杀手！”望着竟然还不肯放弃的云棱，凌影脸上逐渐涌上一抹阴沉，手掌缓缓探出袖袍，漆黑的能量雾气在掌心处急速凝聚着，转瞬间，便凝聚成了一把长达两米的黑色长枪，长枪表面，黑色纹路密布其上，能量宛如水波一般，不住地流淌着，黑气袅袅升起，将之映衬得颇具几分阴森气息。

手掌紧握着黑色长枪，凌影瞟了一眼下方的云棱，嘴角一撇，右脚退后半步，全身成半旋之状，右手握着长枪，略微沉寂，旋即身体骤然扭动，手中长枪带起一股丈许长庞大的匹练，对着下方云海中的云棱射去。

“魔蛇噬！”

黑色长枪犹如漆黑的流星划破天际，黑气缭绕间，竟然隐隐汇聚成了黑色巨蛇之状，巨蛇仰天嘶吼，空间震动。

感受着自天空射下的恐怖劲气，云棱脸色猛然大变，他能够察觉到，这一次，对方是真的没有半点留情的打算。

心中升起一抹惊恐，云棱双手急忙舞动，顿时，周围云海瞬间波动了起来，一股股能量升腾而起，在其头顶上方不断缭绕，眨眼间，便构筑成了一道宽长三米左右的盾牌，盾牌表面毫光若隐若现，看上去宛如实质，极为坚固。

在盾牌祭出之后，周围的云海淡薄了许多，显然，这个云盾消耗了不少能量。

黑色长枪匹练没有因为云盾的出现而有丝毫停滞，依然带着一往无前的凶悍气势，在众人注视下，狠狠地轰在了云盾之上。霎时间，惊天动地的巨响传来，让下方的云岚宗弟子忍不住捂住了耳朵。

黑色光芒与云盾在天空上互相交融着，两者交接之处，空间竟出现了些许扭曲的感觉。凌影这一击，竟然强悍如斯，真不愧是斗皇强者。

“哼，给我破！”望着僵持不下的两色能量，凌影双手缓缓结印，片刻之后，喉咙间猛然发出一道低低的吼声。

随着凌影吼声落下，漆黑长枪上，黑芒暴涨，一条足有七八丈长的黑色能量巨蛇自枪身上抬身而起，巨嘴带着血腥阴森之气，狠狠大张，然后，在云棱目瞪口呆的注视下，竟然一口将盾牌给吞了下去。

虽然因为云盾被吞，而导致黑色长枪变得淡薄了许多，但这对于已经失去了最大防护的云棱来说，无疑有种魂飞魄散的惊恐。

黑色长枪，并未因为他的惊恐而有所停留，长枪下指，狠狠地对着其心脏部位射去。

尖锐的枪尖，在云棱的瞳孔中不断放大，最后关头，云棱只得咬着牙，斗气覆盖着双手，拼命地用双手一把将长枪死死抓住，与此同时，身体急速一扭。

“噗！”

双手刚刚接触到黑色长枪，其上所蕴含的恐怖劲气，便让云棱一口鲜血喷出，身体被那股庞大力量震得冲着地面坠落。

云棱一离开云海，那弥漫天际的云海便逐渐变得淡薄，到最后，竟然已经完全化为虚无。

而随着云海消散，那广场四角上的众位长老脸上也都浮现一抹苍白，手掌捂着胸口，蕴含着痛楚的闷哼声，从喉咙中传了出来。

与众位长老的脸色相比，广场上那些各自为云海添注了一份力量的云岚宗弟子们，显得更为凄惨一点。不少实力较弱的弟子，当场便喷出一口鲜血，旋即脸色惨白地昏厥了过去。一些实力较强的，倒是强行扛了过来，只不过那萎靡的神色，让人知道，云海被破，他们受了极大的牵连。

凌影一击之下，几乎将整个云岚宗搞得陷入了瘫痪状态，斗皇强者居然强悍至此，恐怖如斯！

“轰！”

天空上，黑色长枪上所携带的巨力，直接将云棱狠狠地轰下了天空，然后重重砸在广场之上。顿时，宛如地震一般，石屑飞射，一道道巨大的裂缝，从云棱落地之处蔓延开来。这些裂缝之大，甚至到了那些云岚宗弟子不得不起身躲避的地步，由此足可瞧出凌影此次攻击是何等恐怖。

虚立天空，凌影淡淡地望着满地狼藉的广场，手掌挥动，漫天黑影，皆再度涌进其体内。而随着黑影的退去，温暖的阳光洒下，淡淡的暖和感觉，让那些浑身冰凉的云岚宗弟子们略微松了一口气。

稍微恢复之后，广场上所有目光，都急忙投向了云棱坠落之地。那里，深深的坑痕，让那些云岚宗弟子都忍不住咽了一口唾沫。

“还没死。”加刑天望着那黝黑的深坑，轻叹了一口气，现在的局面，真的是越来越难以让人控制了。

随着加刑天声音落下，黝黑的深坑中传出剧烈的咳嗽声，一道人影，缓缓地从其中爬了出来，狼狈的模样，哪里还有半分云岚宗大长老的威风？

此时的云棱，不仅衣衫破碎，满脸血痕，而且在其腰间的位置，鲜血正不断地流出，显然，先前他虽然强行抓住了黑色长枪避开了要害部位，却依然被枪上所蕴含的尖锐劲气，弄成了重伤。

望着狼狈得犹如丧家之犬的大长老，云岚宗所有人低低叹了一口气。

从深坑中爬出来的云棱，脸色出人意料地没有半点怒意，反而平静得犹如一潭死水，冷冷地瞟了一眼腰间滴落的鲜血，再用手轻触了一下脑袋上那被萧炎留下来的狰狞伤痕，忽地轻轻地笑了笑，笑声中，有着难以掩饰的疯狂。

“你的确很强。”抬起头来，云棱对着凌影森然笑道。

凌影眉头微皱，手掌缓缓扭动，黑气缭绕，声音淡漠：“你命也的确很硬，若是嫌活着累，老夫可以帮你一把。”

“哈哈。”眼睛盯着凌影，云棱忽然大笑了起来，笑声牵动了伤势，让他咳出了几口鲜血，抹去嘴角血迹，他霍然抬头，眼神狰狞如野兽。

“你是这么多年来，第一次让我云岚宗如此难堪之人，今日若是放你们安然离去，恐怕日后我云岚宗在加玛帝国内，将再无声望可言。所以，为了宗门声誉，我不管你究竟是谁，今天，都别想离开！”

“你没这本事。”凌影讥诮道。

“我的确没这本事。不过……”阴声笑了笑，云棱在众目睽睽之下，忽然从纳戒中取出一支白色的笛子，凑在嘴边，狠狠一吹，顿时，一股有些奇异的尖锐声调，猛然自笛子中传了出来。

尖锐的笛声，缭绕在整座云岚山，经久不息。

广场上，所有人都因为云棱的举动而安静了下来，一时间，只能听见那笛声不断传扬。

加刑天微眯着眸子，与法犸对视了一眼，猛然间，似是想起了什么，眼瞳骤缩！

“是那个老家伙！他果然还没死！”

随着加刑天与法犸声音落下，云岚山深处，一股浩荡磅礴气势，犹如那从远古苏醒的巨龙一般，带着无可匹敌的威压降临！

在这股磅礴气势苏醒之时，远在云岚宗几百里之外的天空中，一道白色流光骤然顿住，在半空中现出一道雍容美丽的身影。此时她正望向遥远的云岚宗方向，那张淡然脱尘的俏脸上，在此刻布满了震惊。

“老师，他怎么苏醒了？”

犹如巨龙苏醒般的磅礴气势，转瞬间便笼罩了整座云岚山，一股萧炎以前从未感受过的强大威压，自云岚山深处蔓延出来，最后弥漫广场。顿时，广场上，所有云岚宗弟子，都忍不住心中的那抹敬畏，对着气势蔓延处双膝跪了下去，而云棱以及那些云岚宗长老，虽然并未行跪礼，却也恭敬地弯下了身。

“这股气势……”纳兰嫣然美眸盯着云岚山深处，俏脸上浮现一抹震撼，她没想到，今日之事，竟然将这位闭关许久的师祖都惊动了出来。

“糟了……这个老家伙竟然真的还没死！”在气势苏醒的刹那，海波东的脸色便豁然变了，低低的声音中有着掩饰不住的震惊。

“是上一届的云岚宗宗主——云山？”萧炎脸色在此刻阴沉了许多，想起那夜海波东说的话，他皱眉问道。

“嗯。”海波东点了点头，声音低沉地道，“看这股气势，他真的突破了斗皇障壁，晋入了斗宗级别啊。”

“斗宗强者吗？”萧炎手掌轻微地哆嗦了一下，他平生所见过的最强者，也就是美杜莎女王以及加刑天而已，虽然斗皇与斗宗仅仅是一阶之差，可这之间的差距，却是天差地别。海波东能够凭一己之力将三名斗王强者快速击败，而那斗宗强者要击败三名斗皇，同样不会困难到哪里去。

“该死的，总是这样麻烦。”抿着嘴，萧炎心中着实被这一波三折的变故搞得有些不耐烦了，每次以为能够离开时，却总是冒出一些意外。

“海老，既然云山真的出来了，那你，恐怕也得退去了吧？”猛然间想起当夜海波东的话，萧炎低声叹道。

闻言，海波东一愣，脸色阴晴不定，片刻后，忽然咬了咬牙，道："虽然我这人不喜管闲事，不过做事也得有始有终，今日就算云山真要阻拦，我也会尽力将你带下云岚山！"

望着那咬牙的海波东，萧炎怔了怔，旋即心头微暖。虽说海波东在这种时候都没有放弃，也有一些复灵紫丹的缘故，可不管怎么说，在冒着得罪云岚宗的风险下，他还愿意助自己脱险，这份情义，大大出乎了萧炎的预料，至少，远远比某些人要好很多。

"多谢了，海老，今日之助，萧炎谨记于心，日后，在下必有所报！"萧炎深吸了一口气，对着海波东拱了拱手，极为认真。

"日后的事，再说吧，现在还是先把那个老家伙给摆脱吧，在云山苏醒时，这座云岚山便笼罩在了他的气场之下，此时就算想走，也不容易了。"海波东苦笑着摇了摇头，眼角瞟了一眼悬浮在萧炎身后的庞大吞天蟒，再瞥了一眼不远处的凌影，心中不断盘算着双方的战斗力。

在两人低声商谈时，那自云岚山深处散发出的磅礴气势越来越浓烈，到了最后，一道清啸声猛然冲天而起，在无数道目光注视下，一道白影忽然自云岚山深处浮现，旋即脚踏虚空，缓缓朝着云岚宗广场而来。

白影并未召唤斗气之翼，可在虚空踏步而行的速度却丝毫不比海波东等人慢，每次脚步落下之处，虚空便会荡漾起一圈圈涟漪，涟漪消散，人影却早已经出现在了百米之外，极为玄妙。

如此几次跨步，仅仅片刻时间，人影便闪现在了广场中央那处石碑之顶，淡淡的目光扫过满是狼藉的场地，眉头微微皱起，笼罩着广场的威压，在此刻变得浓烈了许多。

悬浮在天空上，萧炎扫向那道出现的白影，仔细地上下打量着这位上一任云岚宗宗主。

白影身着一套极为朴素的白色长袍，微风拂来，长袍飘飘，颇有出尘飘逸的气息。他年龄看上去并不是很大，脸庞上没有老人该有的皱纹，反而犹如一块散发着毫光的温玉一般，要不是那一头雪白的长发，萧炎还真的难以将他归类为和海波东一个年代的强者，不过从下方那些云岚宗弟子脸上所浮现的敬畏来看，这人正是上一任云岚宗宗主云山不假。

“嘿，这老家伙突破斗宗后，竟然变得年轻了一些，看来突破那个障壁的好处，还真是不小啊。”望着云山的外貌，海波东忍不住咂了咂嘴，低声中的羡慕，倒是未加什么掩饰。

“云棱，给我解释吧，你知道的，我说过，若非是极为重大之事，不要打扰我的静修。”云山目光转向下方的云棱，淡淡地道。

“老宗主，您可是出来了啊，若是再晚点，恐怕云岚宗就得被人给毁了！”云山目光扫来，顿时让云棱脚腕一软，双膝不由自主地跪了下去，老脸上的血痕，让他看上去尤为凄惨。

“云韵呢？”眉头一皱，云山问道。

“宗主外出了，还未归来。”云棱急忙回道。

“简略说说事情吧，这么多年来，我云岚宗还是第一次被人破坏成这样。”云山双手插在袖间，平淡地道。

闻言，云棱精神一振，手指指向天空上的萧炎，大声道：“老宗主，今日之事，全部都是由他引起！”

说着，云棱赶忙将萧炎与墨承之死间的一些嫌疑说了出来。当然，不得不说，云棱作为云岚宗大长老，也有一些不错的处理事务的本事，所以在说这些事的时候，他将那强留之举，说成了委婉地想要萧炎在云岚宗暂时歇息几天，直到事情澄清，而这些话，云棱也的确当场说过，不过两者间挽留的口气，却是天差地别。所以，即使他这般说，却没人能够当场反驳。然后，便是萧炎的反抗以及背后强者轮番出场，最后，他云棱以一种保护者的姿态，举全宗之力维持宗门声誉，却依然不敌，这才不得不使用笛子，将闭关中的云山请了出来。

云棱所说的这些话，大多都是实话，可是其间不经意地掺杂了点东西之后，事情的责任方，则变成了萧炎。

广场之上，一片安静，唯有云棱那略带着愤怒的声音，不断地响起。

许久之后，云棱终于说完，他有些悲切地道："老宗主，虽然墨承仅仅是宗内的一个执事，可这些年对我们云岚宗的贡献极大，若是放任他随意被人击杀而无动于衷，日后，还有谁敢为宗门效力？那不是寒人心吗？

"我云岚宗也并非胡乱冤枉人，只是要那萧炎在宗内暂时待一段时间，等到事情澄清。若是冤枉了他，我云棱亲自向他赔礼道歉，可他却仗着背后有人撑腰，丝毫不将我的建议放在心中，在谈判无效之后，竟然便大打出手。虽然他本身实力不怎样，却有着好些帮手，如今宗主不在，我也只能冒着打扰老宗主的风险，将您请出来了。"

天空之上，萧炎双臂抱在胸前，冷漠地望着那不断诉说着自己罪状的云棱，他已经放弃了任何辩解，因为他知道，这没有多少作用，人都是向内的，难道能指望云山还来帮着他说话不成？

听完云棱的诉说，云山脸庞上并未有什么表情，只是缓缓抬起头，目光在广场四周扫过，淡淡地笑道："没想到今日的事情还闹得挺大啊，连加刑天、法犸你们两个老家伙都过来了。"

加刑天与法犸对视了一眼，笑了笑，指向天空，道："那里还有一个。"

"我知道，海波东吧？刚才出来的时候，便感觉到了他的气息。没想到过了这么多年，他竟然也还活着，我本以为他已被美杜莎女王击杀了呢。"云山抬起头，望着海波东，道。

"嘿嘿，你这老不死的不也一样嘛。"海波东咧了咧嘴，脚步朝前跨了一步，刚好将萧炎挡在身后，笑道。

"他便是萧炎吧？"云山瞥着海波东身后的萧炎，道。

“小子萧炎，见过云山宗主。”萧炎直视着那浑身散发着压迫气势的云山，不卑不亢地笑道。

“气度倒是不错，可惜就是弱了点。”云山淡淡地道。

“嘁，云山，你十七岁的时候，别说斗宗了，就是看见了一个斗王强者，也激动得跟什么一样。”海波东撇嘴道。

“十七岁的大斗师吗？”一直淡如清风的眼眸中终于掠过些许诧异，摇了摇头，云山抬头，道，“先前云棱所说，你们并没什么反驳的吧？”

“呵呵，既然云山宗主相信的话，又何必再多此一问？”萧炎略微有些讥诮地笑道。

“云棱的话，我信一半，他的性子，我了解。”出乎萧炎预料，云山摇了摇头，“不过不管此事究竟谁对谁错，可将我云岚宗弄成这般模样，你们确实需要负些责任的。”

“那云山宗主，想要如何？”

“我也不说那些留你做客的客气话，今日你们这一场大闹，对云岚宗声誉的损害并不小，这声誉，必须挽回。既然你们几人能将我云岚宗搞得这般狼藉，那么，便让我与几位切磋一下吧。”云山淡淡地瞟过海波东、凌影以及悬浮在天空上体型庞大的吞天蟒，手掌缓缓探出袖袍，平静地道。

“你们可以一起。”云山低头挽着袖袍，随意地添了一句。

“嘿，没想到这云岚宗也出了一个斗宗强者，如今倒是能够勉强挤进大陆一线势力之列，可惜，比起当年的云破天，似乎还是差了不少啊。”凌影身形闪动，出现在萧炎面前，正对着下方的云山，嘿嘿笑道。

“你是大陆上的强者吧？不知道是哪方势力？虽说我闭关已久，可对于大陆上的势力，倒还是略知一二。”挽动袖袍的手掌微微一停，云山抬头道。

“这可不能透露。”凌影摊了摊手，旋即脸色略显凝重，沉声道，“不过在此提醒你一声，莫要以为成为斗宗强者便能为所欲为，这个小家伙，奉劝你最好不要妄动他，否则，日后你绝对会后悔的！在这大陆上，有能力毁灭你云岚宗的，并不少！”

云山眉头轻皱，望向凌影：“这是威胁？”

“你也可以这样认为！不要怀疑我所说的话的真实性！”凌影针锋相对地盯着云山，低沉地道。

“你们一起吧。云岚宗这么多代累积的声誉，不能断送在我手上，不过若是你们能从我面前离开云岚山，那么今日之事，也就一笔勾销了。”叹了一口气，云山不再说话，身体毫无预兆地缓缓升空，澎湃的能量，竟然让周围虚空都略微震荡。

脸色凝重地望着升空的云山，海波东与凌影对视了一眼，前者转头对萧炎沉声道：“你让你的那条大蛇护着你吧，我与他阻拦云山。”

“你们小心。”萧炎迟疑了一下，点了点头，目光忽然转向凌影，道，“这位老先生，不知您……”

“别问关于我的事，等你离开了云岚宗，我也就会离开加玛帝国，日后时机到了，你自会知道。”挥了挥手，凌影打断了萧炎的问话。

闻言，萧炎一怔，旋即苦笑着点了点头，只得振动着双翼，退后了。

“唉……没想到最后还真的把云山这个老家伙给惊动了出来。”望着天空上的局面，法犸摇了摇头，叹息道。

“斗宗啊……嘿，这个老家伙竟然真成功了。”加刑天咂了咂嘴，脸上有些掩饰不住的艳羡。他如今已经位列斗皇巅峰，只要再进一步，也同样能够进入那个令人向往的境界，可惜，就是那一步之差，加刑天修炼了好多年，却依然止步于此。

“接下来，我们该怎么办？要不调和一下？”法犸皱眉道。

“没用的。”加刑天摇了摇头，目光扫过下方场中，望着那些昏厥过去的云岚宗弟子以及破裂的广场，苦笑道，“这次，萧炎他们的确是狠狠扇了云岚宗一个耳光。为了挽回声誉，云山必须当着我们所有人的面，打败他们。当然，或许他事后也并不会太难为萧炎，毕竟，萧炎背后的那个神秘支持者，也让他颇为忌惮。所以，在未搞清楚萧炎背后神秘势力之前，云山并不会随意动他。”

“海波东和那凌影，能打过云山吗？”法犸微微点了点头，旋即又问道。

“很难。”

广场中，云棱望着升空的云山，再瞥向远处的萧炎，眼中不可察觉地掠过一抹阴狠与得意的冷笑。

“海波东，念在以往的交情上，你若此时退去，我可以不计较你先前的出手。”与海波东两人平行悬浮在天空上，云山淡淡地道。

“唉，动手吧，此时说这些，晚了点。”海波东叹息着摇了摇头，双掌旋动间，白色的冰寒气息，自其体内溢出，顿时，周围温度骤然降低。

“让我来瞧瞧，晋入斗宗之后的你，比当年究竟能强到什么地步。”海波东轻吐了一口气，双掌猛然一扭，十几道足有半丈宽的雪白圆形冰刃忽然凭空自面前浮现，高速旋转间，残影不断，并且还发出阵阵呜呜声响。

一旁，凌影脸色逐渐凝重，袖袍轻摆，诡异的黑色影子在脚下不断吐缩着，手掌微握，黑色气息急速凝聚，转瞬间竟然便再度形成了一把两三丈长的黑色长枪，长枪微摆，枪尖之处，空气荡漾。

“萧炎，走！”沉声喝了一句，海波东手掌前推，那十几道巨大的圆形冰刃，猛然间划破长空，对着云山射去。

在海波东攻击之时，那凌影一把握住黑色长枪，身体一扭，旋即也狠狠投掷了出去。

冰刃以及长枪，带着令人恐惧的强大压迫，径直对着不远处的云山射了过去，沿途所过之处，竟然在空中留下了两道长长的印痕。

在两人发动攻击时，萧炎双翼一振，轻巧地落在吞天蟒脑袋上，一声催促，吞天蟒立刻转身，庞大的身体所展现出来的速度，却极为快捷。

见海波东两人的反应，云山摇了摇头，不再废话，双手缓缓举起，遥遥对准那射来的圆形冰刃以及黑色长枪，嘴巴微动，淡淡的声音轻吐而出：“风壁！”

随着云山声音落下，天空中狂风猛然大振，一道几乎横跨了半个天空的深青色巨大风墙，眨眼间，便急速成形，那风墙的庞大程度，让下方无数人目瞪口呆。

“嘭！”

圆形冰刃以及黑色长枪，瞬间便到达风壁表面，两者相撞，霹雳般的炸响响彻天空，一道道能量涟漪，从碰撞处扩散出来。不过，那庞大得有些过分的深青色风壁，竟然没有半点摇摇欲坠的感觉，海波东以及凌影的联合攻击，对云山的防御来说，似乎没有造成多少威胁。

望着横跨天空的庞大风壁，海波东与凌影脸色略微有些变化。

眼角瞟了一眼飞出的吞天蟒，云山右手对着它的飞行路线一挥，风声大振，一道巨大的风壁猛然出现在吞天蟒之前，惊得吞天蟒急忙强行拔高身形，方才避免一头撞上去的危险。

“万风缠缚！”

阻拦了吞天蟒的飞行路线之后，云山手掌猛然对着海波东与凌影一握，顿时，由狂风汇聚而成的实质风绳，铺天盖地涌现。风绳互相缠绕，最后宛如一条条长蛇一般，在虚空穿梭而过。片刻时间，海波东与凌影便猛地发现，他们二人，竟然已经不知何时被缚绑了起来，当下体内斗气急涌，可惜，每当他们震断一些风绳之后，却有更多的风绳从空气中呼啸而出，将两人越捆越牢。

“呼……不愧是斗宗强者，明明所使用的攻击方式并不算出彩，可两名斗皇强者在他手中，竟然没有多少还手之力，这就是两者间的差距吗？”望着天空上仅仅一回合，便被云山束缚了身形的海波东两人，加刑天等人不由得感叹道。

“看来，萧炎他们这次是彻底地栽了啊。”

在将海波东两人暂时束缚起来之后，云山眼光瞥向了正打算绕开拦路风墙的吞天蟒，脚步朝前一踏，再次出现时，赫然便已在吞天蟒面前。

吞天蟒望着闪现而出的云山，巨嘴一张，蕴含着剧毒的七彩液体，对着云山涌去。

手掌轻挥，风墙出现在身前，七彩液体洒下，将犹如实质的风墙，迅速腐蚀成虚无。然而当吞天蟒刚准备继续趁势攻击时，巨大的力量猛然自尾巴上传来，扭转脑袋一看，只见云山竟然不知何时，已经出现在了它的尾巴之上。

“下去吧！”脚掌轻跺在吞天蟒尾巴上，庞大的力量，让吞天蟒发出一声凄厉的嘶鸣声，旋即身体猛然下坠！

“嘭！”吞天蟒重重地砸在广场的一角上，顿时，坚硬的广场，直接被它那巨大的身躯给压得崩裂了。

“噗。”

先前云山在发出暗劲时，由于萧炎刚好在吞天蟒身体上，因此，他也受了一点暗劲侵蚀，凭他大斗师的实力，虽然仅仅是一点暗劲，但依然让他脸色苍白地喷了一口鲜血出来。

从吞天蟒脑袋上滑落下来，萧炎抹去嘴角血迹，偏头望着蛇瞳黯淡的吞天蟒，牙齿不由得咬得嘎吱作响。

“你们输了。”轻风刮过，云山的身影，再度宛如鬼魅般地出现在萧炎面前的半空处，淡淡地道。

嘴角微微抽搐，萧炎锵的一声抽出背后玄重尺，遥遥指向云山，一口将嘴中血迹吐出，冷笑道：“还有我呢。”

云山缓缓落下地面，然后在众目注视下，一步步地对着萧炎走去。

“嗞！”

瞧见接近的云山，吞天蟒嘴中发出几道尖锐的嘶鸣声，可惜，这并未使云山的脚步有所停留。某一刻，当云山越来越近时，吞天蟒巨尾猛然一甩，带起巨大的阴影，对着云山狠狠砸了下来。

那铺天盖地而来的阴影，并未让云山脸色有所变化，他不经意地对着上方轻挥了挥手，足有七八丈的巨大青色能量手印，凭空浮现，旋即拍上吞天蟒的巨尾，其上所蕴含的巨力，竟然直接将吞天蟒的尾巴扇到了另外一个方向，而那尾巴所过之处，十几棵参天大树，被拦腰砸断。

“嘶……”尾巴上传来的剧痛，让吞天蟒发出一阵嘶鸣，嘶鸣声中，蕴含着难以掩饰的痛楚。

淡淡地看了一眼体型庞大的吞天蟒，云山眉头微微皱了皱，这个大家伙的抗击打能力，远远超出了一般的五阶魔兽。

蛇瞳泛着赤红，死死地盯着接近的云山，吞天蟒巨嘴一张，七彩液体再度喷出，不过，这一次，云山没有半点闪避，闲庭信步般径直从液体中穿过，竟然连衣袍都完好无损。

踏动的脚步缓缓停住，云山淡淡地望着面前的萧炎，手掌抬起，然后对着萧炎轻飘飘地落了过去。

死死地盯着那越来越近的手掌，萧炎脸色一片涨红，因为他发现，在这一刻，自己竟然丝毫动弹不了。

“别反抗了，在云岚宗待半年时间吧，我不会伤害你，不过，你需要为自己的莽撞，付出一点代价。”望着死命想挣脱束缚的萧炎，云山平静地道。

“嘶！”身后，吞天蟒巨嘴狠狠对着云山噬咬而去，可惜，却又被云山一巴掌打翻了过去。

手掌在漆黑眼瞳中不断放大，萧炎紧握着玄重尺的手掌颤抖得越来越厉害，脑海之中，此时一片安静，唯有自己心脏不断跳动的声音。

安静的世界中，似乎有种极为庞大的力量，正要涌出。

然而，当这股庞大力量即将涌出的刹那，却先猛然一滞，旋即闪电般地退了回去，宛如从未出现一般。

在那股庞大力量退回时，萧炎那安静的状态随之打破，抬头，云山的手掌距离自己肩膀已经仅仅只有分毫，顿时，绝望的情绪充斥了心灵。

“嘶！”

紧急关头，萧炎身后的吞天蟒忽然仰天长鸣，剧烈的强光猛然自其体内涌出。

吞天蟒的异变，立刻吸引了全场目光，就连云山，也眉头微皱地盯着那一团强烈光芒，然后，某一刻，一直平淡的脸色，终于豁然大变。

萧炎身后，强光之中，一只修长圆润的玉手，忽然轻巧探出，看似缓慢，却刚好将云山的手掌阻拦下！

两只手掌相触的刹那，大地猛然震动，地面上，一道道恐怖的裂缝，蔓延开去，宛如地震一般。

“老家伙，刚才打得爽了吧？”

妩媚的声音缓缓地在广场上响起，顿时，一些定力稍差之人，脸上便犹如火烧云一般红了起来。

无数道目光顺着声音移动，当他们看见那站在萧炎身后的妖娆妩媚人儿之后，都不由得呼吸一滞。然而，更多知情的，比如海波东，则是一脸惊恐。

萧炎咽了一口唾沫，缓缓转过头来，一张集冷艳、妩媚、妖娆于一体的完美脸颊，出现在视线之中。

第十五章

回家之途

随着那妖娆人儿的出现，广场上，陷入了短暂的窒息。

寂静持续了半晌，终于被一道惊恐的声音打破了："美杜莎女王？"

短短几个字出口，猛然让广场上所有人都打了个冷战。这个名字，几乎大多数的加玛帝国人都有所耳闻：那个冷艳而心狠手辣的美丽女人，在以往与加玛帝国的战争中，不知道亲手斩杀了多少成名强者。在这个帝国之中，也只有那寥寥可数的几人，能够有实力与这个妖艳女人相抗衡。

这个女人，用丝毫不逊色于那些铁血帝王的狠辣手段，震慑着塔戈尔大沙漠附近的好几个帝国，使它们不敢轻易发动战争。

对于她，很多人都用"可怕"一词来形容。

天空上，原本脸色凝重的海波东，此刻脸色已经完全转换成了惊恐。他或许能够在云山面前保持镇定，可在美杜莎女王面前，却始终难以掩饰内心的畏惧，当年在沙漠的那场战斗，至今都让他心有余悸。

而那足足害得他享受了几十年隐居生活的封印，更让海波东对美杜莎女王畏若蛇蝎。

在惊恐之余，他忽然打了个哆嗦，看先前那道强光，那条七彩大蛇明显便是美杜莎女王的化身，一想起自己竟然在没有察觉的境况下，与这个恐怖的女人相处了那么久，海波东背后便是一片冰凉。

“萧炎这个家伙，有美杜莎女王在身旁，竟然不和我说，浑蛋啊，想害死我不成？”海波东心中略微有些恼怒地暗骂道。

“啧啧，美杜莎女王！这个小家伙，不愧是小姐看上的人啊，虽然实力不怎样，可这护身的强者，却一个比一个变态。这次云岚宗之行，就算没有我，想必他也能顺利离开吧。”凌影赞叹着摇了摇头，这忽然出现的美杜莎女王，也同样让他极为诧异。

巨树上，加刑天与法犸脸色也在此刻变得极其凝重起来，两人对视了一眼，深深吸了一口气，却再也说不出半句话来，这一次的打击，实在是有点太大了。

“美杜莎女王，她不是在晋级中失败了吗？”古河愕然地望着那妖艳美人，目光缓缓扫向一旁的萧炎，眉头轻皱，低声道，“看来并非是失败了，而是在晋级之后，便被萧炎神不知鬼不觉地给带走了。这个家伙，真是胆大得让人无语，这个女人，杀起人来，可不比杀只鸡麻烦多少啊，他倒是好运，竟然还能活到现在。”

其身后，柳翎苦笑，现在萧炎所展现出来的实力，明显已经脱离了年轻一辈，即使是那些老辈，都望之不及啊。

在古河一旁，纳兰桀与木辰等人皆面面相觑，在美杜莎女王那凶名之下，他们同样不敢发出半点声响。

萧炎喉咙悄悄滚动了一下，身体不着痕迹地移开了一点，目光在身后的美人身上扫了扫，虽然已经不是第一次看见，心中却依然忍不住再度为她的美艳暗赞一声。

此时的美杜莎女王，身体上仅仅披着一条淡紫锦袍，满头青丝顺着香肩垂落，目光下移，萧炎忽然诧异地发现，美杜莎女王原本那条蛇尾，竟然不知何时化成了两条修长白皙的人腿，雪白的小脚悬浮在离地半寸的位置，晶莹剔透，不染尘埃。

“美杜莎女王，没想到啊，你竟然是那条古怪的大蛇，难怪我总觉得有些不对。”手掌轻轻震动，一股能量涟漪自掌心中扩散，云山借势身体退后了几步，淡然的脸庞上，头一次出现些许凝重的神色。

修长玉葱指优雅轻弹，那扩散而来的能量涟漪自动消散。美杜莎女王缓缓前行一步，刚好与萧炎平行，那充满着异样魅惑的眸子扫了云山一眼，淡淡地道："我也没想到，你竟然还真的突破斗皇障壁，进入斗宗级别了。"

"你不也进化成功了吗？"云山笑了笑，目光瞥向萧炎，道，"只是我还真挺诧异，以你的性子，竟然会出手帮助一个人类。"

"你若是不动吞天蟒，我也就不会出来。他的生死，我倒并非很在意。"美杜莎女王瞟了萧炎一眼，轻声道。

萧炎摊了摊手，手掌紧握着玄重尺柄，体内斗气快速运转着，随时准备着，若美杜莎女王有任何异动，便赶紧撤退，对于这个性子诡异莫测的女人，他同样满怀戒心。

"那现在你出来了，打算如何？"背后白色长发随着清风飘荡，云山似是随意地问道。

"带他走。"美杜莎女王把玩着纤细玉指，轻描淡写地道。

"我可以不动你所化身的那条大蛇。"云山皱了皱眉道。经过先前的闪电交手，他清楚，现在的美杜莎女王，实力并不比他弱，若是真打起来，谁胜谁负还真不好说。

"我若是不带他走，那小家伙立马就会暴动，我能出来，还是因为他的危机，那小家伙方才放弃对我的压制。"美杜莎女王纤指揉着光洁的额头，眉宇间有着淡淡的无奈。显然，出来救萧炎，她明显有点不太情愿。

对美杜莎女王这番有些不着边际的话，云山倒听得明白，当下额头上的皱纹更深了一点，目光缓缓在周围扫视了一圈，脸色变幻着，也不知道在想些什么。

广场上，随着云山的沉默，再度变得安静了下来，在这两位高端强者的谈话中，其他人还没资格去插话。

双手搓了搓，云棱望着有些犹豫的云山，心中顿时急躁了起来，他自然不希望在费了这么大的力气之后，依然让萧炎顺利离开云岚宗。手掌轻触了触脑袋上那有些可怖的伤痕，此时，虽然伤痕已经结了血疤，剧痛却依然盘旋在他脑中，让云棱心中怒火越来越盛。

“老宗主，若是就这样让萧炎离开，那必定会有损我云岚宗的声誉啊！”怒火伴随着剧痛，不断侵蚀着云棱的理智，某一刻，他终于忍不住，出声大喝道。

“聒噪。”如画柳眉微微一蹙，美杜莎女王转头，妖艳眸子注视着大喝的云棱，其间妖异光芒大盛。

望着美杜莎女王眸间的妖异光芒，云棱心中便猛然大感不妙，刚想急退，然而脑袋却一阵眩晕，低头一看，骇然发现，灰白色的岩石层忽然顺着双脚蔓延了上来。

“住手！”

轻喝声猛地响起，云山身影瞬间出现在云棱身旁，一脚狠狠踢在云棱脚腕之上。一股澎湃力量穿透而出，将那蔓延的岩石直接震成一片粉末。

岩石化为粉末，云棱这才脱离束缚，其脑门之上，却冷汗大冒，他急忙后退几步，躲在云山之后，再也不敢说半句话。

“带他走吧！”云山轻吐了一口气，紧紧注视着美杜莎女王，忽然挥了挥手，沉声道。

听了云山此话，广场上，顿时响起了无数道松气之声。今天这事，闹得实在有些大了，他们都希望赶紧收场，若继续这般闹下去，不知道还会牵扯多少强者出来。

“老宗主。”云棱有些不甘地出声。

“闭嘴！”脸色阴沉地冷喝了一声，云山将目光转向萧炎，道，“你与嫣然的那三年之约，我也听韵儿说过，这事她的确冲动了点，不过如今约定已经结束，日后，你们也就没什么瓜葛了。今日你们大闹云岚宗之事，我也并不想追根究底，不过我希望这是唯一的一次，日后，若是再这般胡闹，就算有美杜莎女王护着你，那我云岚宗也要好好讨教了！”

“云山宗主请放心，这地方，来一次，也就够了。”深吸了一口气，萧炎对着云山拱了拱手，淡淡地笑道。

“走吧。”云山挥了挥手，脸色有些不好看。

美杜莎女王瞥了萧炎一眼，也不说什么废话，转身便朝着广场外的石梯上走去。萧炎手提着玄重尺，正面对着云山等人退后了几步，然后目光扫了扫人群中的纳兰嫣然，发现对方也刚好将复杂目光投过来。

四目交织，与来时相见，却是两种截然不同的情绪。

收回视线，萧炎垂下眼睑，然后在无数道目光注视下，转身跟上了美杜莎女王。

天空上，海波东脸色阴晴不定地看了美杜莎女王许久后，方才振动双翼，远远地悬在天空上，无论如何也不肯降下身来。

在云岚宗所有人注视下，萧炎与美杜莎女王的背影，缓缓地消失在云雾缭绕的无尽石梯之中。

“唉……终于结束了。”

望着消失在视线尽头的两人，大树上的众位强者都长长地松了一口气，相视苦笑。谁能想到，仅仅是两个小辈间的约定比试而已，到了最后，竟然引出了这番即使是他们都为之咋舌的恐怖阵容。

“诸位，今日之事，就这样结束了吧，真是抱歉，让大家看了一场小辈的闹剧。”云山抬头环视了一圈，微笑道。

“呵呵，云山宗主说笑了，既然事情已经完毕，那我等也就不再久留了，日后有时间，定来云岚宗做客。”树顶上的众人自然能够听出云山话中的逐客令，当下也知道这种场合不好久留，于是一个个客气了两句后，都带着人闪下树顶，向着山脚飞去。

“老宗主，我们就这样放萧炎离开了？他将我们云岚宗搞成这模样。”望着众人离开，云棱满脸不甘地看了一眼萧炎消失的地方，终于再度忍不住出声道。

“那你还想怎么办？”云山淡淡地瞥了他一眼，道，“那美杜莎女王，即使是我，都没把握打败她，再加上对方还有两名斗皇强者，这般阵容，要将萧炎留下来，那需要付出多大代价？”

云棱咬了咬牙，道："可今日之事，明显是萧炎不给我云岚宗面子啊，若是不找机会挽回的话，等此事传了出去，那不是成人笑柄了吗？"

眉头微皱，云山道："你想如何？"

"看今日萧炎背后的帮手，我敢肯定，墨承之死绝对与他脱不了干系，既然他不肯留在云岚宗，我们或许可以去乌坦城将他父亲'请'来。"云棱低声道。

"糊涂！"云山脸色一沉，低声斥道，"我看你真是老糊涂了，既然你知道萧炎背后帮手不少，那还为了一个墨承去得罪他，值得吗？此事至此便结束了，日后休要再提！"

语罢，云山袖袍一挥，转身朝着广场中央走去，开始安排人收拾残局。

脸色一阵青一阵白地望着拂袖而去的云山，云棱手掌缓缓摸着脑袋上那条可怖伤痕，苍老的脸庞再度变得狰狞起来，望向萧炎消失地方的视线中，充满了怨毒与阴狠。

在场中局势落幕不久，天空上，破风声忽然响起，旋即一道曼妙优雅倩影，突兀闪现广场上空，美眸扫视满地狼藉，俏脸不由得骤沉。

"老师。"

场中，纳兰嫣然率先发现从天空上徐徐降下的雍容美人，微微一怔，美眸顿时变得通红起来，快速冲了过去，然后一头撞进来者怀中，心中委屈，终于化为低泣声。

"宗主，宗主回来了！"

广场上，望着出现的女人，所有云岚宗弟子都激动地跪伏了下去。

"好了，好了，嫣然，不要哭了，和老师说说，发生什么事了？"

女人温柔地抚着纳兰嫣然柔顺的长发，缓缓抬起头来，那张高贵且雍容的美丽容颜，赫然是当年在魔兽山脉与萧炎有过些许暧昧生活的云芝。

绿荫葱郁的小道上，两道人影一女一男，一前一后，缓缓地行走着，安静的气氛，笼罩着两人。

在两人头顶的天空上，两道影子远远地跟着。

某一刻，小道最前方的女人，率先止住了步伐，纤手轻捋着额前青丝，清冷的声音从诱人红唇中吐出："上面那两人，飞得不累吗？"

虽然她的声音并不响亮，然而天空上的两道人影，却在同一刻停了下来，对视了一眼后，只得缓缓落在萧炎身后的一棵大树上。

"海老，你现在有何打算？你那复灵紫丹，至今为止药材都还未凑齐。"萧炎小心翼翼地退后了一步，目光转向海波东，问道。

闻言，海波东一怔，眉头微微皱了皱，视线有些畏忌地扫向那斜靠着树干、漫不经心把玩着一片落叶的美杜莎女王，沉吟了一会儿，苦笑道："小家伙，既然你已经顺利离开了云岚宗，那么日后，我也不会再跟在你身旁了。至于那复灵紫丹，你日后若寻到了足够的药材，可以帮我炼制，然后找个信得过的人，送给我就行。以后，我应该会一直在帝都。"

萧炎微抿着嘴，默默地点了点头，对着树上的海波东郑重地躬身行礼，沉声道："海老，不管如何，今日你的所助，萧炎谨记在心，日后海老若是有什么需要人手以及难办之事，力所能及，小子定会鼎力相助！"

"呵呵，好，既然如此，那便先在这里分别吧，日后有需要帮忙的地方，可以直接来帝都米特尔家族。"笑着点了点头，海波东道。

"嗯。"

"记着，小家伙，虽然不知道你和美杜莎女王是什么关系，不过，不管如何，对她要多一分戒备。这个女人的狠辣，远远超出你的意料。"海波东眼角再次瞥了一眼前方的美杜莎女王，嘴巴微微嚅动，低不可闻的声音，被斗气包裹着，悄悄传进了萧炎耳中。

萧炎不着痕迹地点了点头。

"小家伙，告辞了！"对着萧炎再度拱了拱手，海波东看了一眼身旁的凌影，冲着他和善地笑了笑，背后双翼振动，猛然间冲天而起，然后消失在蔚蓝的天空上。

“这位老先生……”目送着海波东离开，萧炎将目光投向笑眯眯的凌影，恭声道。

“呵呵，按照命令，你离开了云岚宗，我的任务也完成了，所以，我也该回去了。”凌影笑了笑，冲着萧炎竖起拇指，“小家伙，这次干得不错，有魄力。”

“老先生谬赞了，小子也只是因为有几位撑腰方才这般壮胆，不然的话，借我几个胆，也不敢在云岚宗放肆啊。”萧炎笑着道。

凌影开怀大笑，道：“小家伙，你这脾气倒是对我胃口，不过我有其他任务在身，也不能继续久留了，就在这里告辞吧，日后再见时，老夫请你痛饮一番。”

“多谢了。”望着缓缓腾起的凌影，萧炎笑着点了点头。

“另外，看在你我臭味相投的分上，我给你露点话。”双翼忽然一停，凌影正视着萧炎，认真地道，“斗气大陆很大，你必须尽快让自己变强起来，不然的话，就连选择喜欢的人的权利都没有！好了，话已至此，你好自为之吧，日后，你会知道我这话的意思。”摆了摆手，凌影身体急速升空，伴随着一阵破风声响，身体化为一道模糊黑影，迅速消失在天际。

“唉，都走了。”

站在原地，萧炎轻叹了一口气，旋即微皱着眉头望着凌影消失的地方，对方走前留下的话，让他有些疑惑。

“好了，告别完了吧？”在萧炎愣神之际，淡淡的声音，将他从失神状态中惊了回来。

转过身来，萧炎望着正用一对妖异美眸盯着自己的美杜莎女王，嘴角扯了扯，露出一个略显难看的笑容，讪讪地道：“那个……女王陛下，您……您怎么还没变回去？”

“变回去？”眉梢一挑，美杜莎女王似笑非笑地盯着萧炎，“谁说我要变回去了？”

“你不会把吞天蟒的灵魂给同化了吧？”萧炎脸色微变，袖袍中的拳头猛然紧握了起来。

淡淡地瞥着萧炎，他身体的细微变化，并未瞒过美杜莎女王，她将身体站直，慵懒地伸了个懒腰。

“作为这次救你的代价，那小家伙三天之内不能出来。”美杜莎女王唇角有一抹淡淡的笑意，显然，这次的交易，让她颇为满意。

“哦。”心中松了一口气，萧炎眼珠转了转，笑道，“女王陛下这三天时间，是打算用人形模样待在我身边了？”

“别动花心思，那可是会送命的。”美杜莎女王莲步微移，来到萧炎面前，笑吟吟的模样，却让萧炎全身僵硬。

雪白玉手，忽然伸在萧炎面前。

“东西给我。”美杜莎女王声音柔柔地道。

“什么东西？”对此，萧炎一脸茫然。

“融灵丹药方。”美杜莎女王慢条斯理地替萧炎解除疑虑。

“呃……”嘴角略微抽搐了一下，萧炎旋即苦笑着叹了口气，手指轻弹纳戒，那卷不知道费尽他多少气力方才得到的融灵丹药方，便这般轻巧地送到了对方手中。

纤手握着融灵丹药方，美杜莎女王妩媚的脸颊上头一次露出迫不及待的表情，双手迅速掀开药方，细细地阅读着上面所记载的融灵丹功效，半晌，长长地吐了一口气，将药方合拢，纤指摆动，那药方顿时便在其手上灵活地旋转了起来。

望着陷入沉默的美杜莎女王，萧炎心中嘀咕了几声，只得保持安静。

“啪！”旋转的药方忽然轻轻打在手掌上，美杜莎女王抬起那对妖艳得让人忍不住沉迷其中的美眸，盯着萧炎，冲着他扬了扬手上的药方，道，“你应该也看过了吧？”

“嗯。”萧炎老实地点了点头。

“能炼制出它吗？”美杜莎女王轻声问道，在这一刻，萧炎能够感觉到，前者呼吸悄悄急促了一下。

“我是一个不到四品的炼药师，这融灵丹可是六品丹药。”萧炎苦笑着摊了摊手，然而话还未说完，便被对面一声冷笑打断。

“虽然我一直被吞天蟒的灵魂压制着，可一些你的事，我也能模糊知道。当初你给那海波东炼制破解我所下的封印的丹药，不也是六品品阶吗？虽然并不太清楚为什么有时候你的实力前后不搭调，可我清楚，你能够炼制六品丹药！你能炼制六品丹药，那便有资格与我说话，若是真不能的话，那我不介意，就在这里……”

美杜莎女王的玉手轻轻地对着萧炎脖子虚划了一下，萧炎顿时感觉到脖子一凉，赶忙摸了一下，骇然地发现，脖子处，竟然出现了点滴殷红鲜血。

“海老所说果然不差，这女人还真是狠辣。”咽了一口唾沫，萧炎在心中暗自骂了一声，沉思一会儿，也就不再掩饰，直视着美杜莎女王，“好，我帮你炼融灵丹，不过，我能得到什么好处？”

“好处？那便是你先前得罪我之事，我可以不和你计较。”美杜莎女王淡淡地道。

“嘁，那你去找别人炼吧，我可没兴趣。”闻言，萧炎嘴角一撇，冷笑道。

美眸微眯，冰冷的杀意缓缓缭绕，美杜莎女王纤手之上，七彩色的能量忽然犹如水波一般涌出，她凝视着七彩水波，轻笑道：“你有资格与我谈条件吗？”

“你若真是要杀我，恐怕吞天蟒的灵魂，也会瞬间反扑吧？”萧炎退后了一步，笼罩在袖袍中的手掌上，青色火焰悄悄浮现。

缭绕的杀气忽然一滞，美杜莎女王微蹙着黛眉，道：“你倒是有几分小聪明，竟然知道靠与吞天蟒的关系来压制我。”

见状，萧炎心中松了一口气，看这模样，似乎吞天蟒对美杜莎女王还真有一些压制作用。

“我这人一向都不会狮子大开口，不过女王陛下空手套白狼，不太厚道啊。炼制六品丹药是件极为繁琐与耗神的事，而您轻描淡写的一句话，便要我去拼命炼制，这世上哪有这么好的事？您说是吧，女王陛下？”萧炎似是有些无奈地道。

“别油嘴滑舌了，说说你的条件吧。”美杜莎女王淡淡地道。

“现在海老与那位凌影老先生都走了，我一下子没什么安全感了。”萧炎挠了挠头，讪笑道，“只要女王陛下肯答应保护小子三年时间，那我说什么，也会帮你把融灵丹炼制出来。”

“啧啧，保护你三年？”妩媚俏脸上顿时浮现笑容，美杜莎女王玉手轻轻搭在萧炎肩膀上，笑容极为动人，“那我还不如冒着被吞天蟒压制回去的风险，直接把你杀了算了。”

“那就是没得谈啦？”萧炎缩回肩膀，摊了摊手。

“好了，你也不要有那些不切实际的念头，我没海波东那么蠢。我给你一年时间，这一年时间，我不会做你的什么打手，只会在你必死关头，出手帮你摆脱麻烦，其他时候，若是心情好，或许会出手。当然，一年之内，你若是拿不出融灵丹，那就别怪本王心狠了。就这种交易条件，你答应还是不答应？”美杜莎女王有些不耐烦地道。

萧炎微微皱眉，好半晌，方才抬头望着那俏脸已经蕴含了点点冰冷杀意的美杜莎女王，只得不情不愿地点了点头。

“好吧。”

闻言，美杜莎女王俏脸上的杀意，顿时犹如变脸一般转化为柔和微笑，妩媚动人。

望着转瞬间便收敛杀意的美杜莎女王，萧炎只得苦笑了一声，这个女人能够让加玛帝国众强者都对她忌惮不已，果然并非靠虚名。

“接下来你打算去哪儿？”美杜莎女王将手中的融灵丹药方抛回给萧炎，随口问道。

萧炎小心翼翼地接过药方，沉吟了一会儿，道：“我想先回乌坦城一趟，然后，或许得离开加玛帝国一段时间。”

“离开加玛帝国吗？”闻言，美杜莎女王黛眉微蹙，旋即微微点了点头，慵懒地道，“随你吧，反正蛇人族内，他们几个首领也能暂时顶替我，在你炼制出融灵丹之前，我会一直跟着你。”

见到她并未有所反对，萧炎微松了一口气，手掌轻拍了拍背后巨大的黑尺，笑道：“既然如此，那便走吧。”

“云岚宗事情已经完毕，现在的你，时间应该并不急吧？这一路去乌坦城，路经几个大城市时，停留一下，给我寻找一下炼制融灵丹的药材。”美杜莎女王淡淡地道，虽然看似商量的语气，但是不容萧炎拒绝。

对此，萧炎只能无奈地点了点头，目光瞥了一眼美杜莎女王那妩媚妖娆的脸颊，耸着肩膀道：“我建议你在进城的时候，最好能把容貌遮住，不然的话，一些不必要的麻烦，挺让人头疼的。”

轻点着头，美杜莎女王转身朝着密林小道之外缓缓行去。

望着那诱人身姿，萧炎摊了摊手，转过头，目光望向视线尽头处若隐若现的青石台阶，视线缓缓上移，最后停在云雾缭绕的山峰之上，沉默片刻，轻叹了一口气。这束缚了他三年的约定，如今终于完全被卸掉了，而在达到了让他奋斗努力了三年的目标之后，心中却忽然有些茫然起来。然而茫然并未持续多久，那忽然浮现在脑子里的少女清雅的笑容，却让他脸庞上扬起了一抹温暖弧度。

“薰儿，你在那里还好吧？等着我。”低声喃喃着，想起已经接近两年未见的少女，萧炎心中便升起一团火热。

转过身来，萧炎目光瞥向那已经走出密林的动人背影，笑了笑，赶忙追了上去。

离开云岚山之后，萧炎并未再回到帝都，而是与美杜莎女王直接改道，朝着乌坦城的方向飞去。

帝都与乌坦城之间，几乎横跨了将近大半个帝国，这般庞大的疆域，即使以萧炎两人的飞行速度，也至少需要两三天的时间才可能抵达。再者，由于美杜莎女王的要求，沿途路过大城市时，萧炎不得不停留下来，等待此地的拍卖场以及交易会开启，如此一来，行程时间，更被大大拖延。不过好在如今三年之约已经结束，萧炎脱离了以前那种每天掐准时间拼命的生活，一路走来，没有了约束以及心理负担，晃晃悠悠的，倒也轻松自在。这种悠闲生活，萧炎可是自从三年之约开始之后，便从未真正享受过了。

在赶路回家的前三天时间中，虽然两人在一些大城市中滞留了点时间，可惜，让美杜莎女王有些失望的是，那炼制融灵丹的奇异药材，竟然连一株都没有找到。对此，她也是无奈，毕竟若是炼制六品丹药的材料这般好寻，它的价值也不会这般昂贵了。

两人一路走走停停，让萧炎有些诧异的是，美杜莎女王嘴上所说的三天交易时间明明已经到了，她却依然并未变回吞天蟒的形状。对此，她的解释是私下与吞天蟒的灵魂商议了一下，因此方才拖延了变回去的时间。

对于这个解释，萧炎虽然有些愕然，但也没有办法，难道她不回去，自己还有本事强迫她变回去不成？到时候一巴掌甩过来，吐血重伤都是小事情了。

随着时间悄然走过，萧炎与美杜莎女王越来越接近乌坦城的地域，由于寻找药材耽搁了时间，以至于本来仅仅是两三天的路程，竟然足足用了快五天时间。

黑焰城，帝国北部省份的一座颇大的城市，这里，距离乌坦城已经不远，以萧炎两人的速度，不到半天时间，就能到达。不过由于这座城市在北部省份一向以药材之城闻名，因此美杜莎女王未征求萧炎的意见，便迅速落下了身形，在郊外用一面薄薄的青纱将脸颊遮住后，才朝着黑焰城内行去。萧炎也只得按捺住归家的热切，无奈地跟在她身后。

两人闲庭信步地走进城市，并未遇到任何阻拦。

进入城市后，萧炎便带路顺着街道走了一段距离，然后拐进了一座人流量不小的酒楼。由于帝国北方民风彪悍，因此这种酒楼，在帝国北部省份才能经常看见，类似帝都等豪华地方，却并不常见。

这种酒楼，三教九流云集，帝国的民间消息、情报，很多都在这些地方流传，因此，它能够快速地帮助萧炎知道，这座城市中哪里的药材最多最好。

两人上了酒楼，在一处靠窗位置坐下，美杜莎女王玉手托着香腮，美眸盯着窗外，一副不理不顾的表情。这几天来，那些打听情报的事情，全部都由萧炎出面。

见到她这副模样，萧炎只得无奈地摇了摇头，抬手将一名侍女叫过来，点了些并不算烈的酒水后，站起身来，朝着一些人流拥挤的地方挤了过去。如此折腾了半天后，萧炎方才满头大汗地抽身退回到桌子旁，望着那正惬意地抿着小酒的美杜莎女王，不由得郁闷地叹了一口气，这女人的架子，也太大了点吧。

“怎么样？问清楚了吗？”美眸瞟了一眼萧炎，美杜莎女王轻声道。

“据说本城的一座采药殿极有名气，很多珍稀的药材，那里都有一些存货，不过就是价钱极为昂贵。”萧炎端起酒杯灌了一口，瓮声瓮气地道。

“休息一下吧，等会儿去那采药殿看看。”略感满意地点了点头，美杜莎女王含笑道。

翻了翻白眼，萧炎轻拍了拍背后黑尺，懒得再说话。

“嘿，你们听说云岚宗的事了吧？”在萧炎两人安静休息时，旁边不远处的桌上，忽然响起的神秘兮兮的声音，将萧炎的目光吸引了过去。

“你说的是那个叫萧炎的年轻人大闹云岚宗的事吧？”一名男子对着那一脸神秘的同伴不屑地撇了撇嘴。

“呃……你都知道了？”先前说话那人顿时一怔，尴尬地道。

“这么大的事，早在两天前就传出来了。那萧炎，可是在正式比试上将云岚宗少宗主纳兰嫣然打败了，听说好像是当年纳兰嫣然退婚的缘故吧。现在看来，当初传出来的纳兰嫣然是被萧炎强行休掉的消息，还真有几分可靠性啊，看如今萧炎所表现出来的实力与天赋，配她纳兰嫣然，绰绰有余啊。”

“呃……后来呢？”

“后来据说云岚宗似乎想将萧炎留下，嘿嘿，不过人家虽然年轻，可那背后的强者，却是恐怖得让人咋舌。听人说，当日的那场争斗，最后不仅搞出了两名斗皇强者，甚至连那蛇人族的美杜莎女王都现了身。虽然云岚宗倾尽全力，可依然还是让萧炎全身而退了。"

"美杜莎女王？"这名字一出口，周围的人便惊呼了起来。

"嘿嘿，根据可靠消息，那个萧炎，还是这一届炼药师大会的夺冠者。"周围那一道道惊讶的目光，让那名男子虚荣心大涨，嘿嘿一笑，再度爆着猛料。

"炼药师大会的冠军，不是叫岩枭吗？"一道低低的声音忽然响起。

"岩枭，萧炎，倒过来读不就是了，哈哈……"男子得意地笑道。

"呃……"周围人群一愣，旋即恍然大悟。虽然这种名字上的事被点破便一钱不值，可正常的人，谁会没事去把一个名字倒过来读？

"唉，这家伙可了不得啊，如此年纪，便干出这种惊天动地的事情，日后长大，那还得了？"男子狠狠地灌了一口烈性麦子酒，有些艳羡地叹道。哪个男人心中没有这种干出一番大事的热血梦想？只不过因为能力所限，很多人，注定了只能空想而已。

有些愕然地听着传过来的谈话，萧炎不由得苦笑着摇了摇头，他没想到，这才不过几天时间，那云岚宗的事，竟然便传到帝国的另外一边来了。

"你现在也是个名人了啊。"美杜莎女王晃着手中酒杯，戏谑地道。

摊了摊手，萧炎淡笑道："我对这东西又不感兴趣。好了，走吧，去看看那采药殿有没有我们所需要的药材。"

"嗯。"

站起身来，萧炎与美杜莎女王刚想离开此处，那一旁桌子上再度传来的谈话，却让他脸色微微一变。

"那萧炎，好像是乌坦城萧家的人吧？"

"是啊，萧家这次可是露脸了啊，有了这个恐怖得一塌糊涂的族人，日后北部省份，还有谁敢对萧家不敬？"

"嘿嘿，那可不一定，我刚好从乌坦城过来，听说，萧家这两天遇到了一些麻烦。"

"呃？这个时候，竟然还有人敢去找萧家麻烦？"

“这我就不知道了，萧家保密得太严，我也不知道确切消息。”那名男子摇了摇头，低头喝了一口麦子酒，却忽然一愣，缓缓抬起头来，望着出现在面前的一位黑袍青年。黑袍青年身上缭绕的雄浑气势，让仅仅是两星斗者的他咽了一口唾沫，小心翼翼地道：“这位大人，您有何事？”

“你刚才说，萧家出什么事了？”萧炎沉声问道。

“呃……小的也不是很清楚，只是听说前两天在萧家似乎爆发过剧烈的战斗，然后萧家便谢绝了任何外客进入。而且，从那以后，本来一直常露面的萧战族长，也没怎么出现了，想来，是在整理家族中的事情吧？”男子忐忑地道。

脸色逐渐阴沉，萧炎心头忽然有些不安起来，对着男子感谢了一声后，便转身与美杜莎女王匆匆行下楼梯。

“这个人背后的武器挺古怪的啊。”望着萧炎消失在楼梯处，一人忽然低声道。

“武器？尺子？”先前那位男子一怔，猛然间似是想起了什么，脸庞上逐渐浮现一抹惊骇，失声道，“他就是萧炎？竟然这么年轻？”

此时的萧炎，自然并未理会酒楼上的骚动，在下了楼之后，站在街道上，紧皱着眉头，望着美杜莎女王，道：“我不能留了，我要先回乌坦城。”

闻言，美杜莎女王黛眉轻蹙，淡淡地道：“先看看这里的药店吧，万一有我需要的药材呢。”

“我说，我现在就要回乌坦城！”萧炎目光凌厉地盯着美杜莎女王，一字一顿地沉声道。

萧炎忽然变得强硬起来的态度，让美杜莎女王怔了怔。这几天来，萧炎对她所说的话从未有半点违背，没想到，此时竟然会直接顶撞她，这让身份贵为一族之皇的美杜莎女王有些薄怒。

“本王要寻找药材！”妖艳眸子冰冷地盯着萧炎，美杜莎女王缓缓地道。

眼睛死死地盯着那双让男人着迷的眸子，萧炎猛然伸出手来，在美杜莎女王错愕的目光中，一把将那柔若无骨的纤手紧紧抓在手中，冷声道：“想要融灵丹，那就别给我摆什么女王的架子。先前敬你，是看在你帮我脱困的份儿上，再这般胡搅蛮缠、蛮不讲理，休怪我也不给你留什么情面了。走！”

语罢，萧炎一把拉着她，快速朝着城市之外奔跑而去。而那美杜莎女王，似乎被萧炎忽然间爆发出来的与前段时间截然不同的冷厉惊了一阵，当下竟然没有反抗，只是美眸带着些许愕然地盯着萧炎。她从来没想到，凭自己的身份，竟然还真有人敢这般凶巴巴地吼她。

一时间，美杜莎女王心中忽然升起些许哭笑不得的情绪，自己多少年没被人这般对待了？而且，这人还仅仅是一个她一巴掌就能扇飞的年轻大斗师，真是嫌命长了吗？

拉着美杜莎女王飞奔出城市，萧炎迅速召唤出紫云翼，然后急速地向乌坦城赶去。

在这般近乎极限的赶路下，仅仅两个小时时间，一座若隐若现的城市轮廓，便模糊地出现在萧炎视野之中。

第十六章

萧家变故

两人在乌坦城之外不远处降落，落地后，萧炎并未再理会身旁的美杜莎女王，脸色有些阴沉地冲着那大开的城门快步走去。

行近城门，萧炎抬头瞟了一眼城门上方硕大的“乌坦城”三个大字，不由得停下脚步，望着那隐隐传出鼎沸人声的城门通道，轻吐了一口气，自言自语地喃喃道：“乌坦城，我萧炎终于又回来了。”

举步行进城门，穿过有些阴暗的城门通道，眼前阳光骤然大亮，萧炎微微抬头，那透着一抹亲切与熟悉的交错街道出现在了视线之中。

“两年了，也没变多少啊。”轻声笑了笑，归家的那股淡淡温情，让萧炎脸庞上的阴沉淡了一些，偏头望了一眼不急不缓地跟在身后的美杜莎女王，然后转过头来，抬脚沿着那条曾经走了十几年的街道快步行去。

由于心中挂念着族中所发生之事，因此萧炎途中并未有所停留，一路匆匆沿着记忆中的道路快步行走着，其间在路过几家萧家坊市时，略微停了一下脚步，望着有些萧条的坊市，他眉头轻皱，步伐逐渐加快。

十几分钟后，萧炎轻车熟路地穿过几条街道，然后脚步忽然顿住，抬头望着那坐落在街道尽头处的一处庞大院落，院门上硕大的“萧家”二字，让他缓缓松了一口气。

站在自家门口，萧炎安静了许多，目光在萧家周围扫过。当年他离家时，这里门庭若市，如今却显得颇为冷清，往日大门口整齐站立的颇具威势的门卫，现在竟然一个都不见。

“究竟发生了什么事？”眉头紧皱，萧炎转头看了一眼身后的美杜莎女王，沉默了一下，忽然轻声道，“能答应我一件事吗？”

“不能。”这个女人似乎一直对萧炎先前的态度耿耿于怀，因此，听了他的话，拒绝得极为利落。

“代价是一株炼制融灵丹所需要的药材。”萧炎淡淡地道。

“你有？”闻言，美杜莎女王眸子顿时亮了一点。

“有一株八陵魔针果。”在当初离开魔兽山脉的那个小山谷时，萧炎带了不少药材，而那炼制融灵丹所需要的八陵魔针果，刚好在其中。

“什么事？”

“今天，听我的话。”

“杀人，可以。”美杜莎女王仅仅沉吟了不到两秒，便点头。

笑了笑，萧炎转身走近大门，然而脚刚刚踏进，一道有些稚嫩的愤怒声音，却从门后响了起来：“你又是谁？真当我萧家好欺负是不？”

听了声音，萧炎行走的脚步不由得一顿，偏过头来，望向声音响起的地方。在大门后方，一个年龄仅仅十二三岁左右的清秀小女孩，正瞪大眼睛，怒视着他。

“你……”目光缓缓地在小女孩身上扫过，几年前的记忆，自脑海深处升起，萧炎脸庞略微柔和了一点，轻笑道，“我记得你叫萧青吧？萧媚表妹的妹妹，两年没见，竟然都长这么大了。”

听萧炎一口便叫出她的名字，小女孩明显怔了怔，灵动的眸子先是在美杜莎女王身上停留了一会儿，虽然年龄尚小，她依然为这个脸颊蒙着轻纱的妖娆女人的美丽吃惊。吃惊了一下，目光便顿在了萧炎脸庞上，望着那张隐隐有点熟悉的脸庞，小女孩皱起了纤细的小眉头，苦苦地思索着。

沉思了许久，萧青猛然间想起了什么，盯着萧炎的那张小脸瞬间涨红了起来，灵动眸子中跳动着惊喜与激动，片刻后，忍不住激动的小女孩忽然对着萧炎扑了过去。

“萧炎表哥？真的是你，你终于回来了！”

前跨了一步，将那扑过来的小女孩接住，萧炎微笑着抚摸着萧青的发丝，声音柔和地道：“小妮子，两年不见，可都快赶上你姐姐了哦，以后肯定也是个大美人。”

“表哥，呜呜，你可回来了，族里出大事了，那些坏家伙想趁火打劫，每天都来萧家，听妈妈说，他们想抢我们的坊市，最近我们连家门都不敢出。”从萧炎怀中抬起那张哭得稀里哗啦的小脸蛋，萧青红着眼圈，泣声道。

微微点头，萧炎微笑地拍着萧青的后背，低声道：“好了，小妮子，不怕了，这些事交给表哥吧，带我进去看看。”

“嗯嗯……”萧青急急地点着小脑袋。由于当初萧炎助萧家一举成为乌坦城最大的势力，因此，萧炎的声望在萧青这一代小辈之中极高。而且这两年时间，因为萧炎留下的疗伤药，萧家的势力也在逐步地扩大着，所以，在这些小家伙心中，那个离家历练的萧炎表哥，几乎有着神一般的能力。

站直身子，萧炎望着因为心情愉悦而在小道上蹦跳前行的萧青，脸上的表情却缓缓阴沉了下来，手掌轻拍了拍背后的玄重尺，那忽然自体内升腾而起的阴冷杀意，让一旁的美杜莎女王都略感诧异地挑了挑眉尖。

跟在萧青身后，萧炎脚步轻轻地踏在碎石小道上，周围那阔别两年的熟悉环境，让童年的记忆缓缓地从萧炎脑海中浮现。

一路跟着萧青穿过几条小道，一座颇为宽敞的大厅出现在了视线尽头。

“那些坏蛋就在里面，大长老他们也在里面，不过他们身上都有伤，不然那些家伙也不敢这么放肆。”萧青对着大厅扬了扬小拳头，愤愤地道。

“有伤？族里果然是出事了。”紧抿着嘴唇，萧炎踏上石梯，然后停在了紧闭的大门之外，听着里面的声响，唇角逐渐掀起一抹冷笑。

宽敞的大厅，光线略显昏暗，气氛也有些阴沉。在大厅中，满满地挤着上百人，这些人分成两群，互相对立，彼此虎视眈眈，看上去很有些即将动手的味道。

两方人马之前，皆坐着几人。在萧家人群前面坐着的，是萧家的三位长老，不过此时的三人，脸色有些苍白，从他们外表那竟然有些掩饰不住溢出的些许斗气模样来看，明显受了不轻的内伤。

在萧家族人对面，则是一群满脸凶相的大汉，在人群之首的太师椅上，三人坐于其上，其中一人，赫然是那曾经被萧炎搞得元气大伤的加列家族族长加列毕！

而另外一人，萧炎也认识，当年与萧家并列乌坦城三大家族之一的奥巴家族的族长奥巴帕顿。

至于第三人，却相当陌生。此人身着一套炼药师长袍，脸色冷厉，年龄在五十左右。另外，最引人注目的，还是此人长袍胸口处所绘制的一个鼎炉徽章，在徽章上，三道银色波纹犹如活物一般，轻轻波动。

三品炼药师！

在乌坦城这个连炼药师公会都不曾拥有的城市中，一个三品炼药师，几乎能够让任何势力感到敬畏。而这个陌生的三品炼药师，也正是萧家三位长老此时最为忌惮的人。

“两位族长，虽然我萧家最近遇到一些麻烦，可两位真以为我萧家是泥捏的不成？乌坦城坊市是我萧家辛苦打拼来的，你们那般低价便想收购，做梦不成？”二长老脸色阴沉如水，目光扫过对面那如狼似虎的一群人，冷声道。

“哈哈，二长老说笑了，这两年你们萧家几乎把乌坦城的钱赚了个精光，若是再这般继续下去，我们除了离开这里之外，恐怕没有第二条路能走了。此处是我们的根基之地，离开了，想要在别的地方落地生根，那可不是容易的事啊。唉，为了生存，我们也是迫不得已啊，还望三位长老包涵一下，只要你们答应我们提出的条件，看在以往的情面上，日后，我们并不会太难为萧家的，有钱大家一起赚，那不是很好吗？”奥巴帕顿笑眯眯地道。

“八万金币一座坊市，你是抢啊？”眼睛赤红地瞪着奥巴帕顿，脾气一直火暴的三长老忍不住一拍桌子，指着奥巴帕顿怒骂道。

“老三！”大长老一把将起身的三长老拉住，低喝道，“别乱了方寸！”

恨恨地坐下来，三长老捏着茶杯的手嘎吱作响。

“呵呵，三长老火气还是一如既往，气大伤身啊。”一直沉默的加列毕，忽然阴声笑了笑，道，“不过可惜，今天这事，可轮不到你们有什么选择的余地，你们卖也得卖，不卖，也得卖！”

“加列毕，当初真不该念着仁慈，放你这丧家之犬一条生路。”大长老阴沉地道。

“抱歉，这世界上没什么后悔药可卖。”加列毕笑了笑，脸上的阴狠让人心寒，“两年前我加列家族所受的伤，今日，我加列毕要全部返送给你萧家！”

“如果你们真要相逼的话，那我萧家也只能拼个鱼死网破了。”望着那犹如一条毒蛇般的加列毕，大长老沉默了一下，旋即森然道。现在他只能期望对方舍不得硬拼，而选择拖延时间了。

“哈哈，你现在还有什么资格与我们拼？有本事去将萧战叫出来啊！你们三个老家伙现在这副状态，我一人就能彻底解决！”加列毕冷笑道。

眼角微微抽搐，大长老挥手将身后那群暴怒的萧家族人拦下，目光阴冷地盯着加列毕，寒声道：“只要你敢动我萧家，我萧家子孙绝对会让你们寝食难安，只要他回来，你们就等着接受最疯狂的报复吧！”

“他？”眼角忽然一跳，不知为何，不仅加列毕与奥巴帕顿沉默了下来，就连那一旁的陌生炼药师放在椅子上的手掌，也忍不住跳了一跳。

众人脑海中缓缓浮现一个年轻背影，两年前，就是这个仅仅十五岁的少年，将如日中天的加列家族打下了万丈深渊！

两年后，当年的少年，已经直接挑上了云岚宗，并且还全身而退！

要知道，在加列毕这些势力眼中，云岚宗几乎犹如神灵一般，只要从云岚宗内随便出来一个人，便能够将乌坦城这些实力给横扫干净。

在第一次听见那个萧家小子大战云岚宗的传闻时，几乎整个乌坦城的人，都为之一怔，而那些与萧家为敌的势力，更是从骨子中散发出一股寒意。

若非那个连加列毕也不知道底细的神秘强者私下告诉他，萧炎已经暗中被云岚宗击杀的消息的话，即便他找到了一个三品炼药师撑腰，恐怕再给加列毕十个胆子，也不敢来萧家趁火打劫。

“嘿，那你就等吧，等你死了，恐怕就能见到那个叫萧炎的小浑蛋了。”加列毕森冷地笑了一声，试图借此来掩饰自己对某个人的恐惧。

“不要再拖延了，既然他们不肯答应，那便直接动手吧，萧家这些年的垄断，可是差点让我们破产啊，不能再客气了。”转过头来，加列毕对奥巴帕顿阴声道。

“唉，既然三位长老这般不识时务，那也就别怪我不讲情面了啊。”惋惜地叹了一口气，奥巴帕顿挥了挥手，顿时，其身后的几十名大汉锵的一声抽出腰间锋利武器，满脸杀意地盯着对面的萧家族人。

“既然你们要赶尽杀绝，那我萧家就算拼得只剩一人，也要你们不好受！”手掌猛然重重砸在桌面上，一直压抑的大长老终于爆发了出来，他豁然站起身来，怒吼道。

“大长老，萧家可没退缩的软蛋！和他们拼了！”其身后，几十名萧家族人，脸色因为愤怒而涨红。

“只要我们能够熬到萧炎少族长回来，到那时候，今日受的怨气，再一并向他们要回来！”大长老喘着粗气，咬着牙喝道。

“少族长”这个称呼，代表了族中长老对某个未来家族族长接班人的认可。从云岚宗上传下来的消息，让每一个萧家人，对那个名叫萧炎的族人，都感到自豪，包括当年看不起他的那三位长老。

“抱歉，你们或许没那个机会了。当年萧炎害死我学生，今天，就让你们萧家人来陪葬吧。”那一直沉默的炼药师忽然站起身来，声音嘶哑地道。

缓缓抬起头来，炼药师目光扫过萧家众人，淡淡地道：“忘了告诉你们，我学生就是当年给加列家族制造疗伤药的柳席。”

随着炼药师话语缓缓落下，一股足有六星大斗师的强大气势，自其体内猛然涌出。在这股气势压迫下，本就身受不轻内伤的大长老等人，急忙后退了几步，脸色更显苍白。

“杀了他们！一个不留！”加列毕冷笑着望着满眼怒火的萧家族人，阴森地道。

“今日真是天要亡我萧家啊。”望着那群狞笑着朝他们包围过来的人，大长老嘴角忽然溢出一抹鲜血，面色有些绝望与灰暗。

“嘎吱……”

就在萧家众人打算亡命一搏之时，清脆的推门声，打破了即将开始的杀戮。

房门缓缓推开，刺眼的阳光顺着门缝蔓延进来，最后直至大厅另外一端。

大厅内众人转头望向大门处，那里，一个瘦削的年轻身影缓缓走进来。

“抱歉，回来迟了。”

青年淡淡的歉意声音，响了起来。

听到这隐隐有些熟悉的声音，大长老先是一怔，旋即紧绷的身体彻底松了下来，两行激动的浊泪，顺着苍老的面庞滚落。

顺着门缝蔓延进来的阳光通道中，身形瘦削的青年缓缓走进，旁若无人地穿过那一众手持武器的大汉，最后再从满脸呆滞的加列毕、奥巴帕顿两人身旁徐徐而过。

大厅中鸦雀无声，仅有那略显急促的呼吸声。

在所有目光的注视下，青年缓缓来到萧家众人面前，低头望了一眼那激动得老泪纵横的老人，轻轻欠身。

“萧……萧炎。”在身后族人的搀扶下，大长老激动地望着面前那张比两年前少了些许稚嫩、多了几分刚硬线条的清秀脸庞，声音忍不住有些颤抖着道，“真的是你？”

抬头望着那张两年前曾经让他看着就想踩一脚的老脸，萧炎轻笑着点了点头，心中却有些感慨。经历了两年历练，他的确成熟了许多，当年的那些怨恨，也在时间流逝中，变得淡了，不管怎么说，自己与这个家族，有着难以抹除的血缘关系。

“大长老，真的是萧炎少爷！”

“萧炎少爷回来了！我们萧家有救了！”搀扶着大长老的萧家族人面露狂喜，激动得不知道说什么才好。

望着那张依稀能够看出两年前熟悉轮廓的脸庞，这两天精神极为紧绷的萧家众人，终于如释重负地松了一口气。顿时，一股欢喜的气氛替代了先前的那股绝望，一些定力稍差之人，甚至忍不住发出了欢呼声。

二长老与三长老对视了一眼，心中悄悄松了一口气，目光盯着那张微笑淡然的清秀脸庞，欣慰地点了点头。经过两年历练，这个以前锋芒毕露得有些刺人的家族晚辈，终于懂得了如何收敛自己的锐气。

过刚易折，太过锋芒毕露，并非好事，宝剑藏匣，剑气暗蕴，方才是正道啊。

与萧家众人的欢呼相比，对面本来气势汹汹的加列毕一干人，却在瞬间哑火，一众人面面相觑，那紧握着武器的手掌，忍不住有些颤抖起来。这些天，几乎每一个乌坦城人，都听说了不下于十个版本的萧炎大战云岚宗的震撼故事，而对这个犹如存在于传说中的人物，所有人都满心敬畏，而如今那传说中的人活生生地出现在了他们面前，也难怪这些杀气满溢的家伙，会感到一股恐惧。

“加列毕，你个浑蛋不是说萧炎已经被云岚宗暗中击杀了吗？那他现在为何还活着？”眼睛盯着背对着他们的瘦削背影，奥巴帕顿眼中闪过难以掩饰的惊恐，脸色铁青地转过身来，一把抓住加列毕的领子，低声怒吼道，吼声中，有着颤抖。

视线同样盯在那背影上，加列毕嘴角不断地哆嗦着，脚跟在此刻有些发软，他艰难地咽了口唾沫，原本阴狠的脸庞，此时却有些哭丧：“我怎么知道，那个人明明说萧炎已经被击杀，以他的实力，没必要骗我一个小家族族长吧？”

“那面前这个人，难道是萧炎从地狱里爬出来了？”奥巴帕顿咬着牙怒道。他答应加列毕，共同对付受重创的萧家，虽说其中有一部分原因是这两年的确被萧家压制得太狠，不过更多的原因还是加列毕说萧炎已经被云岚宗的强者暗中击杀了，他方才敢点头拼命一搏。

要知道，在他第一次听说萧家那个小子竟然与云岚宗那个庞然大物大战且全身而退之后，心中是如何震惊。

正因为如此，在加列毕以极其恶毒的赌咒发誓之后，他方才将信将疑地点头答应。

在答应之后，萧炎的迟迟未归，让奥巴帕顿对加列毕的话相信了几分，然而，就在当他以为所需要的东西即将到手时，那照加列毕所说已经被击杀的萧炎，却活生生地出现在了他的面前。这种打击以及那个人所带来的恐惧，让奥巴帕顿陷入暴怒与惊恐之中。

加列毕脸色惨白，此刻的他，处于浑身冰凉的状态。

眼睛死死地盯着萧炎，那名三品炼药师喉咙滚动了一下，脸上阴晴不定，先前那股爆发出来的强横气势萎靡了许多。

"三位长老，没事吧？"背对着那些脸色各不相同的人，萧炎望着脸色苍白的三位长老，轻声道。

"没事。"大长老挣扎着站直身子，摇了摇头，旋即神情肃穆地对着萧炎缓缓躬身，然而在其身体弯下一半时，一只手臂却将他撑了起来，他抬头，瞧见一张噙着柔和笑容的年轻脸庞，当下老眼忍不住有些发酸。

"大长老，你是长辈，这般对萧炎，可使不得，父亲看见，恐怕又得责怪我了。"萧炎微笑着轻声道。

"以前是我们几个老家伙过分了，日后，往日的那些事，我以大长老的身份保证，不会再发生了。"大长老偏头擦拭了一下有些湿润的眼角，对着萧炎叹息道。

"呵呵，小时候我也挺不招人喜欢的，而且事情已经过去，我这人，挺健忘的。"萧炎笑着耸了耸肩。再次踏进这个家族时，他便知道，不管怎样，自己的血脉属于这个家族，至少，在当初变成废物之前，这个家族给予了他美好的童年。

萧炎目光在三位长老身后那些熟悉的族人面孔上扫过，微笑道："不过现在，我觉得还是先把这里的麻烦解决掉再叙旧好点。"

"孩子，小心点，加列毕与奥巴帕顿都已经是五星大斗师，而那个老头是当年柳席的老师，三品炼药师，六星大斗师的实力。"大长老点了点头，低声提醒道。

微笑着点头，萧炎缓缓转过身来，脸上的笑意，在目光扫向加列毕等人时，逐渐变得阴冷。

"两年没见，加列毕族长依然是雄风不减当年啊。"萧炎目光从对方人群中缓缓扫过，最后停在加列毕身上，笑道。

加列毕两眼死死盯着那张依稀有着两年前少年面部轮廓的脸庞，身体忍不住打了个哆嗦，咽了一口唾沫，颤声道："呵呵，萧炎侄儿，没想到还能再见到你啊。"

萧炎微微笑了笑，随手从身后抽出一把椅子，然后当着所有人的面，大大咧咧地坐下，手握住尺柄，猛地一抽，重尺夹杂着凶悍劲气，插进了坚硬的石板之中，顿时，一道道细小的裂缝，顺着尺子落地处蔓延开来。

"奥巴族长，没想到您也在啊。"目光转到一旁脸色变幻不定的奥巴帕顿身上，萧炎缓缓道。

"啊？哦，呵呵呵……两年不见，萧炎侄儿气度越来越不凡了啊。当真是虎父无犬子，萧老哥看见的话，肯定会高兴得合不拢嘴的。"听到萧炎的声音，奥巴帕顿浑身一颤，赶忙赔笑道。

"废话就吞回去吧。"淡淡地瞥了他一眼，萧炎手掌缓缓摸上一旁的玄重尺柄，声音变得森然，"我只想知道，两位今日带人来我萧家，究竟是想干什么？"

"啊？那个……那个……哈哈，萧侄儿，今天的事是误会，我们过来，只是因为听说萧家遇到了一些麻烦，所以特地来看看。你也知道，我们与萧家也有不少合作，如今萧家出事，我们自然需要来关注一下。"听出萧炎声音中暗藏的森冷杀意，奥巴帕顿脸色又白了一分，赶忙笑道。

一旁，加列毕脸色忽白忽青。

“是吗？”

萧炎低头笑了笑，猛然抬头，漆黑的眸子犹如锋利刀芒一般，冷冷地盯着奥巴帕顿两人，安静的气氛中，一道轻微闷声忽然响起，旋即，炽热的青色火焰，毫无预兆地自萧炎体内涌出。在这一刻，大厅中的温度骤然升高，距离萧炎颇近的萧家族人赶忙后退。

“如果两位是来打我萧家主意的，今天，那就别走了吧。”青色火焰缭绕着全身，萧炎的声音却冰寒无比。

口干舌燥地望着从萧炎体内升腾而起的青色火焰，奥巴帕顿、加列毕以及那位三品炼药师，皆面现恐惧地后退了两步。

“萧炎侄儿，不要误会，在下可并没有对萧家有半分其他念想，今天的事，只是一场误会，现在我立刻带人离开！”奥巴帕顿咽了一口唾沫，因为恐惧，声音竟然变得有些尖锐。

在说完这话之后，他便赶忙一挥手掌，几十名手持武器的大汉急忙向他靠拢，然后一行人小心翼翼地朝大厅外退去。

“少族长，不能放他走啊，这两天，我们不少族人被他们伤了，有些甚至……”望着退出的奥巴帕顿，性子急躁的三长老忍不住出声道。然而他的话还未说完，便被萧炎挥手制止，当下，他只得咽下口中话语，退了回去。看他这般模样，明显现在已经真正地将萧炎当成了支撑这个家族的顶梁柱。

“你……”瞧见竟然这般就要退出的奥巴帕顿，加列毕一怔，脸庞微微抽搐着，身体僵硬了片刻，也急忙转过身来，对着坐在椅子上一脸平静的萧炎谄笑道：“萧炎侄儿，今日之事的确是误会，来日我定然会亲自登门谢罪，今日族内有事，告辞了。”

说完，他也赶忙一挥手，带着手下，转身欲离开。

望着带领各自手下狼狈往外窜的加列毕与奥巴帕顿，那位三品炼药师脸色铁青。虽然他心中也因为萧炎的名声而有些发怵，可身为炼药师，他的高傲不允许他也犹如丧家之犬一般离开，当下他咬着牙厉声喝道："你们给我站住！萧家如今元气大伤，一个毛头小子就将你们吓成这般模样，日后还有何脸面在乌坦城立足？"

听到炼药师的喝声，加列毕与奥巴帕顿脚步皆是一顿。然而，就在他们犹豫之时，一道凄厉的惨叫声，在大厅中响了起来。两人忍不住回头一望，骇然地看见，那位三品炼药师此时正被包裹在一个七彩颜色的能量膜之中，那能量膜顶上竟然还在不断洒下七彩液体。

十几秒后，七彩液体已经灌满了一半的能量膜，而身处其中的炼药师已经死了。大厅内众人喉咙忍不住滚动了一下。

"砰！"能量膜忽然爆裂，七彩液体喷出，最后在众人注视下，缓缓融合成了一具曼妙娇躯，片刻后，一位妖艳的美人，几乎犹如变身一般，出现在了大厅之中，妖异美眸轻抬，其中的森然，却让与之接触的人浑身发寒。

牙齿打战地望着那妖艳的美人，这一刻，一个让人几乎要瘫倒的名字，在加列毕与奥巴帕顿心中浮现。

"美……美杜莎女王？"

"萧……萧侄儿，告辞了，今天的事，绝对只是误会啊。"

对着那犹如木桩一般安静坐在椅子上的萧炎颤抖着拱了拱手，加列毕与奥巴帕顿终于忍不住心中恐惧，带着手下狼狈地蜂拥而出。他们已经决定，只要一离开这里，就立刻收拾东西，远离乌坦城！

淡漠地望着狼狈拥出大门的加列毕等人，一直沉默的萧炎这才轻轻挥手，平淡的声音，却让所有萧家族人有种大快人心的激动。

"一个不留。"

随着萧炎声音落下，大厅中，美杜莎女王的身影缓缓变得虚幻，而那大门，哐的一声紧紧反关，紧接着，大门之外，惨叫声接连响起。

宽敞的大厅中，鸦雀无声。听着在门外响起的道道惨叫声，所有萧家族人都紧握拳头，脸上有一种痛快的表情。这几日萧家的变故，让他们心中憋满了不忿，如今萧炎归来，终于将这个即将走进末路的家族一把拉了出来，前几日所受的怨气，在此刻，随着门外的惨叫声，缓缓消减。

门外的惨叫，持续了仅仅不到一分钟时间，便逐渐湮灭。而随着惨叫声的落幕，大厅中，一道道目光，再度凝聚在那背对着他们、安静坐在椅子上的萧炎身上，此刻，那些目光中，多出了些许狂热的尊崇。

“少族长。”大长老激动地上前一步，打破了大厅中的沉默。

“大长老还是叫我萧炎吧，这少族长，我可是当不起。”萧炎缓缓从座椅上站起身来，转身轻笑道。

望着这张与刚刚那杀气凛然截然不同的微笑脸庞，大长老微微一怔，旋即笑着点了点头：“如今这个家族，你的话，便能够代表族长的命令。”

“那父亲可不答应了。”玩笑着摇了摇头，萧炎手指轻弹，十来个小小玉瓶出现在桌面上，“这里有些治疗内伤的疗伤药，先给受伤的族人服用了吧。”

闻言，大长老连忙点了点头，手掌一挥，两名族人快步上前，将玉瓶收起，然后依次分发了下去。

看了看那些服下疗伤药的众人，萧炎一手抓起玄重尺，随手插在背后，然后向大厅之外走去。

“嘎吱……”拉开房门，阳光洒进，温暖的阳光，将大厅中那略微有些阴暗的气氛驱逐殆尽。

踏出门槛，萧炎站在大门处，目光四处望了望，满地尸体的场景并未出现，在阳光照耀下，仅仅只有那美杜莎女王正慵懒地斜靠着一株柳树，纤手随意地把玩着翠绿的柳叶。

见萧炎出来，美杜莎女王抬头瞟了他一眼，淡淡地道：“尸骨无存，一个没留。记着，那株八陵魔针果，是我的了。”

“这女人果然够狠……”心中叹息了一声，萧炎点了点头，转头望着那些跟在身后走出来的萧家族人，此时他们也正用惊诧的目光扫着面前的空地，不过碍于那不远处妖艳女人的恐怖，即使是脾气火暴的三长老，都没敢主动开口询问。

“日后，乌坦城已经没有加列家族与奥巴家族了。”萧炎的声音，让萧家族人心中松了一口气。

“对了。”忽然想起什么，萧炎眉头一皱，沉声道，“大长老，族中的人呢？萧家貌似不只这点人吧？”

“呵呵，不用担心，如果萧家只剩这点人了，那我还有何脸见列祖列宗？”笑着摇了摇头，大长老解释道，“早料到会有人趁火打劫，所以我已经提前将族中家眷安排到了族中后山，在那里，还有不少实力不错的族人守护着。”

闻言，萧炎松了一口气，转头望着从人群中挤出的一个小脑袋，此时，这个扎着小辫子的俏丽小女孩，正用一对崇拜得几乎要出现小星星的水灵大眼睛，紧紧地盯着萧炎。

“小妮子，去后山将族人都叫出来吧，表哥回来了，萧家不会再有事了。”萧炎对萧青招了招手，微笑道。

听见萧炎吩咐，萧青急忙挤出人群，脆生生地应了一声，然后欢呼蹦跳着跑向萧家后院。沿途，还不断传来小女孩欢喜的嘻嘻笑声，她心中所认为的那个无所不能的表哥，并没有让她失望，即使连族中长老都束手无策的难题，也被他不到一个小时便彻底解决了。

长长吐了一口气，萧炎转头，目光凝视着大长老：“现在，大长老可以将最近萧家所发生的事情，仔仔细细地说给我听了吧？”

“唉。”听了萧炎的问话，大长老那本来还略带笑意的脸庞顿时苦涩了起来，轻叹了一声，转身挥了挥手，将族人遣散去整理被弄得一片狼藉的萧家，然后转过身对萧炎道，“先进来说吧。”

说着，他率先转身进入大厅，二长老与三长老对视了一眼，满脸阴沉地紧跟了上去。

望着三人的模样，萧炎手指轻颤，抬脚跟上。

四人再次走进大厅，此时原本狼藉的厅内，已经被萧家族人快速收拾干净，四人依次而坐，一旁的族人赶忙端上热茶。

双手捧着茶杯，感受着那渗透进身体的温度，萧炎瞥了一眼脸色低沉的大长老，轻声道："说吧，怎么回事？"

大长老点了点头，刚想开口，嘴巴却一闭，目光停在了萧炎身旁的椅子上，萧炎随着目光微微转头，发现那美杜莎女王，不知何时，已经脸色平静地坐在了那里。

"不用管她，你说吧。"摇了摇头，萧炎道。

苦笑着点了点头，大长老沉默了一会儿，叹息道："自从你离开乌坦城后，萧家借助着你留下的大批疗伤药，在乌坦城的势力逐渐增强，虽然其间加列家族以及奥巴家族曾经联手打压，可还好有雅妃小姐的支持，我们萧家，倒是一次次地挺了过来。不过这两年，萧家因为疗伤药获得的利润实在太大，导致加列家族、奥巴家族与我们的冲突越加剧烈，在你回来的前三个月，他们终于忍不住动用了武力。不过还好，这两年萧家势力大涨，在武力方面，即使他们两家联手，也并未占得多大便宜……"

"不过……"话至此，大长老脸色忽然阴晴不定了起来，紧握的拳头发出嘎吱的声音，让萧炎知道，此时，大长老心中隐藏着何种愤怒。

"就在三天前，萧家却遭受了最惨烈的打击。"

眼角一跳，萧炎缓缓抿了一口茶水。

"那是深夜，正是萧家防守最薄弱之时，三个出乎所有人意料的神秘黑袍人忽然从天而降，虽然他们并未主动伤人，却将萧家破坏得一塌糊涂。他们的破坏，惊动了整个萧家，族长大怒，率我们萧家一干实力稍强之人阻拦，然而，对方实力实在是太恐怖，我们三人，在那领头黑袍人手上没有走过一招，便已成重伤。我们都知道，那个人有所保留，不然的话，那一招，我们三人绝对活不下来。"大长老身体轻微地颤抖着，低头道。

“咔嚓……”清脆声音猛然响起，大长老等人急忙抬头，瞧见萧炎的脸色忽然变得极为难看，在他的手中，茶杯已经被捏成了粉末，粉末混合着茶水，顺着指缝滴落。

“父亲呢？”萧炎目光死死盯着三位长老，呼吸急促，声音有些嘶哑。

闻言，大长老三人脸色一片灰暗，苦涩地摇头。

“父亲没在后山？”萧炎脸色难看得有些可怕，望着满脸苦涩的大长老三人，他猛然站起身来，吼声自喉咙间传出，“给我说啊！”

“那三个神秘黑袍人是冲着族长来的，而族长似乎也明白他们的意图，所以，为了不引起族人伤亡，族长独自将那三个神秘人引开，至今……至今未回。”大长老咬了咬牙，苦笑道。

“轰！”

凶悍气势猛然在大厅中涌起，那一旁的桌子，直接在此刻轰然崩裂。大厅中，那些来回穿梭着收拾东西的族人们，都身体僵硬地望着厅中狰狞的萧炎。

“有那三个神秘人的消息吗？”身体被包裹在一片炽热青色火焰中，萧炎此刻的声音，冰寒中透着疯狂杀意。

“没……”咬着牙迎着那扑面而来的炽热温度，大长老苦涩地摇了摇头。

“不过，虽然不知道族长现在确切的情况，但我们能够确定，现在的他，至少没有生命危险。”大长老忽然从怀中小心翼翼地摸出一个古朴的盒子，打开盒子，一枚翠绿的玉片出现在其中，此时玉片的中心位置，一个光点正缓缓游走着，宛如具有灵性一般。

谨慎地拿起玉片，大长老仔细地打量了一番，松了一口气，低声道：“这枚玉片是萧家祖宗所留，每一任族长，都会在其中留下一点灵魂力量，只要族长身死，那么这个游走的光点就会随之消散，而看现在族长所留下的灵魂光点依然强盛，想必并没有生命之忧。”

大长老的话语，让萧炎那颗即将犹如火山般爆发的心，终于安稳了一点。他从大长老手中接过玉片，轻轻地抚摸着。

“它能让我知道，父亲现在的位置吗？”萧炎声音阴寒地道。

“不能……”大长老苦笑着摇头。

萧炎深深吸了一口冰凉空气，缓缓闭上充盈着杀意的眸子，心中疯狂的杀意，冲击着即将到达极限的理智。

“他们三人体内有云岚宗人残留下的能量痕迹。”静坐一旁的美杜莎女王，忽然淡淡地瞥了萧炎一眼，道，“有点像那个云岚宗首席长老的……”

紧闭的眼眸骤然睁开，一股即使是美杜莎女王都为之诧异的阴冷杀意，缓缓自萧炎体内渗出，微微抬头，那张清秀的脸庞，此刻布满狰狞与疯狂！

“此次，他必须死！谁阻，谁死！”

大厅中，疯狂的杀意自萧炎体内渗出，所有人都心惊胆战地停下了手中的动作，望着萧炎那狰狞的脸庞，不敢发出半点声响。

“少族长，那三名神秘人，是云岚宗的？”大长老脸色有些难看地低声道。

深吸了一口气，萧炎强行压抑着心中的杀意，微微点了点头，声音阴寒地道：“既然她都说了你们体内有云棱所残留的能量，那么自然是假不了。而且，在我离开云岚宗后不久，家族便遭遇这种强者袭击，那云岚宗，怎么可能脱得了干系！”

“那……那少族长打算怎么办？”苦笑了一声，在云岚宗这般强大势力面前，大长老有些手足无措了。

“我说过，他，此次，必须死！”萧炎森然道。

“唉……”叹息了一声，望着满脸杀意的萧炎，大长老沉默了一会儿，道，“少族长，虽然不知道那神秘人在云岚宗的地位，不过他的实力想必不会低吧？”

“除了宗主等少数几人外，他在云岚宗的地位应该最高。”

“果然啊……”摇了摇头，大长老沉吟道，“先前少族长大战云岚宗，是三年之约的缘故，而且其间也并未给云岚宗高层造成太大的危害，所以，云岚宗对你也并不是极其忌恨。而如果，你这次将那位神秘强者给杀了，那双方的关系则是彻底无解了啊。”

“那大长老的意思，是让我不再管父亲的生死了？”萧炎眉头一皱，声音有些阴沉。

“少族长误会我的意思了。”苦笑了一声，大长老叹道，“我只是想和少族长说，如果你真的将那神秘人击杀了的话，那么，萧家与云岚宗间的关系，将会彻底恶化。

“上一次，碍于你和纳兰嫣然的三年之约，他们吃在理亏，因此并没怎么动萧家，当然，那三个云岚宗神秘强者的变故，实在是出乎所有人的意料。不过如果这一次，你将那在云岚宗地位不低的神秘强者给杀了，恐怕，云岚宗就会真正地派人来动萧家了。

“说这些，并非想阻止少族长前去解救族长，只是想让少族长能够暂代族长之位，想个万全之法，万一在援救族长时，与云岚宗发生了不可避免的冲突，也能够保留萧家血脉。这个家族，族长付出了极大心血，想必少族长也不想让它就此凋零吧？”

脸庞上的阴沉逐渐淡去，萧炎点了点头，大长老这话，并非全无道理。此时的萧家与云岚宗根本不是一个级别上的势力，对方要毁灭萧家，极为简单。自己若是杀了云棱，必然会引起云岚宗的震怒，到时候，萧家也会难逃牵扯。所以，若他想去云岚宗寻回父亲，则必须事先给萧家想好后路。

安静地坐回椅子，萧炎微闭着眸子，手指轻轻地敲打在桌面上。

见萧炎沉默下来，大厅中的众人主动地保持了安静，一道道目光紧紧地注视着黑袍青年。此时，他的一举一动，牵动着整个家族的安危。

敲动的手指猛然一顿，萧炎睁开眼来，目光缓缓扫过四周的一些族人，最后停留在三位长老面上，语气坚决：“无论如何，我绝对要将父亲找回来，即使代价是彻底激怒云岚宗。”

三位长老互相对视了一眼，旋即望向萧炎，缓缓地道："那萧家……"

"萧家是父亲以及爷爷的心血，我不会看着它凋零。"萧炎眼眸虚眯，忽然站起身来，目光紧盯着三位长老，沉声道，"不知道现在的萧家，我所说的话，是否能够算数？"

"算！"脸庞一怔，三位长老迟疑了片刻，脸色严肃地齐声道。此时此刻，面临绝境的萧家，也只有面前的萧炎，有能力将它从泥潭中拉出来。

"你们呢？"萧炎豁然转身，望着门口处站立的一干族人，喝道。

"唯少族长之命是从！"

先前灭杀加列毕等人的铁血手段，已经彻底让刚回来不久的萧炎，在萧家建立了难以撼动的地位。当下，听到他的喝声，那些族人们，几乎立刻便脸色涨红地大吼了出来，他们同样知道，这种生死关头，面前这个曾经是萧家废物的青年，是他们唯一的救星！

"好！"

点头沉喝了一声，萧炎转身走上往日父亲所坐的位置，拂袍而坐，目光环视全场，石破天惊地道："我打算将萧家迁离乌坦城！"

此言一出，大厅中顿时骚动了起来，萧家在乌坦城中拥有不下十座坊市，这些坊市的价值，合起来可是一笔不菲的资金，若就这般离开，那不是损失大了？

手掌轻挥，大厅中的骚动缓缓停止，萧炎沉声道："各位应当知道，族长失踪之事，与云岚宗难逃干系，虽说云岚宗势大，可我萧家血性男儿，难道便要任他欺凌不成？这事传了出去，岂不是要被人指着鼻子嘲笑我们没骨气？

"告诉我，是援救族长，得罪云岚宗，还是跟乌龟一般缩在乌坦城，任人指着脊梁骨唾弃，你们，要选择什么？"萧炎眼睛一瞪，厉声喝道。

"救族长！我们萧家可没有乌龟！"青涩的稚嫩声音从大门处突然响起，萧青的小脑袋从后面挤了出来，小脸激动得涨红，挥舞着小拳头，大声道。

"对，救族长，我们不要当乌龟！"又是几道稚嫩声音响起，大门处人头涌动，十几名年龄不过十二三岁的小孩挤了进来，大声喊道。

“云岚宗又怎么样？我萧家从未招惹过他们，他们却将我们家族破坏成这模样，还差点让我们惨遭灭族，少族长，我听你的！”一名身材壮硕的萧家族人望着那些义愤填膺的后辈，心头一阵热血狂涌，忍不住前踏了一步，脸庞涨红地大喝道。

“说得对，少族长，我们都听你的！”有了第一个人，后面便犹如起了连锁反应一般，一个个萧家汉子脸色通红地挥动着拳头喝道。这段时间接二连三的憋屈，实在让他们难以忍受，如今萧家终于有了主心骨，他们再也不想忍受那种屈辱，即使代价是惹怒加玛帝国最强大的势力！

“呵呵，少族长，既然族人都愿意听你的，那么，你便将计划说出来吧。”望着那些脸色激动的族人，大长老转头对萧炎欣慰笑道。

“我打算将族人分批派出乌坦城，然后让他们分别前往帝国东部省份，在那里，云岚宗的势力要相对薄弱一些。而且，萧鼎与萧厉两位兄长，在那边的势力也正在急速扩大。我想将族人秘密地送到他们那里去，这样，便能够免除云岚宗对我们萧家的威胁。”萧炎缓缓地道。

“去帝国东部？”闻言，大长老一愣，有些迟疑地道，“那么远？”

“帝国东部临近塔戈尔沙漠，只有那里，云岚宗的势力，才相对薄弱一些，其他地方，很容易暴露。日后，我们与云岚宗的关系恐怕将会极糟，所以，我们必须做好准备。”萧炎道。

“现在，大长老，你就开始整理萧家一切事物，所有财物，能带走的，全部带走。至于那十几座坊市，我会让米特尔拍卖场打理，其中利润，与他们分成便是。以我和米特尔家族的关系，倒不用担心他们会泄露我们的行踪。”

“是！”大长老点头领命，迟疑了一下，道，“何时开始离开？”

“事不宜迟，今夜便开始分批离开，族中家眷以及没有战斗力的小辈先行，沿途必须让实力不错的族人一路护送。记住我们的集合点，加玛帝国东部的石漠城，到了那里，寻找漠铁佣兵团！”萧炎当机立断地道。

“另外，近两日我会带人清洗城内残余的加列与奥巴家族，借此引开城内视线，而那些分批离开的繁琐事情，便需要三位长老办妥了。”

“是！”三位长老同时应道。

“还有……”

大厅之中，萧炎坐于首位，脸色凝重，有条不紊地发布着命令，那份暴雨临近岿然不动的从容，让萧家一些年龄稍大的族人有些恍惚，这还是当初那个沉默低调的小家伙吗？

与那些年龄大的族人相比，萧青等一干小辈，都满脸崇拜地望着萧炎，在他的指挥下，本来已经陷入慌乱的萧家，竟然再度迸发了活力与战意。

美杜莎女王安静地坐在椅子上，纤手捧着温热的茶杯，随意地浅饮着，偶尔瞥向首位的萧炎时，眼中略微有些惊诧，这才没多久时间，他竟然便彻底稳住了这个人心散落的家族。不得不说，这种能力与心智，远超常人，难怪当初在沙漠时，就算是丹王古河，也被这个家伙给摆了一道。

当最后一名族人领命退后，萧炎望着变得空荡荡的大厅，长长地吐了一口气，端起茶杯，一饮而尽，浸润着干燥的喉咙。

“云岚宗……云棱，给我等着吧，只要将萧家安顿好，我会再来的。这一次，我不会再留情！”轻轻握着茶杯，萧炎脸庞上再度涌现狰狞，手掌一震，茶杯轰然爆裂！

在萧炎一道道命令发出之后，萧家上下都开始运作了起来，待天黑时，十支轻装队伍，便出现在了宽敞的广场上。在经过萧炎严格的审查之后，这十支轻装队伍，被安插进了一些实力稍强的族人，然后趁着夜深人静，开始化整为零，一个个悄悄撤出了萧家。他们将会在城外再度聚合，然后依次分开奔赴帝国东部。

天色逐渐明亮时，萧家的家眷，已经撤离了将近大半。

清晨，萧炎站在一处楼阁上，环顾着整个大院，半晌，抬头看了一眼从地平线上跳出来的晨晖，脸上闪过些许冷意，豁然转身下楼。

走下楼阁，在广场上，上百名萧家汉子，已经手持武器昂然站立，他们似乎知道今日会干些什么，因此浑身凶煞之气，犹如下山猛虎一般。

“加列家族与奥巴家族的所有残余势力，今日全部消灭！”背负着巨大玄重尺，萧炎缓缓朝着广场外行去，冷漠的声音，让广场上的萧家族人血液沸腾。这几日，不知道有多少族人，被加列家族与奥巴家族暗杀，如今，正是复仇之时！

安静的乌坦城，被突如其来的杀气所震慑，那些街道上的行人，都满脸愕然地望着犹如洪水一般从萧家涌出的人流，他们身上散发出的阴冷杀气，让所有人都浑身发凉。

“萧家这是打算干什么？”一些路人忍不住喃喃道。

“那个……领头之人，好年轻啊。那模样也挺眼熟的。”一些在乌坦城居住了不少年头的人，有些疑惑地道。

“那尺子真大。”一个稚嫩的声音忽然响起。然后，满大街都陷入了死一般的寂静。

“那是萧家萧炎！”寂静持续了片刻后，终于被惊骇的声音打破。这段时间，关于萧炎大战云岚宗的事，所有乌坦城的人，几乎听到耳朵都要出茧子了，而萧炎那把特立独行的巨大尺子，也成了他的标志。

“这次，加列家族与奥巴家族要倒大霉了。”一些清楚乌坦城最近局势之人，在略感震撼之后便恍然，旋即面露怜悯地摇着头。

与这些人所想相同，萧家这股洪流，直接涌向了加列家族以及奥巴家族两家的坊市，其中所有的防卫，都在瞬间被摧毁，任何敢于抵抗之人，迎接他们的，都是明晃晃的利刃！

萧家众人，在萧炎的带领下，犹如洪水过境一般，所过处的坊市，都被破坏得干干净净，而加列家族与奥巴家族的护卫队，也基本上被消灭。洪流过处，坊市破碎，满地狼藉，萧家用最狠的方式，回报了这段时间两家族对他们的压制与污辱。

没有了族长的有效指挥，这两个家族，没形成任何有效的抵抗，因此，仅仅一个上午的时间，两个家族在乌坦城的坊市以及地下赌场等等，便被萧家彻底摧毁。两个家族，这一次，是真正地完蛋了！

整个乌坦城，都被忽然间爆发的萧家吸引了视线。那弥漫乌坦城的杀意，让他们知道，萧家这一次，的确是暴怒了。

然而，当整座城市的目光汇聚在那不断游动的萧家战队上时，在萧家另外一处，族中家眷已经完全撤离。

破坏行动从早晨持续到了黄昏，在所有人为萧家这一次的行动目瞪口呆时，却并未发现，那原本上百名的破坏队伍，不知何时少了许多。

当太阳即将西下时，持续了整整一天的破坏彻底结束。萧家大队狂笑着返回了大院，然后院门重重一关，将那些好奇的视线，阻拦在外面。

广场上，几十名浑身充满凶煞气息的萧家族人席地而坐，大声笑谈着，借此来宣泄今日的畅快。今天，恐怕是他们这两年内最畅快淋漓的一天了。以前萧家虽然势力不弱，可族长因为需要顾全大局，所以并没有这种魄力，萧炎却完全具备！

脚步声缓缓从广场外响起，换上了一套整洁袍服的萧炎，微笑着走上了广场。

“少族长！”瞧见萧炎出现，那几十名萧家大汉顿时齐齐站起，眼露狂热地大喊道，今天，萧炎的狂野手段，几乎征服了所有的萧家战士。

轻笑着点了点头，萧炎走上一处高台，目光缓缓扫过灯火通明的萧家，外人谁也不知道，现在的萧家，其实只剩下这几十个人了。

“少族长，族中功法、斗技、财物等等，已经彻底整顿完毕，呵呵，借着少族长的面子，那米特尔拍卖场竟然租借给了我们八枚纳戒，这倒是替我们解决了不少麻烦。”大长老笑着道。

“嗯。”满意地点了点头，萧炎俯视着广场上的萧家战士，轻笑道，“各位，今夜，你们也开始分散离开乌坦城，然后在规定的地点集合，到时候，结伴前往石漠城。到了那里，我们萧家会有新的开始。”

“少族长，那你呢？”大长老忽然出声道。

随着大长老话音落下，所有人都落在了萧炎身上。

萧炎轻声笑了笑，清秀的脸庞上，隐隐有着狰狞：“我？我会去把那个老杂种的命给收了！”

微微一滞，大长老望着萧炎的脸庞，良久之后，对着他缓缓躬身，其后，萧家那一干刚刚经过鲜血历练的铁汉战士，也弯下了直直的腰杆。

“少族长，我们在石漠城等您！”

“时间到了，走吧！”萧炎轻轻点头，抬头望了一眼月色，挥手道。

“少族长，保重！”

几十名萧家战士齐声大喝，旋即豁然转身，一个个分散着钻进了黑暗阴影中。漆黑夜空下，人影蠕动着，犹如四散开来的蚂蚁一般，悄悄地撤出了乌坦城。

站在高台上，萧炎望着变得静悄悄的院落，轻吐了一口气，低声喃喃道：“云棱啊，我萧家这般，都是你害的啊。这一次，就算是云山，也保不了你！”

双手缓缓探出袖袍，修长的手掌上，青色火焰升腾而起，片刻后，另外一只手掌上，森白色的火焰，悄然蔓延。

夜空下，青白两色火焰互相交织，妖娆起舞。

一处楼阁上，美杜莎女王美眸盯着萧炎双手上升腾而起的两色火焰，红润小嘴微张，妖异眸子中，第一次闪过凝重。

第十七章

再上云岚宗

蔚蓝天空，万里无云，两个小黑点停留在遥遥天空上，俯视着下方那依山而建的乌坦城。在这种高度，刚好能够将乌坦城一旁的魔兽山脉收入眼中，一眼望去，连绵无尽的山峦，颇为壮观。

背后紫云翼轻轻振动，萧炎低头俯视着下方的乌坦城，良久，轻叹了一口气，这次离开，恐怕日后就不会再回来了。

“再见了。”低低呢喃了一声，萧炎转头望向身旁不远处，那里，美杜莎女王犹如踩着实地一般，身体没有半点飘忽。

“此次再上云岚宗，目的很直接，杀云棱，寻我父亲。所以说，此次，双方再没有半点调和的余地。”萧炎淡淡地道。

“我说过，生死关头，我会救你，其他时候……”美杜莎女王瞥了他一眼，眉头忽然微皱，妖异的眸子中闪过些许七彩光芒，片刻后，她无奈地低声喝道：“给我安静点，他又不是你亲人，这么关心他干吗啊？”

妖异眸子中的七彩光芒再度闪烁，半晌，美杜莎女王只得咬了咬银牙，抬头对萧炎冷声道：“放心吧，你死不了！”

“多谢了，生死关头助我一把，就够了。”萧炎淡淡地笑道。他自然知道，刚才定然是吞天蟒的灵魂在与美杜莎女王交谈。

“你就逞能吧，有云山在，你想杀掉云棱，哪有这么容易。”美杜莎女王冷笑道。她虽然对萧炎拥有两种异火极感震惊，可毕竟他的实力太低，根本难以彻底发挥出两种异火的真正力量，想借此与一名斗宗强者相抗衡，无疑是不可能的。

“或许吧。”

萧炎此时并没有心情与她争辩，他知道，此次云岚宗之行，是一件极为危险的事，其危险程度将会远远超过上一次。毕竟，这一次，双方将会真正地撕破脸皮，云棱对萧家以及他父亲所做的事情，唯有用云棱的性命，方才能够抵偿，所以，这个云岚宗的大长老，此次，必须死！即使有云山相护！

佛怒火莲是萧炎最后的底牌，可惜这东西威力虽然恐怖，后遗症却实在太可怕了，这也是萧炎唯一担心的问题。

“走吧。”

再度低头望着乌坦城，许久，萧炎深吸了一口气，手掌一挥，背后双翼猛地一振，转过身形，化为一道光线，朝着遥远的帝都飞去。

望着远去的萧炎，美杜莎女王喃喃道：“这算是自投罗网吗？还是有着匹敌云山的自信？”轻轻摇了摇头，她脚掌踏下，虚无的空间散发出一阵阵涟漪，旋即，身体诡异地消失不见。

此次再去云岚宗，萧炎中途没有任何停留，一路狂奔，在这般废寝忘食的赶路下，原本三天左右的路程，生生地被节省了将近一半的时间。

在离开乌坦城之后的第二天，风尘仆仆的萧炎便进入了帝都范围。当然，他并未在城中停留，只是身体化为一道流光，径直从城市上空掠过，旋即朝着那地平线处的一座雄伟山峦飞去。

虽然萧炎并未在帝都有所停留，可他从上空全速飞过时，却依然被城中一些顶尖强者所察觉，而且，当这些强者感应到他那股熟悉的气息后，都骚动了起来。

帝都，皇宫深处一偏僻竹林，正盘坐修炼的加刑天猛然睁开双眼，惊诧地望着遥远天空，半晌，错愕地道："这股气息……是萧炎？他怎么又回来了？看他的路线，好像是云岚宗？这家伙在搞什么？"

帝都东城，米特尔家族总部，喧闹的长老会议上，海波东微闭着眸子，身体轻轻地随着椅子摇晃着。在他周围，那些族中长老们，正在激烈地争论着一些族中事务。在海波东身旁，雅妃竟然也坐于此，不过她并未插嘴众人的争吵，安静的模样，犹如没听见那些烦躁的吵闹一般。

"海老。"微微偏头，雅妃微笑着将刚刚斟好的茶水递给海波东，海波东眼眸微睁，点了点头，接过茶水，浅浅抿了一口，淡笑道："雅妃啊，能够进入族中长老院，那么便代表你具有了真正的家族实权，可得好好把握啊。这么年轻的长老，米特尔家族可从未出现过哦。"

"海老的教导，雅妃自然谨记着。"雅妃嫣然一笑，目光环视周围，忽然低声道，"海老，萧炎他没事吧？"

"呵呵，这问题你这几天已经明着暗着问了好多遍了。"海波东笑着摇了摇头，瞥着雅妃那略微泛红的脸颊，笑道，"放心吧，那小家伙本事可大着呢，连美杜莎女王那种级别的强者都能跟在他身边，云岚宗也拿他没办法。"

"哦。"心中悄悄松了一口气，雅妃刚想将目光转向争吵的会议上，一脸慵懒的海波东，脸色却骤然大变，突然从椅上坐起身来，目光死死盯着天花板。

看着海波东的动作，大厅内的所有人都吓了一跳，争吵的声音立刻安静了下来，一个个小心翼翼地望着海波东。

"海老，您怎么了？"米特尔·腾山也被海波东吓了一跳，当下小心地问道。

"萧炎这家伙，怎么又跑回来了？还是去云岚宗？他想干什么？"脸色愕然地望着某处天花板，海波东喃喃道。

"啊？"闻言，雅妃顿时一声惊呼，一旁的米特尔·腾山脸色也有些变化。

"我得去看看，腾山，让'影卫'集合，这次，或许有麻烦了，我看萧炎这般模样，恐怕是出大事了。”海波东快步向门外走去，边走边吩咐道。

“呃？召集‘影卫’？”米特尔·腾山一愣，望着即将出门的海波东，忍不住道，“海老，为了一个萧炎，便暴露‘影卫’，会不会有些不妥啊？”

前行的脚步猛然一顿，海波东转头冷冷地瞥着大厅内的众人，沉声道：“说真的，在我眼中，其实萧炎比云岚宗更具威慑力。日后，你们会知道，今天我的决策，会给米特尔家族带来多大的好处。”

说完，海波东便转身走出大门，丝毫不理会那群目瞪口呆的长老们，他们可从未想到过，那个萧炎，竟然在海波东心中有这般分量。

炼药师公会……

木家……

纳兰家……

在庞大的帝都中，好几处地方，都在发生着类似的事件。原本随着炼药师大会以及那三年之约的结束而逐渐陷入平静的帝都，在萧炎的到来下，再一次变得暗流汹涌起来。

云岚宗的议事大殿，十几道人影坐在殿中宽大的桌旁，这些人大多都是一身白袍，胸口上特殊的徽章让人知道，他们在云岚宗的地位可不低。

在桌子的另一边，丹王古河随意坐着，在他身后，柳翎正躬身站着，只不过他的目光，正时不时地瞟向对面一位女子，细细看去，此女原来是纳兰嫣然。

此时的纳兰嫣然，脸颊较之几日前显得清瘦了些许，一人独坐时，原本灵动的眸子，有些失神恍惚，不知道在想什么。总的来说，现在的她，少了几分淡然拒人的气势，多了点纤弱的动人之感。

“云棱，前几日，你与云雷、云盛为何离宗？”安静的大殿中，女子淡淡威严的清冷声音，忽然响起。

“宗主……我，我们只是因为一点私事，外出而已。”坐于长老首位的云棱手掌微微一紧，旋即赶忙笑道。

顺着云棱视线移去，只见在桌子中间之位，一位身着月白色裙袍的女人端坐其上，那张雍容且高贵的美丽脸颊上，此刻正隐隐有着些许怒意。听云棱称呼，此人赫然正是云岚宗现任宗主云韵！

“你们是去了乌坦城吧！”冷哼了一声，云韵道。

云棱一愣，抬头望了一眼会议桌上的另两人，见他们一脸苦笑的神色，知道逃脱无望的他，只得无奈地点了点头。

“宗主，萧炎害我云岚宗声誉大损，若是就这般轻易放过他，那岂不是让人以为日后谁都能在我云岚宗脸上踩几脚？况且他与墨承之死难逃关系，照理来说，即使将他列为云岚宗追杀名单，也不为过啊。”云棱辩解道。

“以前与萧炎的纠葛，在三年之约完毕后，便彻底结束。你这般私自带人前去萧家，无疑是让人说我云岚宗气量小，日后，还有谁肯信服我们？”瞥了一眼一旁听到那个名字，脸色便悄然黯淡的纳兰嫣然，云韵无奈地摇了摇头，旋即沉声道，“而且，你也别以为我不清楚，你此次的行动，更多的，是你私人的怨恨。至于墨承之死，恐怕仅仅是借口而已，他一个墨承，和你的关系，可还没好到那地步。”

听见云韵的呵斥，云棱老脸忽青忽白，却并不敢插嘴，只得将求救的眼光投向那坐在云韵身旁、闭目犹如沉睡的云山身上。

“你不用看我，按照宗门规矩，韵儿现在才是宗主，她的话，就是我也只能听着。”虽然闭着眼睛，云山却如同知道云棱所想一般，开口淡淡地道。

闻言，云棱只得彻底蔫了下去。

“宗主，大长老也是为了宗门着想，况且他此次去乌坦城，并未给萧家造成多大伤亡，仅仅是破坏了一些房屋建筑而已。呵呵，不管怎么说，他也是我云岚宗大长老，若是让他屈身去给一个小家族道歉，那岂不是落了我宗门的名声？照我说，反正萧家也没人认出隐藏了身份的大长老，所以，此事就装聋作哑过去了吧，大不了日后给萧家一些好处吧。”一名长老起身笑着打圆场。

“你是把那个萧炎给忘记了吧？前几日云岚宗上的闹剧，你们还没玩够？那萧炎不是蠢货，迟早会怀疑到云岚宗头上来，以他的性子，你认为，他会忍气吞声？哼，美杜莎女王，有那种强者撑腰，即使是老师，也不敢说能够必胜吧？”云韵皱着黛眉，冷笑道。

“呃……”见云韵脸色微冷，那名长老也不敢再多说，只得缩着脖子坐了回去。

“那宗主现在打算怎么办？难道把我交出去给萧炎泄愤？”云棱被训出了一点火气，忍不住地回道。

“把你交出去倒不至于，而且就算交了，萧家也没那胆子收，但是你也别松气，宗内惩罚你是避免不了的。”淡淡地看着云棱，云韵接着道，“还好你此次似乎还没惹出太大的事，过几天，我会派人去萧家协调一下，那萧炎即使有美杜莎女王撑腰，想必也不敢在加玛帝国太得罪云岚宗。”

闻言，云棱悄悄松了一口气，宗门惩罚虽然挺严厉，不过以他在云岚宗的地位，想必那些刑堂的人，也不敢怎样。

“此事就先到此为止吧。”挥了挥手，云韵站起身来，目光蕴着威严扫视大厅，道，“我再重复一次，当日的那场闹剧，已经结束了，为了一个墨承，得罪一个萧炎，不值！”

“是。”众位长老闻言，皆点头应道。

云韵轻吐了一口气，刚想让众人散场，却发现一旁云山脸色骤然一变，紧闭的眼眸豁然睁开，雄浑恐怖的气势在大殿之内震荡。

“老师，怎么了？”云韵微愣，连忙道。

“这事我们虽然想就这样结束，可惜，他却不答应啊。”脸色略微阴沉，云山目光望向了大殿之外的天空。

云山话落不久，一道蕴含着难以掩饰杀意的冰冷喝声，犹如怒雷一般，自天空降临，旋即飞快地传遍了整座山峦。

“云棱老狗，滚出来受死！”

第十八章
击杀云棱

冰冷喝声，如怒雷般，席卷山峦。

云岚宗内，所有弟子都抬起头，将目光投向那蔚蓝天空上，那里，两道人影悬空而立，而那森然杀意，正是从领头的那位黑袍青年体内溢出的。

“萧炎？他怎么又来了？”当一些眼尖之人瞧清黑袍青年那冷漠脸庞之后，顿时，一道道惊呼声，在云岚宗内接连不断地响起。这个当初将云岚宗闹得天翻地覆的青年，让每一名云岚宗弟子都牢牢地记住了他的名字。

萧炎阴冷的目光缓缓在下方云岚宗各处广场扫过，最后停顿在一处大殿上。那里，一道白光忽然夹杂着怒气射出，最后悬浮在天空，愤怒的咆哮声，响彻天空：“萧炎，你竟然如此无礼，当真找死不成？”

萧炎右手猛地将背后玄重尺抽出，赫然指向云棱，森然道：“云棱老儿，今天就算云山护着你，我也定要取你性命！”

“嚯，好大的口气！正好在找你，今日，我看你还是留在云岚宗吧。”冷笑了一声，云棱咬着牙怒道。被人这般闯上宗门指名道姓地威胁怒骂，简直让他在宗门内名誉扫地。

“云棱，住嘴！”清冷喝声忽然在天空响起，听到喝声，下方那些云岚宗弟子们，皆不约而同地微微躬身，连那云棱，也只得恨恨地甩了甩手，退后了一步。

几道白光闪过天际，顿时，几个人影错落地出现在天空之上，其中间位置一人，一袭月白裙袍，裙角随风轻扬，头上长发被盘成凤凰之状，衬托着那张美丽容颜，高贵中，带着几分难以掩饰的威严。

目光缓缓地从出现的这几人身上扫过，萧炎的目光在云山处停留了一会儿，便移到了处于中间位置的月袍女人身上。能够如此肆意呵斥身为大长老的云棱，想必她的身份绝对不会低，而在这云岚宗内，除了在场的云山之外，恐怕也就现任宗主云韵有这般资格了吧。

视线上移，最后停留在了那张雍容高贵的美丽容颜之上，四目交织，微微一愣，旋即骤然呆滞。

这一刻，微风拂过，现出两张对视的呆滞脸庞。

“云芝？”

“药岩？”

安静的半空中，两道惊诧的声音，带着茫然，忽然从萧炎与那云岚宗宗主云韵嘴中传了出来。

话脱口之后，两人又是一怔，目光环视四周，似乎都察觉到了什么，当下脸色各自有些变化。

“云芝？”

双目死死地盯着那张略显慌乱的美丽脸庞，半晌，想通了什么的萧炎，忽然深吸了一口冷气，不知如何，心却悄悄冷了一圈，声音中有着点点愤怒：“恐怕叫你云岚宗宗主云韵更好一些吧？”

“你……”在先前大殿中充斥着威严的眸子，此时却有些慌乱与飘忽了起来，云韵苦笑道，“你……没想到，嫣然嘴中的萧炎，竟然是你。”

“韵儿，你与萧炎认识？”听两人这有些没头没脑的谈话，周围的云棱等人一愣，面面相觑，一旁的云山眉头一皱，忍不住插口道。

“嗯。有……有过几面之缘，不过他也掩去了真实姓名，所以……”云韵眼光有些躲闪，轻声道。

听到云韵的话，萧炎的心缓缓凉了下去，自嘲地摇了摇头，抬头轻笑道：“云韵大人贵为云岚宗的宗主，我一介无名小子，又怎可能与她相识？我认识的那人，叫云芝，并非云韵。”

贝齿紧咬着红唇，云韵盯着那张带着自嘲的年轻脸庞。他的话，让云韵心中隐隐作痛，那袖袍中的玉手紧紧握了起来，用力之大，竟然让那手掌指骨处有些发白。

目光来回地在萧炎与云韵脸上扫过，云山眉头皱得更深了，他能够感觉到，他们两人之间，必然有什么事情。

“萧炎，上次放你离去，此次为何再度来我云岚宗，并且当众侮辱我宗门长老？你还真当我云岚宗好欺负不成？虽说你有美杜莎女王撑腰，可老夫依然要奉劝你，做事留一线，想找软柿子捏，你可是找错了地方！”云山瞥了一眼萧炎身后的美杜莎女王，沉声喝道，喝声中，隐隐有着怒意。

淡淡地将目光从云韵身上移到云山身上，萧炎冷笑道：“云山宗主，我为何要来云岚宗，恐怕这事，你得问云棱大长老吧？”

脸色微变，云山狠狠瞪了云棱一眼，沉声道：“云棱此次行事，仅仅是一时意气用事而已，况且，他并未给你萧家造成太大的损害，那些破坏的东西，我云岚宗会派人给你们赔偿便是。好了，如果你是为这事来的，那就可以走了。”

“哈哈……”听了云山此话，萧炎却一怔，旋即忽然笑了起来，笑声中，有着几分狰狞杀意。下一刻，低头大笑的萧炎猛然抬头，清秀的面庞，却布满杀意：“云山，我敬你是前辈，方才这般客气说话，不过你是真不知道还是假不知道？云棱那老狗来我萧家，你还真以为仅仅是破坏了点建筑？因为他的勾当，我萧家满门差点被灭。这后果，你轻描淡写的一句赔偿，便可以完全抵销？”

闻言，天空上几人脸色都微微变化，云山与云韵脸色都难看了许多，他们没想到，云雷两人对他们隐瞒了这么多。

“这事，的确是云棱做得过分了。你想要如何补偿，我云岚宗可以尽量答应。”云山严肃地道，这一次，他的口风，或许因为己方的理亏，终于软了一点。

“补偿，你就知道补偿！”雷霆般的暴怒咆哮，猛然自面目狰狞的萧炎嘴中暴响。

听了这道毫不客气的怒骂声，云岚宗所有人，即使云山本人，脑子都略微有些晕眩，以他的身份，这么多年来，何时受过这种辱骂？晕眩之后，云山的脸色变得阴沉下来。

“云棱那老狗从萧家将我父亲追杀出去，至今未归，生死未卜，今天不给我一个交代，就是拼了这条命，也要让你云岚宗元气大伤！”萧战的失踪，原本便让萧炎满心杀意与暴怒，如今忽然发现云芝的真实身份，更让他内心添了几分烦躁，再加上云山满嘴的废话，萧炎那满心澎湃的杀意，此刻终于犹如火山般爆发了起来。

“你父亲？云棱可并未说过他伤过你父亲啊。”望着暴怒的萧炎，云韵忍不住地道。

“那你的意思是我们萧家上下几百人亲眼所见的事实，是捏造不成？为了引开云棱三条老狗，我父亲独自逃出乌坦城，云棱三人则一路追了出去，此后，我父亲便没了音信。这笔账，我不找你云岚宗算，该找谁？找谁？你说啊！”萧炎狰狞地对着云韵怒吼道。

这么多年来，头一次被人这般怒声责吼，照理说云韵本该立刻勃然大怒，可不知为何，对于面前这人，她却生不出半丝怒气，贝齿咬着红唇，半晌，目光瞪向云棱，怒声道：“云棱，给我把事情说清楚，否则，我有权力让你暂时交出大长老的职位！”

“宗主，我并没伤害他父亲啊。”脑门上淌下些许冷汗，云棱急忙道，“当日我们的确追了上去，可就在一处密林即将抓到他时，他人却忽然消失了，再后来，虽然我们搜索了附近区域，却依然没找到他的踪迹啊。”

“忽然消失了？”黛眉一皱，云韵咬牙斥道，“萧战实力仅仅在大斗师级别，怎么可能从你们一名斗王、两名斗灵面前消失？你说谎也找个好点的借口吧！”

“这我也不知道啊，可事实就是如此，宗主若是不信的话，可以询问云雷两人，他们也是亲眼所见，此事，我可以发誓，真未说假话。”云棱苦笑道。

云韵与云山对视了一眼，皆眉头紧皱，这话就算他们相信，萧炎也绝对不可能就此罢休啊，两人抬头，果然见到萧炎彻底阴沉的脸色。

萧炎目光阴寒地盯着云棱，心中暴涌的怒火，让他再听不下对方的任何一句废话。深吸了一口冰凉的空气，萧炎双手翻动，巨大的玄重尺消失在掌中，右手轻探而出，在众人注视下，青色火焰袅袅升起。

“今日，交不出人，那便毁了这里吧。”萧炎盯着青色火焰，漆黑的眸子中反射出狰狞的青光，犹如自语的声音中所蕴含的杀气，让在场所有人脸色微微变化。

“萧炎，给我几天时间，我可以派人帮你寻找，如果真如云棱所说，那你父亲应该并无性命之忧。”见萧炎即将疯狂，云韵急声道。

“不必了。云岚宗的人，我不相信。”萧炎轻轻摇了摇头，低头望着在手掌上轻轻飘荡的青色火苗，“今日，云棱老狗的命，我要了。”

“萧炎，此事的确是云棱之错，可你就凭这便要取他性命，未免有点太过了吧？”云山沉声道，“而且就算你有美杜莎女王帮忙，要凭借你自己的力量便击杀云棱，也有些不可能吧？今日之事，我可以不计较，你走吧。”

萧炎望着挥手的云山，嘴角却溢出一抹讥讽，左手也缓缓升起，掌心一晃，森白色的火焰，猛然间出现在所有人视线之中。

“这……异火？”望着那团森白色火焰，在场众人眼瞳都猛地一缩。

“云山，是你逼我的啊。”凝望着手掌上两种颜色不同的火焰，萧炎低声喃喃道。

双手略微停顿，旋即在所有人注视下，缓缓靠近着。

云岚宗之外，几道流光猛然掠至，旋即停留在一棵巨树上，当他们的目光扫到萧炎手中缓缓靠近的两种异火时，忍不住地吸了一口凉气。

“天啊……这家伙真的疯了，他想把云岚宗彻底毁灭吗？云岚宗那些白痴，怎么把他惹到这一步了？”

海波东身形出现在树顶上，目瞪口呆地望着青白火焰，近乎呆滞地呢喃道。

云岚宗之内，所有人都抬头望着那双手上青白火焰缓缓接触的萧炎，这一刻，饶是那些实力低微的弟子，也开始感受到些许不安，一股骚动，从云岚宗内蔓延了出来。

“萧炎,你想干什么？”身为斗宗强者,云山最先感应到那股不安,当下眼睛一瞪,厉声喝道。

没有理会他的喝声，萧炎那充斥森然杀意的眼睛，死死地盯着两色火焰，随着两种异火开始接触，顿时，双掌之间的空间，变得扭曲了起来，一道道犹如闷雷般的炸响，从其中传出，震人心魄。

在萧炎身后，美杜莎女王也惊诧地望着他，因为以前有吞天蟒的灵魂压制，所以她对于萧炎的确切情况，也仅仅知晓一些，至于这佛怒火莲，她却半点都不知情。

“两种异火相融？这个家伙也太疯狂了吧。”美杜莎女王微皱着眉，想当初，仅仅是一种青莲地心火，便将她折磨得死去活来，这两种异火相融合，将会产生多么恐怖的能量？

“制止他！”

听到萧炎双掌中传出来的动静，云山脸色逐渐凝重，他能够察觉到，那两种火焰若是相融的话，会如何可怕，当下手掌一挥，沉声喝道。

听见云山下令，早已等候在一旁的云棱几人，背后斗气双翼顿时一振，旋即身体化为光影，对着萧炎射去。

冷冷地望着围剿而来的云棱几人，萧炎背后紫云翼轻振，身体猛然倒射，而在退后时，双手上的两色火焰已经开始互相缠绕，一道道青白火焰犹如电流一般，不断地从接触地带射出，偶尔从其中溢出一道火焰，落在一些巨树上，顿时，高达十几米的大树，便在一道道震撼目光中，轰然化成满地灰烬。

天空上，几道人影在下方无数人注视下，不断闪掠追捕。虽然萧炎的紫云翼速度比不上真正的斗气之翼，可借助着灵活的闪避以及云棱等人对其手中异火的忌惮，每一次即将落入包围网时，都会被他狡猾逃脱。

而在追逃之间，萧炎手中的两种异火，已融合了将近大半，青白火焰缭绕间，宛如一团不断迸射着青白电流的火球。

“哼，这小子倒是猖狂。”望着接连躲避开云棱等人围捕的萧炎，云山冷哼了一声，脚步朝前一跨，身体几乎犹如瞬间移动一般，诡异地出现在萧炎倒退的路线上，右掌探出，其中吸力暴涌。

然而就在云山打算一举将萧炎擒获时，其面前人影闪动，美杜莎女王的身形挡在他面前，淡淡地道：“云岚宗举全宗之力抓捕一个大斗师，最后竟然还要你动手，这是不是有点太丢脸了？”

“美杜莎女王，莫要真以为老夫怕了你，我只是不想与你起冲突而已。今日萧炎明显是冲着我云岚宗来的，还望你不要多管闲事！否则，我云岚宗也不是任人践踏。”望着拦在面前的美杜莎女王，云山脸色有些阴沉，喝道。

“如果你有这兴趣，我倒乐意陪你试试手。自从掌控这具身体以来，我还真没动过全力呢。”美杜莎女王嫣然笑道，眸子中，竟然有些跃跃欲试。

脸庞微微抽搐，云山转头对着云韵喝道：“韵儿，阻止萧炎手中异火的融合，美杜莎女王，我来拦住！”

“啊？这……”听了云山喝声，云韵一怔，脸颊上挣扎了一番，竟然站在空中没有什么动作。

“韵儿，你在干什么？萧炎手中的东西太可怕，若是让他丢在云岚宗，这山峰都得被全部轰掉，到时候宗内弟子定然死伤惨重，你如何对得起这宗主之位？”见云韵居然没有按照他的话行动，云山愣了愣，旋即严厉地喝道。

“是……老师。”脸色一阵变化，在下方无数弟子的注视下，云韵只得咬着银牙点了点头，背后双翼轻振，身体化为一道轻风，闪电般地对着萧炎飞去。

见到云韵动身，云山这才松了一口气，转头冷冷地望着美杜莎女王，道：“即使没有我动手，萧炎也决计不可能顺利地将异火融合。”

“我只是将你拖住而已，至于他究竟能不能成功，那并不关我的事。”美杜莎女王瞥了一眼被追得四处飞掠的萧炎，慵懒地道。

“哼。”冷笑了一声，云山转头将目光放在头顶上空的追逐赛上，眼睛死死地盯着萧炎双手间。那里，随着两种火焰的融合，一股即使是云山也不得不郑重对待的恐怖能量，正在缓缓凝聚着。

背后双翼振动，险之又险地将云棱扑来的身形躲避开，萧炎脸色一变，眼角白光闪过，只见云韵已宛如鬼魅般地出现在了面前，修长纤手之上附着浓郁白芒，此时，她的双手正直直地对着萧炎掌心中的火球，看这状况，若是被击中的话，好不容易融合的火球，恐怕就得溃散了。

狠狠地咬着牙，萧炎维持着异火融合的手掌猛地上抬许多，然后双翼振动，旋即竟然是用胸膛，对着云韵的手掌印了上去。

见那不畏死用命来拼的萧炎，云韵一怔，黛眉紧皱，紧紧地盯着那对漆黑如墨的眸子，在手掌即将接触到萧炎胸膛时，心头不由得一软，轻叹了一口气，身形轻摆，然后手掌贴着萧炎胸膛处，擦飞了过去。

“萧炎，有事我们可以坐下来谈啊，能不能不要把事情弄得这般僵？”细微的声音，竟然含着点点哀求的意味，传进了萧炎耳中。

“没得谈了，是你云岚宗欺人太甚！血债，必须血偿！云棱的命，我必须收！”咬着牙，萧炎急速后退着，冷声道。

“可云岚宗弟子是无辜的，你何苦牵连他们？”云韵纤手贴着萧炎肩膀擦飞了过去，看上去惊险万分，却是她故意而为。

“云棱闯我萧家时，有没有想过，因为他，我萧家几百人差点全部被杀？难道他们都不是无辜的？”萧炎身体略微颤抖着，愤怒地道。

“唉……”望着萧炎那布满怒意的铁青脸庞，云韵嘴巴张了张，只得轻叹了一声，苦笑道，“你现在情绪太激动了，还是等你冷静下来，我们再谈吧。不过，你手中的那东西，实在太恐怖了，我不能让你继续凝聚下去了，对不起了。”

言罢，云韵背后风翼振动，速度猛然暴增，瞬间便出现在了萧炎身前，顿时，一股萧炎熟悉的淡淡幽香，飘进了鼻内。

“和一年前一样的味道。”望着那张近在咫尺的美丽容颜，鬼使神差的，萧炎忽然说了一句。

探出的纤手，在此刻骤然凝固，云韵俏脸上，一股绯红突然毫无预兆地浮现了出来。

在说出先前那话时，萧炎便回过神来，一声叹息，趁着云韵失神瞬间，双翼振动，急速退出了云韵的攻击范围。

“狡猾的家伙。”萧炎退后时，云韵也回过了神，脸颊依然带着一抹醉人酡红，轻啐了一声，抬头望向那飞射而退的萧炎，俏脸却逐渐浮现一抹苍白，只见此时萧炎手掌中，两色火焰已经完全融合完毕，其中火蛇四射，不断蠕动着，犹如有什么东西即将破出一般。

“这家伙果然还是弄出来了，唉，赶紧退吧，这一次，云岚宗要损失惨重了。”不远处，海波东望着萧炎掌心中那不断蠕动的青白色火球，不由得咽了一口唾沫，颤声道。

在无数道目光的注视下，萧炎手中火球急速蠕动着，片刻时间，火球忽然崩裂，火光大盛间，一朵巴掌大小的青白色火莲，自火球中袅袅升起，最后悬浮在萧炎右掌之上。

“云棱这浑蛋！”

云山愕然地望着那青白火莲，半晌，忽然狠狠骂了一声。那火莲中溢出的能量，让他有种想拍死云棱的冲动，云棱没事怎么专门去找这种连他都感到棘手的敌人？

“这家伙，竟然还留有这手？”美杜莎女王也面露惊愕地喃喃道。

脸庞带着一抹狂热，目光死死盯着掌心中的火莲，萧炎脑海一阵眩晕，咬着牙死死地坚持着，猛地转头，将阴冷的目光投向了下方的云棱。

见萧炎望来，云棱心头一颤，此时的他，也清楚地感应到了对方手中那火莲的恐怖，当下脸上冷汗不断滴落，恐惧的神色浮现在脸庞上。

“死吧！”萧炎咧嘴狞笑，眼睛赤红地怒吼咆哮。

“萧炎，我真没伤你父亲，真的啊！是他自己失踪的！”感受到萧炎的杀意，云棱脸色一阵惨白，身体急速下降着，尖声叫道。

“萧炎，不要！”云韵俏脸苍白地失声阻止道。

目光盯着云韵那美丽脸颊，萧炎嘴角溢出一抹苦涩，轻轻地摇了摇头，低声道：“晚了。”

手掌微抬，青白火莲缓缓漂浮，萧炎面无表情地手臂轻挥，青白火莲瞬间化为一道火芒，对着下方逃窜的云棱射去。

在无数道目光注视下，青白火莲犹如一道自天外飞来的陨石，带着毁灭般的气息，划过长空，追上了一脸恐惧的云棱。

“爆！”手中印结猛然结动，萧炎脸庞狰狞地喝道。

“嘭！”

喝声落下，青白火莲在一道道惊骇目光中轰然爆炸，这一刻，宛如天雷般的炸响，几乎响彻了云岚宗方圆几百里！

第十九章
生死之局

雷鸣巨响炸响天空，云岚山顶，顷刻间化为了一座喷发的火山，炽热的青白火苗化为火浪，成圆弧形扩散。这一刹那，云岚山开始了剧烈颤抖，一道道巨大裂缝顺着山壁蔓延，山石滚落，树木焚毁，俨然末日般的景象。

汹涌的火浪，在云岚山山顶形成一朵巨大的火浪莲花之状，乃至方圆百里之地，皆清晰可见。

云岚山方圆百里内，无数人抬头，满脸震撼地望着在云岚山山顶绽放的火莲，即使相隔这般遥远的距离，人们仍然感受到空气似乎忽然间炽热了许多。

完美形态的佛怒火莲，破坏力，竟然恐怖如斯。

距离云岚山山顶几百米外的天空上，海波东等人的身形闪现了出来，望着那横立在天地间的巨大火莲，感受着那扩散的炽热气浪，皆忍不住有些口干舌燥。这股力量，实在太恐怖。

“这……这东西，是萧炎施展出来的？”加刑天咽了一口唾沫，脸庞上的震撼难以掩饰。他虽然一直都极为高看萧炎，可依然没想到，一个大斗师，居然能够施展出这般即使是他都感到心悸的恐怖攻击。

在加刑天身旁不远处，法犸苦笑着点了点头。每一次见面，这个叫萧炎的青年似乎都会让他们大吃一惊，如今他所施展出来的这般神秘火莲，更是狠狠地震惊了他们。想到这里，法犸心中忽然有些惋惜与后悔，按照萧炎如今所展现出来的隐藏潜力，其实已经不比云岚宗这个庞然大物的价值差上多少了。也就是说，即使为了萧炎得罪一个云岚宗，也并非是完全不划算的。

“唉，还是海老头那老家伙的眼光毒辣啊。”轻叹了一口气，法犸瞥了一眼不远处悬空而立的海波东，在心中低声道。

“今天的事，是真的闹大了啊，云岚宗究竟干了什么？按照萧炎的性子，若非真的被逼急了，是不可能做出这般疯狂事来的啊。”目光紧紧地盯着火莲盛开处，海波东脸色也有些难看，搓着手苦笑道。

“佛怒火莲威力虽然可怕，击杀云棱也并不难，但最主要的，还是云山啊。”海波东清楚地知道，上一次萧炎使用了佛怒火莲后，可是直接昏迷了过去，若非他出手相救的话，恐怕连萧炎自己都会被佛怒火莲的余波震死。可如今有云山在场，就算他出手，也决计不可能再次带着萧炎顺利离开啊，更何况，还有一个云韵在，那难度，更是成数倍上升。

“唉，小家伙，这次可是真的莽撞了啊。”轻叹了一声，海波东将目光投向逐渐消散的火莲处，那里，火浪已经开始缓缓消退。

一道道目光，汇聚在那地动山摇的云岚山山顶，那里是火莲盛开的地方，这般近距离的爆炸，就算是一名斗皇强者，也难以完全抵抗那种恐怖的毁灭力量啊。

随着时间缓缓推移，笼罩着云岚山的火浪终于逐渐淡了下去，而出现在视线内的满地狼藉，饶是海波东等人早有预料，却依然忍不住地苦笑着摇了摇头。

烟尘消散，巨大的广场，犹如地震一般，裂缝四面八方地蔓延开来。原本高耸的大殿，足足被震垮了将近大半，广场中央处，那耸立的石碑被轰得仅剩一小半还插在石板中，其余部分，都被火莲的恐怖破坏力摧毁成粉末。广场外，一些坐落在周围的房屋以及大厅，直接变成了一片废墟，广场上，不断有云岚宗弟子的哀号响起。

当然，完美绽放的佛怒火莲所造成的破坏力，自然不是仅仅摧毁一些房屋，而让火莲并未造成太大毁灭的原因，还是那半空上，呈巨大倒扣碗形的能量罩。

巨大的能量罩，将整个云岚山山顶都包裹在了其中，看其上所流转的能量水波，恐怕就算是一名斗皇强者，都难以将之撼动。不过饶是如此，火莲爆炸时，所渗透的残余能量，却依然将云岚宗破坏得一塌糊涂。

火浪消散时，天空上的萧炎露出了身形。此时他的情况貌似也好不到哪里去，脸色苍白，双掌处一片焦黑，呼吸急促，眼睛赤红地在那巨大的能量罩上扫过，最后脸色阴森地停在那悬浮在半空中、单手贴着能量罩的云山身上。看他的姿势，这将佛怒火莲抵挡下的能量罩，应该便是他的杰作。

当然，虽然成功地将佛怒火莲抵挡了下来，可云山似乎也消耗不小，原本一直悠长平缓的呼吸，悄然急促了些许。与其呼吸相比，云山的脸色已经彻底阴沉了下来，眼瞳之中，暴怒正在急速酝酿着。

阴森的目光从云山身上扫过，最后停留在他左手拎着的人影身上，萧炎一怔，旋即嘴角溢出一抹冷笑。原来云山所拎之人，赫然便是那最先受到火莲冲击的云棱，不过看他此时满身鲜血的模样以及越来越虚弱的气息，明显再没有半点活路。

脑袋忽然涌上一阵剧烈眩晕，萧炎身体摇晃了几下，咬着牙坚持了下来，从纳戒中掏出一枚回气丹，丢进嘴中，然后双翼振动，身体急速后退。云棱已死，那他必须全速离开此处了。

“好，好啊。萧炎，这么多年来，你还是第一个将我云岚宗破坏成这模样的人，我真的是看低了你啊。”目光缓缓地在下方满地狼藉的宗内扫过，云山忽然笑了起来，笑声中所隐藏的暴怒，让人知道，那平静之下，是一座即将喷发的火山。

低头看了一眼手中明显不可能再治活的云棱，云山眼中暴怒再盛，沉默了一会儿，将之对着广场上的几位长老丢了过去，淡淡地道：“去请古河长老出手救治一下，看看能否保住他的命。”

两位长老敏捷地接过抛来的云棱，然后赶忙躬身后退。

手掌轻挥，巨大的碗形能量罩缓缓消散，云山深吸了一口气，平静的声音却蕴含着杀意与暴怒，在云岚山中徘徊不散。

“萧炎毁我宗门，杀我长老，我以云岚宗第八代宗主之命宣布，从此之后，将其列进云岚宗追杀名单，此命，至死不休！宗门的辱，必须以血洗刷！”

淡淡的声音，久久不散，所有人听到这话，都愣了许久，方才回过神来，轻叹了一口气，这事，果然还是闹到最僵的地步了啊。

半空上，云韵俏脸逐渐变得苍白。

萧炎冷冷地望着脸色平静的云山，脸上的神情没有因为他这番追杀令而有所波动，他背后双翼振动，身体只顾急速后退。

“既然你敢来云岚宗强行击杀云棱，那么自然也就该有留下的打算，今天，就算美杜莎护着你，老夫也必要你永远留在云岚宗！”眼睛猛然大睁，云山阴声喝道。

随着喝声落下，云山身形瞬间消失在原地。

在云山身形消失时，萧炎浑身皮肤一冷，急速后退的身形强行止住，旋即强扭身体，对着左边强移了半分。

“轰！”

在萧炎身形移动时，其先前停留之地，干枯的手掌凭空出现，狠狠地击打在那块空间处，手掌上所蕴含的庞大能量，竟然将空间震得发出一圈圈能量涟漪。

“感知不错，不过，仅此而已！”淡淡的声音在半空中响起，萧炎脸色猛然一白，旋即一口鲜血喷出，强行扭过头，原来那云山不知何时已经出现在了身后，而刚才，云山仅仅是轻拂了衣袖，便将萧炎震成了内伤。

“留下吧。”冷冷地看着萧炎，云山手掌曲成爪形，闪电般地对着萧炎喉咙抓去。

“嘭！”在云山即将抓获萧炎前一瞬间，倩影忽然掠过，一只雪白如玉的纤手轻飘飘地弹在那手爪上，两者相触，顿时，一股凶悍无比的能量劲气从接触点爆发。

受到这股劲气的冲击，萧炎身形急忙后退。

“我说过，今天就算美杜莎护着你，那也没用！”肩膀微颤，将劲力卸去，云山森冷地望着出现在萧炎面前的美杜莎女王，身体忽然急速地颤抖了起来，随着颤抖，两道残影诡异地自云山体内凸显出来。

残影离体之后，旋即便分开，绕开了美杜莎女王，对着其后不远处的萧炎袭去。

“具有本体功力的分身吗？”望着出现的两道残影，美杜莎女王瞳孔微缩，她能够清晰地感觉到，这两道残影，竟然都拥有极为庞大的能量。

瞬间转身，美杜莎女王刚欲拦住两道残影，云山的本体却诡异地浮现在身前，将她的身形牢牢阻拦住。

在两人拖延间，两道残影已经闪电般地追上了萧炎，双手间恐怖劲气急速凝聚，旋即对着萧炎胸口狠狠砸了过去。

“玄冰镜！”喝声突兀响起，巨大的冰镜，凭空出现在萧炎面前。

“嘭！”拳头狠狠地砸在冰镜上，后者仅仅维持了一秒时间，便轰然爆裂。

“萧炎，快走！”一道白影闪现身前，海波东反手一掌击在萧炎胸口上，一股柔力，将之猛地朝着后方推去。

“海波东，既然你要如此，那就休怪我不念旧情了！”两道残影，似乎也具备云山的智慧，见海波东出身阻拦，脸色顿时一寒，厉声喝道。

苦笑了一声，海波东也不说话，双手间寒气急速凝聚，旋即化为两道急速旋转的锋利冰刃，背后双翼振动，对着两道残影迎了上去。

“滚！”一道残影脸色阴寒地怒喝，恐怖的气势自其体内暴涌，双手急速结印，右手挥动，一道足足几丈的巨大能量手印，出现在海波东头顶上空，狠狠砸了下去。

“大风手印！”

“嘭！”在能量手印砸下时，海波东便快速在头顶上凝聚出了几道冰墙，可惜，能量手印上所蕴含的劲气实在太恐怖，因此，随着一道清脆声响，冰墙便轰然爆裂，能量手印，结结实实地砸在了海波东身上。

喉咙间发出一道低低闷哼，海波东脸色微白，一道鲜血自嘴角流下。他没想到云山这两个诡异的残影，竟然也拥有这般恐怖力量。

因为手印上所蕴含的劲气所致，海波东的身体被狠狠拍下了一段距离，借此，两道残影振动身形，再度闪电般地追上了逃窜的萧炎。

“小家伙，我尽力了啊，接下来只能看你自己的了。”望着再次追上萧炎的两道残影，海波东只得苦涩地摇了摇头。

在无数道目光注视下，两道残影飞速出现在萧炎一前一后，双手间，恐怖劲气酝酿而出，旋即大喝着，带起一圈圈能量涟漪，对着萧炎一前一后，狠狠砸了过去。看这状况，若是被砸中，萧炎定然难逃一死！

强大的劲气压迫，将萧炎的衣服压迫得紧贴在身体上，前面的拳头，在瞳孔中急速地放大着。

两股劲气，形成劲气牢笼，将萧炎困在其中，几乎呈天罗地网之势，让他没有半点躲避的办法。

感受着即将临体的强大劲气，萧炎轻轻叹了一口气，脑袋中的眩晕越来越烈，他心中清楚，这是施展了佛怒火莲的后遗症。

眼皮逐渐加重，微微眨动着，黑暗在恐怖劲气的到达下，悄然袭来。

“看来，真的要留在这里了。老师，对不住了啊。”黑暗中，萧炎苦笑着低声喃喃道。

“呵呵，小家伙，你已经做得很不错了，能将云岚宗逼成这番模样，大出我的意料啊。”黑暗中，忽然隐隐有苍老的声音，缓缓响起。熟悉的温暖声音，让萧炎冰冷绝望的心，猛然间，犹如焕然一新般，注满了生机与活力。

“接下来，便交给老师吧。”

黑暗中，一股磅礴能量轻轻跳动着，在沉寂片刻后，猛然间，自那无底之处涌出。

天空上，紧闭双目的萧炎，眼眸微微颤抖，瞬间后，双眸骤然睁开，原本漆黑的眸子，一青一白，极为诡异。

遥遥天空，在无数人的注视下，云山的两道残影，各自狠狠挥动着拳头，夹杂着那股让人毛骨悚然的恐怖劲气，狠狠砸向萧炎脑袋。

然而就在所有人都以为萧炎定然难逃一劫之时，天空上，一股磅礴劲气涟漪猛然以萧炎为中心点涌出。劲气所过之处，只见两道即使连海波东都难以正面抵挡的分身残影，骤然凝固，旋即在下方一道道呆滞的目光中，一声闷响，轰然爆裂。

所有人满脸呆滞地望着天空上爆炸成虚无的两道残影，甚至就连不远处的加刑天等人，都略微有些回不过神来。身为斗皇强者，他们能够清晰地察觉那两道残影的强大，那并非是一种虚幻的影像，而是云山不知道使用何种秘法召唤出的能量实体。不客气地说，光是这两道残影，恐怕就得相当于两名斗皇强者。

当然，这也只是从其能量所蕴含的雄浑程度来说，若是真的让一名斗皇强者面对两道残影，虽然会很麻烦，不过解决起来，也并不会和真正面对两名斗皇强者那般困难。毕竟，残影始终都是残影，抗打击承受能力，远远比不上真正的斗皇强者。

先前若非海波东吃亏在措手不及的情况下，也不会一照面，便被击退。

“这股力量……”身体悬浮在半空上，海波东愕然地望着天空上的萧炎，感受着忽然自其体内涌出的那股磅礴能量，半晌，眼中猛然浮现一抹惊喜，“这家伙终于能够使用那隐藏的力量了吗？”

“怎么回事？萧炎的实力似乎忽然间暴涨了几个阶别？”加刑天转头望向法犸，震惊地道。

“这个……我也不知道，他体内散发出的气势比我还强。”法犸苦笑着摇了摇头，脸上有种近乎麻木的神情。这个不到二十岁的青年，在这段时间里，已经让法犸有太多震惊，如今这又是一枚重磅炸弹，直接让他进入了麻木状态。

一处废墟顶上，云韵美眸盯着天空上萧炎所在的方位，眼神闪烁，纤手忍不住悄悄掩上了微张的红唇。

满地狼藉的广场上，云岚宗弟子傻傻地望着天空，虽然以他们的实力并不清楚云山所召唤出的两道残影究竟强到何种地步，不过从两道残影与海波东先前的闪电碰撞中，也能够管中窥豹。然而，那即使连一名斗皇强者都难以抵御的强横残影，却被仅仅是一名大斗师的萧炎，给震成了虚无，对于这些一直将云山视为心中神灵的云岚宗弟子们，实在有些打击。

整个云岚宗现场，都在萧炎这一下的爆发中，陷入了呆滞与震惊！

残影消散，身为本体的云山立刻有所感应，当下迅速摆脱美杜莎女王的纠缠，脸色凝重地望着不远处的萧炎。

“没想到这家伙竟然还隐藏着这一手，不过你能应付，我自然懒得动手，现在我的灵魂力量，也支持不了多久啊。”美杜莎女王也被那股涌出的磅礴气势惊了一下，转头望着萧炎，低声惊诧地道。

天空上，自萧炎体内涌出的磅礴气势逐渐消退，最后完全收敛进了萧炎身体之内，微微低头，被青色与白色火焰所缭绕的一对眸子，淡漠地扫向云山，淡淡的声音，犹如闷雷般在天际响起：“云山宗主，不过如此，今日我要离去，你云岚宗还没那实力拦下我。”

云山脸色略微阴沉，以一股不亚于先前萧炎所爆发的气势，脚步轻踏虚空，转眼便出现在萧炎对面，皱眉沉声道：“倒还真的小看了你，没料到你体内居然还隐藏着这般恐怖的力量，难怪一直都有恃无恐。不过我想，这股力量，应该并不真正属于你吧？”

以云山的见识，自然知道，凭萧炎的年龄，就算他天赋再好，吃的丹药再高阶，那也绝对不可能在不到二十岁时，便能够与斗宗强者相匹敌，因此，他一口便道出了萧炎力量的一些端倪。

“不管这股力量属于谁，可至少它能听我指挥。”“萧炎”手掌轻抬，森白色火焰涌出，旋即犹如精灵一般，在指尖灵活地穿梭跳跃着。

“哼，凭借外物强行提升实力，末途而已，我就不信，你能长久地保持这股力量。”云山冷笑道，“不管你究竟实力如何，杀我宗门长老，若是让你就这般顺利离去，那我云岚宗还有何脸面在加玛帝国屹立？”

“你大可试试……”“萧炎”脸庞之上，布满着淡漠，丝毫没有因为云山的话语而有所波动，抬了抬眼，手中白色火焰猛然暴涌。

“这么多年，我云山想留下的人，还没能够走掉的！”

眼神冰冷，云山双手迅速结印，而随着其手上印结的结动，周围空间，则开始波动了起来，一股股狂风在身旁凝聚，随着淡青色狂风的凝聚，云山右手指尖处，一股刺眼的白色毫光，忽然诡异地浮现。

“嘿，你欺我弟子，今日我倒要看看，就算我实力不足全盛时期十之二三，你又能如何留我？”望着云山指尖若隐若现的白色毫光，“萧炎”眉头轻挑，低声自语地冷笑道。

似是感受到天空上那场即将爆发的恐怖大战，下方的云岚宗弟子赶忙向一些巨石之后退去，而天空上的海波东等人为了安全起见，也急速后退了一段距离。这种级别的战斗，就算是余波，也极为可怕，若是被牵扯进去，那就倒霉了。

云韵抬头望着针锋相对的两人，美丽容颜上忍不住浮现一抹焦虑。萧炎就是药岩的事实，让她以往的冷静，在顷刻间击得粉碎，一股犹如乱麻般的情绪，缭绕在心头，让她甚至都忘记了组织乱成一团的云岚宗弟子。

“老师，您……您认识萧炎？”一道低低的声音忽然在身旁响起，云韵一惊，转头一望，瞧见纳兰嫣然正咬着嘴唇，有些黯淡的眼睛，正直直地盯着她。

见到此时的纳兰嫣然，云韵忽然不知为何，她的目光竟然有些飘忽躲闪，不过毕竟她是一宗之主，心在乱了一会儿后，便强行压抑住了一些情绪，微笑着拍了拍纳兰嫣然的肩膀，轻声道：“见过几次，不过当时他是用另外的名字，而且我又从未见过他，所以没有认出来，刚才见面，方才感到极为惊讶。”

“他的确很喜欢用假身份去骗人。”纳兰嫣然苦涩地道。那个让她第一次对同龄人产生佩服以及另外一点男女间情感的男人，竟然也是这个家伙装扮而成的，这种打击，几乎比让她输了三年之约还要伤人。

闻言，云韵深有同感地点了点头，轻叹了一口气，忽然瞧见纳兰嫣然抬头直直盯着萧炎的目光，微微一愣，似是察觉到了什么，当下脸色微变，低声道："嫣然，你……你不会喜欢上了他吧？"

俏脸一怔，纳兰嫣然赶忙慌慌张张地低下头，目光躲闪着，强笑道："老师，这怎么可能？我最讨厌的就是他了。"

云韵只是盯着那张强笑的美丽脸颊，也不说话。

被云韵盯得久了，纳兰嫣然美眸忽然泛红了起来，她扑进云韵怀中，心中的委屈终于化为低泣声哭了出来："他的报复果然好狠。老师，我后悔了。"

"唉。"叹息了一声，云韵轻轻抚摸着纳兰嫣然柔顺的长发，苦笑道，"我也有错啊，当初不该受你软磨硬泡，答应你去退婚，不然的话，也不会有这些事情了。"

"老师，我现在该怎么办？"纳兰嫣然抬起头，泪眼婆娑的模样，显得楚楚动人。

云韵一滞，旋即再度苦笑。她现在心中也正因为萧炎的事一团乱麻呢，况且，以萧炎现在与云岚宗的关系，成为敌对已是必然。再者，她和萧炎处过一段时间，知道这个家伙的性子，所以，她清楚，萧炎对嫣然，恐怕只有纯粹的厌恶，那一次的退婚，犹如一把劈天神斧，在两人之间，筑起了一道难以跨越的鸿沟，想要萧炎对嫣然有感觉，恐怕难如登天。

望着云韵的神情，纳兰嫣然也明白了一些，自嘲地摇了摇头，低声道："我果然是自作孽呢。"

"老师，等这里的事完毕，让我进入生死门吧。"脸颊上有些淡淡的灰暗，纳兰嫣然忽然道。

"你要进入生死门？那可至少是要斗灵级别才能进入的啊，虽然你是这一任能够与生死门起共鸣的人，可此时进去，太危险了。"闻言，云韵错愕地道。

"那里是云岚宗历代宗主安眠之所，我身为云岚宗人，想必会受到他们护佑的。老师，答应我吧，我现在的状态，并不适合继续安静修炼了。"纳兰嫣然摇了摇头，道。

"唉……"望着倔强的纳兰嫣然，云韵沉默了一会儿，只得叹息着点了点头，摸着她的长发，轻声道，"生死门本是云岚宗宗主接班人成为宗主前的最后一道考验，不过你执意要进去，那事后我便与你师祖商量一下吧，早点接触生死门，对你的好处，也的确不小。"

见到云韵终于答应，纳兰嫣然略微松了一口气，抬头望着天空上与云山针锋相对的青年，美眸中，情绪复杂。

在两人谈话间，天空上的战斗，终于开始了最猛烈的强者对撞！

两名足以匹敌斗宗级别的强者，即将展开令整个加玛帝国震动的强者之战！

随着周身一道道狂风的凝聚，云山手指处的那道白光越来越刺眼，到最后，几乎犹如一轮天空上的耀日一般。

"风之极，陨杀！"

某一刻，云山周遭空气瞬间凝固，手指突然指向"萧炎"，一声厉喝，手指处白光暴闪，一道极为纤细的光线射出。

光线速度快得有些恐怖，其所过之处，空间震荡，一道漆黑的痕迹遗留在蔚蓝天空上，显得极为刺眼。

这恐怖的斗技，当年云韵在与紫晶翼狮王对战时也曾经使用过，那一次的攻击，直接将同为斗皇实力的紫晶翼狮王全身最坚硬的独角给居中切断，由此可见，这神秘斗技的洞穿力是何等恐怖。而且如今这斗技由云山施展出来，不管气势还是劲气强横程度，都远远超过了当初云韵所施展时的强度。

风之极一出，远处场外的加刑天等人脸色几乎同时微变，旋即犹如逃难一般，赶紧后退了老长的距离。看来，他们似乎早就清楚这一斗技的恐怖，甚至，说不定亲身体验过。

在天空上，唯有"萧炎"以及美杜莎女王还能面不改色地就地停留。

淡淡地望着破空瞬间袭来的白色光线，"萧炎"手掌轻抬，那缭绕在指尖的森白色火焰猛然腾起，眨眼时间，便将他的身体完全包裹，右手微张，巨大的玄重尺再度浮现在掌心，猛地紧握，漆黑的尺身，爆发出刺眼强光。

尺身之上强光越来越烈，到最后，几乎犹如一轮耀日一般，让人不敢直视。

脸色略现凝重，“萧炎”一声低喝，手中重尺猛然对着不远处的云山狠狠劈下。

“焰分噬浪尺！”

喝声响彻天空，一道足有三丈宽的弯月形状的白色能量刃，自玄重尺顶射出。

巨大的白色火焰能量弯月刃，飙射天际，一闪而逝，那股骤然而来的炽热之感，几乎让场上的人犹如处于火浪之中一般。

弯月刃带起一道道刺耳的音爆之声，划破天际，那股一往无前的强悍威势，甚至有种要将天空横劈为两半的势头。

虽然是施展同一种斗技，可这一次的焰分噬浪尺，却比上一次萧炎在云岚宗所施展的强横了十倍不止！而这，便是本身实力所造就的差距！

弯月刃划破长空，最后在无数道目光的注视下，与那道白色能量光线轰然撞击在了一起。刹那间，雷鸣般的巨响在蔚蓝的天空上炸起，恐怖的能量冲击波自碰撞处涌出，那股庞大的压力，竟然将广场上一些站立的人，直接给压趴了。

“这就是斗宗强者的实力吗？果然非同一般啊。”即使相隔甚远，可那迎面而来的能量冲击波，却依然让加刑天等人脸色微变地再度退后了一段距离。在稳下身形后，加刑天抬头眼神炽热地望着两人交战处，不管怎么说，他也是半只脚踏入斗宗级别的超级强者，可即使如此，在面对着真正斗宗强者时，依然感觉到那般难以跨越的巨大差距。

“此时的萧炎，怕是也有斗宗实力了吧？不然是绝不可能将云山的风之极阻拦下的。要知道，当年云山还是斗皇时，便凭借这招，击杀了出云帝国两名同等级的强者啊。”法犸脸色凝重地道。

“不知你是否发现，自从萧炎实力忽然大增之后，所使用的异火，仅仅是那种森白色火焰，而那青色火焰，则是半点未用。”法犸忽然道，他身为炼药师，自然对火焰最为关注。

“嗯，而且现在萧炎操控那白色火焰的手法，可比先前高明了不知道多少啊。”加刑天点了点头。

“这家伙，真是让人捉摸不透。”法犸沉思了一会儿，却没有半点头绪，只得摇头苦笑道。

加刑天深有同感地点头，旋即抬头望着那能量涟漪逐渐消散处，待他看见依然安然无恙地站在半空中的萧炎后，道：“看来今日云山想留下萧炎，还真是比较困难啊。而且，在那一旁，还有个不逊色于萧炎的美杜莎女王在虎视眈眈，若是这两人一联手，就算是云山，也唯有暂避锋芒啊。”

“现在云山也是骑虎难下啊，宗门大长老在这么多人的面前被人击杀，不管对方实力如何，他都必须出手。不然的话，这传了出去，云岚宗脸就丢大了，毕竟，这事可不比上次了啊。”法犸叹息道，“而且，双方梁子已经彻底结下，以云山的性子，断然不会让一个潜力这般恐怖的未来敌人顺利离开。”

“这事，也是云棱自找的，没事竟然跑去乌坦城对付萧家，这不是逼萧炎发疯吗？以为借着云岚宗名头便可为所欲为，却没想到这次遇见了个狠角色。”加刑天淡淡地道。

法犸苦笑着摇了摇头，也不为这事发表什么意见，抬头望着现出身形的“萧炎”以及云山，低声喃喃道：“唉，希望别搞出什么伤亡吧，不然的话，那对加玛帝国，可是大损失啊。”

“嘿，云岚宗宗主，也不过如此而已。”天空上，“萧炎”袖袍轻拂，将面前最后一道能量冲击波击散，清秀脸庞，浮现一抹冷笑。

云山脸色冰寒地望着竟然毫发无损的萧炎，半晌，缓缓吸了一口气，冷声道：“此时的你，的确很强，不过我相信，透支的力量，总会有代价，我的力量是属于我自己的，而你的力量，却是借助或者透支，今日只要拖住你，我就不信，你能一直将这股力量持续下去！我们双方的关系已经难以调和，所以，我不会放任一个日后能够真正成为斗宗的强者顺利逃脱，然后背负着对云岚宗的仇恨逐渐成长，最后，再来颠覆我云岚宗！”云山的话语中，竟然开始缭绕上了森寒的杀意。

满场一片安静，云山此话，无疑已经表明了他对萧炎的必杀之心。因为他清楚，一旦萧炎顺利逃脱，那么绝对便是放虎归山，日后，或许云岚宗将会付出极为巨大的代价。

“萧炎”脸色微微变了变。云山此话不假，虽然萧炎此时是由药老在掌控，可毕竟药老不能真正完全控制他的身体。再者，萧炎先前施展佛怒火莲，也消耗了药老不少的灵魂力量，若非那株七幻青灵涎的缘故，恐怕这一次的佛怒火莲，又将会让药老进入一段衰弱期。

不过即使七幻青灵涎未让药老进入衰弱期，也会如云山所说，他不能真正地长时间借助萧炎的身体来与云山战斗，等时限一过，他也只得收回灵魂力量，而到时，失去了他的庇护，萧炎定然难逃一死。

“老师，先撤吧，云山很强，现在的我们，并不能正面击败他。而且，您出现的时间，也不会太久的。”微弱的声音，忽然在“萧炎”脑中响起。

“呵呵，放心吧，虽然如今实力大减，但光凭那云山，要阻下我，还有些异想天开。”苍老的笑声，安抚着萧炎的情绪。

“不过今日这场景，倒还的确不便与他硬拼，云岚宗的合击阵法有几分奇妙，若是开启的话，想走，就要麻烦许多了。虽然那美杜莎女王看似是在助你，可若是要她联手击杀云山，她定然不肯。一个斗宗强者的临死反击非同小可，她不可能为了你，便冒这般大的险。”略微沉吟了一下，药老轻声道，“也好，今日，便不与他过多纠缠，先撤吧，来日再回此处，老师定帮你讨回公道！”

“呵呵，此次离开，下次，或许就得好长时间才会回到加玛帝国了，到时候便让弟子来吧。父亲失踪，家族被迫迁移的耻辱，该由弟子自己洗除。”微弱的声音中，噙着淡淡的仇恨。父亲的失踪，让萧炎将这些仇恨与愤怒，完全倾注在了云岚宗上。若不是因为他们，萧战也不会被追杀出乌坦城，那么，自然也不会忽然失踪。而且，在击杀云棱时，云岚宗的阻拦以及对他先前所展现出来的杀意，也让萧炎对这个宗派彻底起了厌恶之心。

“哈哈，有这般豪气，那自然是好。”欣慰地笑了笑，药老道，“既然如此，那便先撤吧，我能出现的时间，也不多了。”

天空上，“萧炎”缓缓抬头，目光四转了一圈，对着云山大笑道：“我先前便说过，我若要离开，你云岚宗，还无人能阻我。”

“猖狂！你真当我云岚宗屹立加玛帝国这么多年，是靠虚名不成？”云山嘴角微扯，袖袍猛然挥动，几道白芒自袖间射出。这些白芒散布在天空四处，半晌，白芒大盛，无数白丝蔓延，仅仅是眨眼时间，这些白丝便密布了天空，最后形成一张若隐若现的天罗地网，将整个天空都遮蔽了起来。

“云岚宗众长老听令，结云烟覆日阵！”

一声厉喝，广场上，将近二十道身影闪掠，旋即光亮大盛，一道道白色雾气自这些长老体内涌出，最后再度犹如上次一般，在天空上汇聚成一片云海，只不过，这一次云海中央，是云山。

上一次，斗王级别的云棱，凭借着云烟覆日阵，将斗皇实力的海波东都逼得不得不慎重对待，而如今，这主阵之人换成了斗宗实力的云山，无疑，这一次的云烟覆日阵，将会变得更为恐怖。

“撤！”在云烟覆日阵尚未结成时，药老便操控着萧炎的身体，闪电般地出现在白色能量网处，手掌上，森白火焰涌出，狠狠地砸在白网上。

“嘭！”森白火焰砸上白网，竟然并未一击而破，反而被其柔软的触感给弹射了回来。

“果然有几分诡异。”轻咦了一声，药老手掌挥动，再度召唤出一团森白火焰，然后紧紧地黏附在白网上，此次，火焰并未再被弹回，炽热的温度使白网有些虚幻了起来。

“想走？哪有这般容易！”就在白网即将被焚烧出漏洞时，背后却响起云山冷喝之声，随着冷喝而来的，还有一道夹杂着音爆之声的磅礴劲气。

瞬间转身，药老望着那道射来的白色能量匹练，袖袍挥动，一大团森白色火焰自袖中涌出，最后竟然在面前快速凝固成了犹如冰块般的冰镜，只不过，在冰镜上，还黏附着袅袅白色火焰，冰火相融，互存一体，看上去极为诡异。

“轰！”

能量匹练重重地砸在冰镜上，两者相接触处，白色火焰涌上，凡是被它所沾染的能量匹练，都在瞬间，被冻成了实质冰块。

不过虽然白色火焰极其诡异，可那道能量匹练中所蕴含的劲气也实在太大，因此，白色火焰在攀爬到一半时便力竭，随即，被其后涌来的能量，冲击成虚无。

能量匹练击破白色火焰，旋即狠砸在了冰镜之上，顿时，后者摇摇欲坠，一道道裂缝布满冰镜，最后咔嚓破裂，化为漫天冰屑。

“就算你有异火之助，今日想离开，也绝非易事！”身体悬浮在云海之中，周围浓郁的能量，让云山身体散发着淡淡的毫光。他冷冷地望着萧炎，双手急速旋转，面前云气蠕动，片刻，那曾经被云棱所召唤出来过的巨大云弓，再度浮现，只不过这一次，云弓的体积比上一次几乎扩大了几倍，一眼望去，就犹如射日的巨弓一般。

“这云烟覆日阵，倒的确有点麻烦。”略微皱眉地望着那巨大云弓，药老目光四处扫了扫，忽然在心中低低地对萧炎说了些什么。

片刻，交代了某些事之后，“萧炎”身体忽然轻颤，旋即诡异地消失在半空之上。

“萧炎”的消失，并未让云山脸庞上有所动容，他微微闭目，双手成拉弓之状，然后身体缓缓地扭动着，似是在依靠着感知，寻找着攻击目标。

天空上，突兀地陷入了一片安静。

然而，安静并未持续多久，便骤然打破，只见微微闭目的云山眼眸豁然睁开，拉弓的手掌不再迟疑，手指一松，面前巨大云弓随之松开，弓身上那把巨大的云箭，哧的一声，划开云层，对着某一处空荡荡的空间，狠狠射了过去。

云箭化为一道白色流光，瞬间划破天际，就在其即将射中那处虚空时，汹涌的森白色火焰，忽然席卷而出，宛如天火降临般，成涟漪状四面扩散。

“轰！”

两者相触，又是一道巨响，不过此次森白色火焰似乎并未取得太大的成效，仅仅阻拦片刻后，恐怖的云箭便破火而入，咻的一声，射穿某处虚空。可惜，却未有半个人影出现，同样，也未有鲜血落下。

目光紧紧地望着云箭射穿之处，瞧见云箭射空，云山一怔，旋即脸色骤变，豁然转身，双手舞动，周围云气急速缭绕，转瞬间，便在身前凝固成了一面巨大的云白色盾牌。

在云白色盾牌成形刹那，云海之中，一道黑影突兀闪现，冷冷地望着那透明云盾后的云山，双手旋动，青色与白色火焰，竟然同时出现在了掌心中。

望着那两道火焰，云山身体一震，目光直视着青年那对眸子，只见那里，原本的青白两色，居然再度转换成了漆黑之色。看着那对漆黑眸子，不知为何，云山忽然想到，现在的萧炎，或许才是真正的他自己吧？

“既然你想留，那便再试试火莲的味道！”嘴角微勾，萧炎阴声冷笑道。在先前，药老便暗地通知他，近身后，由他来施展最刚猛的攻击，因为，只有萧炎，才能操控佛怒火莲！

随着笑声落下，双手猛然重重对砸在一起，此次有了药老力量支持，两色火焰融合的速度，比先前快了不知道多少倍，在一道闷雷响声中，巴掌大小的青白火莲，迅速自萧炎掌心中升腾而起。

“去！”嘴角弧度越加扩大，萧炎一声低喝，火莲顿时射去，最后在云山微缩的瞳孔中，重重地砸在盾牌之上。

“嘭！”

虽然这一次的佛怒火莲，并没有上次那般倾力所制的完美，可不管怎么说，也加注了药老那雄浑的力量，因此，威力倒也丝毫不比先前药老亲自施展的焰分噬浪尺弱。

随着雷鸣般的炸声响起，一朵火莲再度在云海中浮现，周围那些完全由能量构成的能量云团，被冲击得有些虚幻。

云山身体急速地下降着，脸色有些苍白，这般近距离的爆炸，几乎让他全盘接收了火莲的冲击波，所以即使有云盾保护，他也依然被震得脱离了云海。而其人一旦脱离了云海，那大阵自然不能使用。

广场上，无数云岚宗弟子望着被萧炎震得脱离云海的云山，面面相觑，有些说不出话来，不知为何，心中升起一股寒意。

“师祖……”看着坠落的云山，纳兰嫣然纤手忍不住掩住红唇，失声道。

“不愧是斗宗强者间的战斗啊。那般近距离的火莲爆炸，若是换成我们，恐怕至少也得丢半条命吧？”法犸苦笑道。

“我还以为萧炎不能再使用青色火焰了，原来是留着当后手。”加刑天摇了摇头，叹息道。

“萧炎的能量，随着时间推移，似乎越来越弱了。”法犸忽然皱了皱眉头，身为五品炼药师，他的灵魂感知力远远超过一般斗皇强者，因此，他第一时间便察觉到了萧炎那细微的变化。

天空上，在将云山击落云海之后，萧炎略微迟疑，便猛地一咬牙，双脚轻踏虚空，身体猛然下降，旋即对着云山袭去。

“今日，就权当收点利息吧！”双手间，两色火焰急速缭绕而上，萧炎迅速接近了坠落中的云山，此时的后者，正被先前那般恐怖爆炸震得体内斗气有些上下不接，因此，竟然只能看着萧炎靠近。

“老家伙，你既然都下了追杀令，那我就先杀掉你吧！”一声冷笑，萧炎双掌重重对着云山胸膛轰出，然而就在其即将得手时，一道惊慌的声音，却急忙响起：“萧炎，不要！”

在声音响起时，一道劲气也急速对着萧炎后背袭来，他眉头微皱，转身手掌轻挥，一股白色火焰射出，将那道凌厉剑气焚烧成虚无，冷眼望着那手持长剑、悬浮虚空的云韵，冷笑道："你也想对我出手？"

"我是云岚宗宗主，云岚宗的声誉，我必须维护，而且云山是我老师，我不可能看着你伤他。"云韵苦笑道。

"你认为如果今日我落到他手中，能有活命机会？"萧炎讥讽道。

云韵沉默，美丽容颜上尽是挣扎。

手掌轻微颤抖，萧炎深吸了一口气，豁然转身，手掌挥动，就欲对着下降的云山甩去一道火焰。

望着萧炎的举动，云韵银牙一咬，背后风翼一振，手持长剑便对着萧炎后背刺了过去。不管如何，宗主的身份，都让她时时刻刻谨记着宗门的声誉，她不可能看着云岚宗几代名声被萧炎终结。

背后传来的寒风，让萧炎心中悄然冷下了许多，或许在她心中，自己与那云岚宗比起来，根本是微不足道吧。

心中低叹，萧炎缓缓摇了摇头，放弃了追杀云山，转身淡漠地望着攻击而来的云韵。

"小心！"

就在萧炎转身刹那，两道急喝声，便猛地响起，一道出自云韵之口，另一道，则是体内药老在出声提醒。

在喝声刚刚响起时，萧炎便有所察觉，急忙扭动脑袋，一道白影从眸子闪过，旋即一张森然的脸庞浮现，赫然是先前一直坠落的云山！

"结束了，萧炎！"

拳头夹杂着音爆之声，庞大的压迫力，直接导致拳头周围的空间出现了一道道涟漪。被云雾能量所包裹的拳头，在萧炎那紧缩的瞳孔中，几乎犹如一道风雷闪电般，狠狠砸在措手不及的萧炎后背上。

"噗！"

背后巨力传来，萧炎脸色一阵苍白，一口鲜血终于忍不住喷了出来，借助着这股巨力的推力，身体暴退。

“哗……”电光石火间，天空上的局势，竟然骤然转变，这般变故，令下方所有人都满脸惊愕。

“云山，以你的身份，竟然出手偷袭，你也好意思？”脸色微变地望着吐血而退的萧炎，海波东忍不住怒喝道。

一旁，加刑天等人微微皱了皱眉，显然也对云山的举动有些不认同，却并未出口说什么。

冷漠着一张脸，云山没有理会海波东，他清楚地知道萧炎具备何种恐怖的潜力，若是放他离去，日后，云岚宗恐怕会真正毁在他手中。所以，即使背负骂名，他也必须在今日将萧炎击杀！

耳边风声呼啸，萧炎抹去嘴角血迹，眼睛冰冷地望着一脸苍白的云韵，手掌翻动，一件淡蓝色的内甲出现在手中，手握内甲，自嘲地摇了摇头，然后狠狠对着云韵掷了过去。

“不管你是云芝，还是云韵……日后，我们再没有任何关系！这东西，还给你！”

决绝的话语，被斗气包裹着，冷冷地传进了云韵耳中，顿时，云韵那本就苍白的脸色，更是白了几分。

条件反射般地伸手接过淡蓝色内甲，云韵贝齿紧咬着红唇，低头望着那虽然布满裂缝，却被擦拭得极为干净的内甲，一时间，竟然呆了。

萧炎的身体重重撞在白色能量网上，两色火焰自其背后涌出，两种火焰交织，白网急速融化，旋即萧炎犹如一颗两色流星般，砸进了那望不见尽头的密林山脉之中。

“哈哈，云山，今日这一掌，我萧炎铭记在心，日后，定要十倍讨还！”

身形快速地落进深山中，而萧炎那森然笑声，却依然徘徊在广场上空，笑声中所蕴含的杀意，让一些云岚宗弟子浑身寒意大盛。

脸色铁青地望着萧炎消失之地，云山手掌一挥，冷喝声响彻全宗：

“云岚宗众位执事、长老听令，带队立刻进入深山，给我把萧炎找出来。他体内有我留下的特殊标志，绝对逃不了！抓住他，死活不论！”

第二十章

大逃亡开始

茫茫密林，一眼望去，是那看不见尽头的葱郁绿色，偶尔一阵轻风吹过，那葱郁林海之上，一道道巨大的绿浪，由远而近扩散开来，最后消失在视线尽头，看上去颇为壮观。

林海之上，是蔚蓝的天空。此时，空旷的天空上，正时不时地飞过几道身影，他们那犹如鹰般锐利的目光，仔细地在下方森林中扫过，不过由于这密林的面积实在太大，而且那连绵起伏的绿浪遮掩了许多密林之下的东西，因此，饶是他们寸寸搜索，却依然没有寻找到他们的目标。

几道人影在半空中交织了一下无奈的目光后，只得摇了摇头，然后互相打了个手势，彼此分开，向着四面八方飞去。

茂密葱郁的林海之下，一棵参天大树直插天际，不过在它的周围，比它更高的巨树不知有多少，因此，它倒并不如何显眼。

在这棵大树顶端一处分叉的树枝处，树枝周围有茂密的树叶遮掩，因此，粗略扫过的话，倒还真是难以发现其中所隐藏的东西。

“呼……”压抑着淡淡痛楚的呼吸声忽然从树叶遮掩处响起，旋即便是一阵咬牙的细微声响。片刻，树叶微微抖动，一张紧皱着眉头的脸庞露了出来，他小心地抬头望了一眼空荡荡的天空，目光在先前那几道人影分开的方向扫了扫，这才轻轻松了一口气，一屁股坐在粗大的树枝上，背靠着树干，额头上，冷汗不断流下。

“老师，还在吗？”长长地喘息了几声后，萧炎急忙在心中低声呼唤了几句。

“嗯……”半晌，一道略显疲倦的苍老声音，在萧炎心中回响，“小家伙，这次情况有点不妙啊，接连两次佛怒火莲，这般高负荷的消耗，若非是你给我服用过七幻青灵涎，恐怕我又得陷入沉睡了。”

萧炎苦笑了一声，道：“这次的确是莽撞了，不过，父亲失踪……”

“唉，我知道，你这孩子对父子情很在意，不然的话，以你的性子，倒不至于这般莽撞地闯上云岚宗，并且当众击杀云棱。”药老笑道，“不过你也无须自责，人之一生，总是需要保护什么，不然的话，无欲无求，那还是人吗？就算成了强者，那种孤独寂寥，也能让人发疯。”

“谢谢老师。”萧炎轻松了一口气，感激地轻声道。

“呵呵，我们间还用谈谢吗？”药老笑了笑，旋即声音中多了一分凝重，“小家伙，现在我们还在云岚宗势力范围之中，必须尽快离开。连吃了两记佛怒火莲，云山定然受伤不轻，可云岚宗那些长老以及执事，也并非是吃素的啊，而且还有个斗皇强者云韵。现在的我，也因为那两记佛怒火莲消耗了过多的灵魂力量，至少，不能再像以前那样，提供你随意挥霍的能量了。再者，先前云山的那一击，在你体内残留了一些印记能量，现在，我只能尽量压抑住那印记能量所散发出的波动，若是强行摧毁的话，云山会立刻有所感应的。”

萧炎默默地点了点头，拳头逐渐紧握，仰起头，视线透过树叶的密缝，望着蔚蓝的天空。他心中清楚云山对他的杀意，此刻的云岚宗，恐怕已经在倾全宗之力，来围剿自己了吧？以他现在的状况，顶多只能应付一些云岚宗弟子，若是被那些执事甚至长老撞见的话，就算能够撑下去，可若对方想要将他拖延住的话，并不会太困难。而到时候只要云岚宗队伍闻声赶来，他萧炎，或许就得真正地葬身在这无尽森林中了。

“先到这深山里躲一下云岚宗的搜寻部队吧，现在我所受的伤也不轻，若是不将伤先养好，恐怕连逃都成问题。”萧炎抹去嘴角残留的血迹，低声道。

“嗯，也好，炼药师倒是不愁什么伤势，虽然你这次受伤挺重，呵呵，不过既然老师已经苏醒，自然会让你以最快的速度恢复。”药老笑了笑，道。

点了点头，对于药老的炼药术，萧炎绝对有信心，当下手撑着树干，缓缓直起了身子。

“此时在你东、南、北面，皆有云岚宗弟子的搜寻队伍，所以你只能朝着西面森林逃了。”药老提醒道，“还有，注意天空上的身影，那些家伙大多都是云岚宗长老，实力皆在斗王级别，此时的你若是不幸撞见他们，那就麻烦了。”

“知道。”应了一声，萧炎小心翼翼地刨开树叶，目光在下方谨慎地扫了扫，待未发现有危险迹象后，这才两手抱着树干，犹如灵猴般急速地滑下。

距离地面尚有几米时，萧炎双手一松，脚掌轻踢树干，身体在半空一个凌空翻滚，然后单膝着地，双手撑着地面，落地的声响几乎难以听见。

锐利的目光飞快扫视四周，萧炎起身便一头撞进一簇茂密丛林间，然而身体刚刚闯进去，面前一道七彩光影瞬间闪过，顿时让萧炎全身冒着冷汗停下了脚步。目光赶忙朝前扫过，旋即忍不住大喜，原来那道七彩光影赫然是已经化为蛇体的吞天蟒，别人或许难以寻找到躲藏的萧炎，可对于一直与萧炎生活在一起的吞天蟒来说，空气中遗留的一丝气息，便是极为鲜明的指路标。

“嘿，小家伙，轮到你掌控身体了？”伸出手掌，吞天蟒乖巧地游了过来，对着萧炎咝咝地吐着蛇芯子。

“嘿嘿，那就好，那就好……”瞧见吞天蟒的这番动作，萧炎嘴角一咧，脸上的欣喜难以掩饰。虽然吞天蟒的实力没有美杜莎女王强，不过这个小家伙可不像那个女王陛下，对萧炎的命令，只要给它足够吃的，定然拼命前冲，而反观美杜莎女王，想起先前他在与云山大战时，那个浑蛋女人竟然袖手旁观，萧炎便气得牙痒痒。

从纳戒中飞快地取出一瓶紫晶伴生源，然后用小玉棍沾了几滴，甩进吞天蟒嘴中，顿时，这个小家伙便活蹦乱跳了起来，围绕在萧炎身旁转了几圈后，便嗖的一声钻进了他袖子中。

“呼，还好，总算有个保命的护身符了。”轻轻拍了拍袖子，萧炎长长地吐了一口气。有吞天蟒在，那他也不至于若是一个不慎被云岚宗长老遇见，而被拖延下了。

“快走吧，似乎有人快要过来了，现在的你，不宜和人动手。我观你气息，游浮不定，上下徘徊，倒是像实力提升之状，看来这段时间的大战，对你好处不小。赶紧找个安静地方，疗伤静养，不然这提升实力的时机，就会白白浪费了。”药老的声音，忽然在萧炎心中响起。

闻言，萧炎先是一怔，旋即惊喜地点了点头。这恐怕是在这个场面下为数不多的好消息了，在面临四面剿杀的情况下，实力能够提升一分，保命的机会自然也能够增加一分。

微微偏头望了一眼后方密林，萧炎嘴角溢出一抹冷笑，低声道：“云岚宗，云山，我们间的梁子，看来是彻底结下了，希望日后你们不要后悔！如果你们认为我萧炎是那种吃了亏会夹着尾巴乞怜的软骨头，那就错了。”

当年一句三年之约，萧炎尚且能够忍辱负重历练三年岁月，这般坚韧性子，让萧炎犹如草原上的独狼一般，被人伤了，暂且退下，然后，紧紧而随，犹如幽灵一般，等待着那致命一击的报复。

蕴含着森然阴冷的声音缓缓落下，萧炎脚掌一蹬地面，身体便化为一道黑影，迅速蹿进那黑幽幽的森林之中。

随着萧炎的离开，此地缓缓陷入了一片寂静，约莫十分钟后，将近十道影子，猛地自密林中射出，手持长剑，脸色凝重地扫视了一下四周，见到无任何动静后，方才轻松了一口气，彼此对视一眼，皆苦笑着摇了摇头，右手上紧握的一枚随时待发的信号弹，也被塞进了怀中。对于那连老宗主云山都能击退的恐怖人物，他们这些人自然不敢不严阵以待。

一名领头的云岚宗弟子缓步走出，长剑挥动，剑光闪烁，在一棵大树干上，留下了一个晦涩符印。做完这事后，他方才转头，轻声道："此地已经搜索完毕，如果再往下的话，便会进入魔兽山脉的西北面，那里魔兽等级不低，搜寻起来，难度不小，看来得通知长老们动用飞行部队了。"

说着，他快速从怀中取出一支竹笛，然后放进嘴中，轻轻一吹，顿时，一道细微而尖锐的声波缓缓自笛中传出，最后成涟漪状，迅速扩散在那广袤的森林之中……